語言文字叢書

中古雙音並列身體詞組合研究

周玟慧　著

目次

中古雙音並列身體詞組合研究

　　中古時期[1]在漢語史上是一個變化多端的階段，詞彙又是其中最為豐富多樣的一個部份。這些多樣的雙音組合內部是否有其規律？詞彙的引申義又是如何發展變化？雙音組合是否有南北異同？本書將藉由對中古身體詞雙音並列組合的全面研究，解答上述問題，以此作為中古詞彙史研究之張本。本書共分七章，第一章為緒論介紹研究動機對象與方法並述前人研究。第二章到第六章則依照身體詞分類一一討論頭面五官、肩頸咽喉、身體軀幹、五臟六腑與手足四肢類的所有雙音並列組合。第七章為結論。

1　本書中古時期採用方一新〈從中古詞彙的特點看漢語史的分期〉之界定，為東漢至隋這個時期。

第一章
緒論

　　本章將先解釋說明「雙音組合」之定義與「身體詞」分類概要，並論述研究動機與重要性。其次在前人研究中由溯源常用詞研究開始，再集中說明目前相關身體詞研究。最後則說明本書主要之研究方法，窮盡中古所有身體雙音並列組合，定量定性分類整理所有資料，以此歸納出中古詞彙組合、詞義引申之規律並比較南北異同。

1　研究動機與對象

　　研究漢語詞彙史重點之一，在於討論詞彙構成是如何由上古單音詞為主逐漸發展到現代雙音節詞居多的變化歷程。在這個歷程中，中古是轉變的關鍵時期。中古的詞彙雙音並列樣式相當多[1]，顯現出這是一個嘗試的階段，魏晉南北朝時期是混亂的時代也是創造的時代，這個時期有著豐富的流動變化。讓我們有大量的資料可以研究雙音組

1　周玟慧（2012a）《中古漢語詞彙特色管窺》已舉多例說明之。如頁 22 提及：具跳躍義動詞雙音組合中古有「騰躍」、「騰跳」、「騰踢」、「騰踊」、「踊騰」、「踊跳」、「踊躍」、「踢躍」、「跳騰」、「跳踊」、「跳躍」等組合。「觀」「望」在中古時期也有許多雙音組合：如「觀視」、「觀察」、「觀看」、「觀矚」、「眺望」、「盼望」、「冀望」、「矚望」等。不僅動詞隨捻即是，其他詞類亦皆如是：如形容詞「清亮」、「亮直」、「直亮」、「賢亮」、「昭亮」、「高亮」、「忠亮」、「貞亮」、「剛亮」、「清雅」、「清直」、「清貞」、「清高」、「剛直」、「貞剛」；名詞「閣」、「宇」的相關組合有：「館閣」、「臺閣」、「樓閣」、「城閣」、「觀閣」、「齋閣」、「邸閣」、「城宇」、「廬宇」、「庭宇」、「居宇」、「第宇」、「堂宇」、「廳宇」、「齋宇」、「牆宇」、「房宇」、「屋宇」、「觀宇」、「宅宇」、「棟宇」、「室宇」等。

合問題：單純兩義相加，那些詞容易互相組合，組合成因為何？詞的組合力是否強弱有別？在引申義方面，一個組合有一個引申義或者可能有多重引申義？若有不同的引申意義又是從何而來？乃至於相同的引申義是否可用不同雙音組合來表示？都是雙音化歷程中值得注意的問題。

　　從上古到中古以至現代漢語，雙音組合的樣式總量呈現一種兩端少而中段多的樣貌。中古產生了許多上古未曾出現的雙音組合，這些豐富多樣的雙音組合經過競爭，逐漸集中形成詞頻高但是樣式較少的雙音詞，是以現代雙音詞樣式也比中古少。本書是在雙音詞定於一尊前，對混沌的凝視。我們研究的對象並不只限於已經成詞的「雙音詞」，而必須將各種可能性納入，因此我們採用了「雙音組合」這個概念來稱說研究對象。所謂雙音組合，是指語音形式為兩個音節的詞或詞組。以「雙音組合」而非「複音詞」為研究對象的原因，不僅是複合詞與詞組界限劃分不易[2]，最重要的原因是因為中古時期詞彙的特色。本時期的雙音組合樣式非常多，但是相對地出現頻率都不高。多數在百例以下，也有不少是只有十多例的情況，甚且也有個位數的出現頻率。因為中古時期仍然以單音詞為主，雙音化還在發展階段，因此若要觀察雙音化的歷程便不能只研究成詞的雙音詞，而必須將雙音組合納入。再者，雙音詞組有並列、偏正、述賓、主謂及連動等各種結構。本書將研究對象設定於「並列」結構。主要是因為並列結構的兩個成份意義相關，除了反義對義之外，多是同義近義或是同類

2　有關詞與詞組判斷標準可參考高明（2008：151~152），文中整理了馬真（1980）、程湘清（1982）、王寧（1997）、伍宗文（2001）、胡敕瑞（2002）各種具有代表性的判斷方法。然最後結論仍為：「但從這些判定方法的內容來看，所有的分類方法都沒有大到真正意義上的『科學』，沒有一種方法能夠簡單可行，無一例外地將複音詞科學的鑑定出來。」

的詞，能夠聚焦於我們將要討論的各種身體詞間組合的關聯性及其引申義。

選用身體詞因為它是一個封閉的類，我們可以做全面的研究分析；且身體詞是詞彙中的基本詞與常用詞，具備代表性，適合作為詞彙研究的開端。更重要的是身體詞有非常豐富的雙音並列組合，從這些並列組合中可以發現身體詞有些限於同類並列；也有些組合力強的身體詞可以跨類組合，或者有多種的引申義。全面研究這些現象有助於了解中古詞彙雙音化的各種組合及引申義變化等面向。此外由於身體詞中也有詞彙更替現象，如「元」、「首」與「頭」；「目」與「眼」；「顏」與「面」；「領」與「頸」、「項」等可作為研究南北詞彙差異的資料。由於詞彙更替有古今之別，比較南北文獻可以發現北方多用古語而南方多用更替後的新詞，可為顏之推所謂「北方多古語」「南方多鄙俗」之註腳。

雖然詞彙多如繁星，然則拆解開來，全貌是由一個個拼圖拼接而成。截取中古這個片段，全面地呈現出身體詞之間相互組織的樣貌，以及單純身體部位義與引申義的發展。同時也關注不同文獻的差異，嘗試解答以下問題：偏口語性質雙音組合樣式自由，在自由中是否仍有規則可依循？偏文言性質文獻多有引申義，在引申義的表現是否深化，或者有創新？再者，南方的文獻與北方的文獻雙音組合是否也有差異？本書將藉由雙音並列身體詞的全面研究，完成中古雙音化研究的一個拼圖，作為建構完整詞彙史的一個開端。

2　前人研究概述

常用詞研究的開端便是對傳統訓詁學的反思。與傳統訓詁學重視疑難詞語的考釋不同，開始注意到日用平常中常見的語詞用法與演

變，正是詞彙學研究的新發端。隨著詞彙學的發展，常用詞研究也逐漸受到重視。此一研究與疑難詞語研究不同，除了辨析詞義之外，聚焦於界定常用詞、常用詞的演變、常用詞的更替等課題。有關常用詞研究簡史，汪維輝（1999：1-10）已述之甚詳：自從二三十年代以黎錦熙先生為首一批學者開始探索常用詞以來，至四五十年代有王力先生揭櫫「新訓詁學」研究並於《漢語史稿》中描寫了多組常用詞變遷更替的軌跡；到蔣紹愚先生標舉常用詞研究對詞彙系統的重要性。常用詞研究已經逐漸獲得學者青睞，除了單篇論文論述外，也有專節乃至專書的著作[3]。2000 年以後更是蔚為大觀，單篇論文風起雲湧[4]之外，也有多本博士論文[5]。而自常用詞研究成為詞彙研究重要項目後，身體詞的研究更是其中的焦點。誠如蔡璧名（1997：8）所言：「無可否認，最根本以及最終的關懷，依舊是人的生命自身。而從自身立場看存有的興趣，不管感官、知性、理性可以發展到任何階段、超越到任何層次，仍舊必須依傍著『身體』而開展。在今日平常生活理，許多沿襲至今的傳統『身體』語言，仍時時處處可聞」因此身體詞自然成為常用詞，而研究常用詞必然會有身體詞的一席之地。

綜觀近年來身體詞研究相當豐富多樣。有個別身體詞的研究，如各身體詞語義場研究，多著重於詞彙更替之探討[6]，以期刊論文為

---

3 如李宗江《漢語常用詞演變研究》、徐時儀《古白話詞彙研究論稿》第八章〈語源考探與常用詞演變〉、汪維輝《東漢─隋常用詞演變研究》等。

4 如王東研究「隅」、「角」；呂傳峰研究「喝」、「飲」及「嘴」、「口」；葉桂郴、王玥雯、李鳴鏑研究「束」「縛」「捆」「綁」；鄭艷華研究常用詞「牖」、「窗」；龍丹研究「牙」、「齒」；徐志林研究「犬」、「狗」等。

5 如賴積船《《論語》與其漢魏注中的常用詞比較研究》、芮東莉《上古漢語單音節常用詞本義研究》、張慶慶《近代漢語幾組常用詞演變研究》、楊世鐵《先秦漢語常用詞研究》、于飛《兩漢常用詞研究》，及最新出版之專書白雲《漢語常用動詞歷時與共時研究》等。

6 頭部語義場有吳寶安（2006）、陽䝗晨（2009）、王彤偉（2011）、吳寶安（2011）、何清華（2014）討論「元」、「首」─「頭」的更替。面部語義場相關有解海江、章

主。至於綜述所有身體詞者則見於專書或是專書章節，其中論及古漢語詞彙有專書中之一類者如王鳳陽《古辭辨》、黃金貴《古代漢語文化百科詞典》皆有人體類詞彙。兩書蒐羅詁訓書證以分類詞條方式訓解所有古漢語身體詞，對研究古漢語詞義甚有助益。至於馮淩宇《漢語人體詞彙研究》研究對象從現代與上古兩端來看，採取歷時與共時的角度討論，從詞彙、語義、語法、語用與文化認知各種面向舉例說明了漢語人體詞彙的特性。唯限於討論出現頻率較高之詞彙，未能有全面的觀察。

　　在前人研究中人體詞研究相關學位論文更是汗牛充棟，若依照研究重點來看，有詞義與結構演變研究、隱喻認知研究、文化研究、及與其他語言之比較研究等等。詞義結構研究方面如豐福華（2011）《漢語人體眉眼詞語》歸納整理眉眼類詞語結構類型，並考察分析眉眼類詞語的語義內容。李慧賢（2007）《漢語人體部位詞語歷史演變研究》則從歷時演變切入。黃碧蓉（2009）《人體詞語語義研究》從各種角度切入討論人體詞語義：利用比較其他普通名詞的方法，考察整個人體詞語體系的語義特徵，再深入討論兩詞「手」與「眼」的語義體系，這也是宥於人體詞彙數量眾多不得已之作法，卻也能見微知著得到人體詞有客觀性、歷時變化性、共時多義性和文化性等特徵之外，還兼具有隱喻系統性和轉喻性等特徵。由此亦可見出人體詞可為

黎平（1999）、田啟濤（2008）、殷曉杰（2010）、趙文源（2009）、向明月（2009）。李慧賢（2008）、吳寶安（2010）、周玟慧（2012a）、杜升強（2012）、尹戴忠（2013）、尹戴忠（2014）研究「目」、「眼」及「眼睛」。論及「口」、「嘴」或「牙」、「齒」者有史錫堯（1994）、呂傳峰（2006）、龍丹（2007a）、趙學德（2011）、劉君敬（2012）等。談「頸」、「脖」、「脖子」如龍丹（2007b）、龍丹（2007c）、王毅力、徐曼曼（2009）、方云云（2010）、盛益民（2010）。李云云（2004）、張雪梅（2007）、黃樹先（2007）、趙學德、孟萍（2011）、解海江、章黎平（2011）聚論於「足」、「腿」、「腳」之演變。

隱喻認知討論的重要材料，故隱喻認知研究方面有胡純（2004）《人體詞的認知研究》、王群（2005）《「手」隱喻的認知性分析》、高曉榮（2006）《從認知角度看人體隱喻》及黃鳳（2006）《人體隱喻的認知研究》與李文莉（2007）《人體隱喻系統研究》。文化研究有李競（2007）《「手」詞語及其文化內容研究》。在於比較研究方面，方言比較有章黎平（2011）《漢語方言人體詞語比較研究》，與其他語言比較方興未艾，也都以隱喻認知角度切入，與東南亞比較有阮氏黎心《漢越人體名詞隱喻對比研究》、鄧海燕《漢、越人體成語對比研究》、龍思媛《漢泰語人體量詞對比》；與東北亞比較有卓亞迪《漢日人體名詞情感隱喻異同剖析》、盧薇薇《韓中頭部人體名詞詞義轉移的認知研究》、斯維特蘭娜・卡爾瑪耶娃《漢俄人體名詞隱喻對比研究》、郭芳睿《俄語「人體成語」的認知語義分析》。與英語比較自然為大宗：有羅楊《英漢身體部位詞項語義引申的認知實證研究》、潘明霞《漢英「身物互喻」詞匯對比研究》、楊吉菲《英漢形容詞與頭部名詞的搭配研究》、唐亞維《英漢人體隱喻對比研究》等。

　　從以上前人研究看來，人體詞為熱門研究焦點，有各種面向的討論，唯人體詞為歷代常用詞，無論是各種結構各樣引申數量都相當龐大。有關身體詞的研究尚未能專就一時一類結構做深入之統計分析。此正是本書可著力處。全面地研究雙音並列身體詞組合的作用是多面向的，對於常用詞研究而言建構了一個專類研究的基礎；在雙音化研究方面則可了解組合樣式與引申義之產生與發展；加上詞彙的歷時更替也能了解南北異同。

3　研究方法

　　本書為斷代專類詞彙研究，以定量定性方法窮盡研究中古所有的

雙音並列身體詞組合。

　　首先參考訓詁字辭典資料，如《說文解字》、《釋名》、《爾雅》等收集分類古代身體詞，將之分為「頭面五官」、「肩頸咽喉」、「身體軀幹」、「五臟六腑」、「手足四肢」五類。確定類別與身體詞之後，便蒐集語料統計分析作定量研究。藉由電子語料庫的協助，研究中古詞彙學者能夠普查傳世文獻。本文使用中央研究院的「漢籍資料庫」與香港中文大學的「漢達文庫」，利用電子資料庫檢索協助全面收集大量語料。然而傳世文獻數量相當龐大，因此在統計方法上仍有需要注意的地方。首要去除重複，使統計更能貼近真實語言狀況，由於資料有總集別集重複收錄，如例 1 例 2 便是重出：〈與楊僕射書〉出現於《徐陵集》以及總集《全上古三代秦漢三國六朝文》中，在語料庫統計數字便有兩例，我們在表格統計時便要去重只能計算一例。另外史書中常常引用他類著作，如例 3 蕭子良集的文字便見引於例 4《南齊書》中，凡此種種都將使統計數字出現落差，統計時須以人工複查不能全賴電腦計算，將所有重複處刪去，僅以一例計算。

1. 夫一言所感，凝暉照於魯陽；一志冥通，飛泉涌于疏勒。況復元首康哉，股肱良哉，鄰國相聞，風教相期者也？（《徐陵集・與楊僕射書》）

2. 夫一言所感，凝暉照於魯陽；一志冥通，飛泉涌于疏勒。況復元首康哉，股肱良哉，鄰國相聞，風教相期者也？《全上古三代秦漢三國六朝文・全陳文・徐陵・與楊僕射書》）

3. 石頭以外，裁足自供府州，方山以東，深關朝廷根本。夫股肱要重，不可不卹。宜蒙寬政，少加優養。（《齊竟陵王蕭子良集・又啟》）

4. 石頭以外，裁足自供府州，方山以東，深關朝廷根本。夫股

肱要重，不可不卹。宜蒙寬政，少加優養。（《南齊書‧王敬
則列傳》）

定量統計分析時也將不同性質文獻分開統計，依照一般中土文
獻、醫書與佛經分為三類統計。主要是因為後兩者口語性質的語詞較
多，能夠見出書面與口語之別。

在定性語義分析方面，分單純身體部位意義與引申義兩大類，不
同的引申義也一一分開統計，便於見出引申之過程並比較各詞引申義
之同異。至於分別單純身體部位義與引申義的標準，主要以在句子中
是否真正有身體部位的動作或是對身體部位有所影響為準，如言「頭
面禮足」是真正叩首至地，頭與臉都著地以完成禮拜的動作，則此
「頭面」仍歸於單純身體部位義；從另一方面看則言己「肝腸寸斷」
或是「肝腦塗地」而實際上肝與腸未曾斷、肝與腦並未塗布於地，則
「肝腸」引申有心情義而「肝腦」引申有性命義。此外，身體詞不限
於人類，若描述生物體依舊視為單純身體詞。如「肩髆」也可用於描
述動物，如例 5 說明汗血寶馬的汗從肩胛部份流出。若是指稱比喻無
生物則為引申用法，如例 6「項腹」描寫山水書畫法，屬於引申用法。

5. 應劭云：「大宛有天馬種，蹋躒石汗血。躒石者，謂躒石而
   有跡，言其蹄堅利。汗血者，謂汗從前肩髆出，如血。號一
   日千里也。」（《樂府詩集‧漢郊祀歌二十首‧天馬二首》）
6. 夫天地之名，造化為靈，設奇巧之體勢，寫山水之縱橫，或
   格高而思逸，信筆妙而墨精。由是設粉壁，運神情，素屏連
   隅，山脈濺撲，首尾相映，項腹相近，丈尺分寸，約有常
   程。（《梁元帝集‧山水松竹格》）

　　最後在行文方面，本書研究對象為雙音並列組合，則必然有同組合重複出現於不同小節之情況。依照分節、釋義、統計有不同取捨：討論分節選詞以有無引申義與雙音組合數量多寡為判斷標準，若一詞僅有單純部位意義的雙音組合者便不另立小節，依於雙音組合另一詞之小節中，如「肱」只有「股肱」雙音組合，併於「股」小節中論之。至於少見雙音並列組合的詞也不另立小節討論，分散於另一組合詞小節中，如「腕」僅有單純組合義的「手腕」、「臂腕」、「肘腕」等則於「手」、「臂」、「肘」各小節中舉例論之，不立「腕」一節以省篇幅。重複組合之解釋則依意義引申相近關係安排詳細釋文之章節，另一詞歸屬章節則只標目不重複舉例解釋。如「首領」、「頭領」與「項領」均有引申為首者之意，則歸於「領頸項脰」節討論之。若意義關係不大則於先出現詞之小節中討論。唯各章之後的統計則兩列之，如「喉舌」之數量統計除了列於「舌」統計表格之外，也同樣紀錄於「喉嚨咽嗌」統計表格，表面上看似重複，然對於研究卻頗有助益。在「舌」表中可以見出與「喉舌」同樣有言語義的還有「唇舌」、「口舌」、「齒舌」與「頰舌」；而在「喉嚨咽嗌」表中則顯示「喉舌」之外更有「喉唇」亦有言語義，兩列統計可以收系聯比較之效，是以不避重出而列之。

　　本書將以此定量定性的分析方法窮盡所有中古時期文獻資料，分一般文獻、醫書與佛經三類，研究雙音並列身體詞組合之各種樣式，全面分析其單純部位義與各種引申義。最終歸納出組合與引申義變化之規律。

第二章
頭面五官雙音並列組合

　　本章討論頭面五官類身體詞雙音並列組合，包含了頭部義的「元」、「首」、「頭」、「腦」[1]；臉面各部與五官之「面」[2]、「額」、「眉」、「目」與「眼」[3]、「耳」、「口」、「脣」與「唇」、「舌」、「牙」、「齒」及「頰」。其中「鼻」之組合僅有與「耳」、「目」、「口」、「舌」之單純部位義組合，分別於各節舉例說明之，不另立一節討論。

　　除了討論各詞的組合情況之外，並研究雙音組合之單純部位意義與各種引申義，同時留意各組合出現之文獻。依照各身體詞的上下次第分別討論之，若有更替關係（如元、首與頭、腦；面與顏；目與眼）或義近者（如牙與齒）則併於同一小節討論。

2.1　元、首、頭、腦

　　《說文解字》：「頭，首也、」《廣韻》：「首，頭也。」都有頭部

1　周玟慧（2012a:128-144）曾管窺中古「頭」、「首」與其他身體詞之並列結構，著重於歷時更替與南北異同之比較。本書則全面分析所有並列組合之組合規則與引申義，在舊有基礎上更加深入。唯前書討論並列結構之餘亦旁及其他結構，讀者可兩參之。

2　周玟慧（2017）藉由「面」、「顏」、「臉」各種結構之更替現象比較南北異同，與本書重點不同，而旁及偏正、動賓結構亦可供參考。

3　周玟慧（2012b）討論「目」、「眼」亦然，研究對象旁及偏正、動賓，然並列之討論不及本書之全面深廣，兩者可相互參照。周玟慧（2013）利用部份頭面部身體詞之歷時更替證明南方多新詞而北方多古語之南北異同現象。乃本書討論南北異同之濫觴，並列以外之結構亦可為本書佐助。

的意義。「元」古代亦為「頭部」之意，如《孟子・滕文公下》所言「勇士不忘喪其元」一句中「元」即是「頭」義。有關詞彙的演化，可見黃金貴（2016：251）：「元，最早的人頭之稱。首，人頭的通稱，最具書面色彩。頭，漢以後人頭的通稱。腦，從頭內物而指稱頭，口語色彩濃厚，中古後漸多用。」本節討論之「腦」屬於通稱頭部意義之義項。

　　由於表示頭部意義的這四個詞有新有舊、有雅有俗，因此本節將先討論此四詞相互組織之雙音組合。其次則研究四詞與面部身體詞的組合，這類組合也相當豐富多樣，其中與另一組具有更替關係的「目」、「眼」並列呈現了組合結構與意義上的新舊差異，值得探究。最後則是與其他身體詞的組合現象。

2.1.1　頭部組合：「元首」、「頭首」、「頭腦」

　　中古時期有頭部意義的這幾個詞有「元首」、「頭首」與「頭腦」三種組合。由於「元」與「首」屬於較古之詞，漸為「頭」所更替，「腦」有「頭」義更屬後起。以詞彙出現次序來看，依序為「元」、「首」、「頭」、「腦」，各詞只能與相鄰近的詞組合。是以最古的「元」只與「首」組合成「元首」。「頭」既為新詞便沒有與最古的「元」組合之例，而可與前後之「首」、「腦」組合為「頭首」與「頭腦」。同樣情況，口語色彩濃厚的「腦」此一時期也沒有與「元」或是「首」組合的情況。

　　雙音組合是否出現引申義與組合詞是新是舊密切相關：舊詞的組合「元首」單純部位義用例少、引申用例多；一新一舊組合的「頭首」身體部位義例多、而引申義少；至於兩新詞組合的「頭腦」則罕見引申義。以下分述各組合之單純義與引申義。

「元首」的組合在六朝文獻中多數為引申義，若仍作「頭部」義者也多有隱喻在內。如例 1 述時人不戴帩頭，作者解釋「頭者，元首」頭就是元首，而束髮的帩頭巾是幫助「元首」頭部的裝飾，不戴頭巾便如同「元首」人君沒有輔佐一樣。此例之「元首」是一詞雙關，一方面說的是沒有用帩頭巾的「頭部」；一方面則隱喻為沒有臣子擁護的「君主」。

在引申義方面，「頭」為人體直立時位於最上位，也是主宰思考最重要的器官。因此「元首」由「頭部」義引申出「開端」、「首要」之義。如例 2 以寅月為一年的「元首」開端。例 3 言濟救眾生以行慈心為「元首」首要之事。若以開端、首要論人則有「為首者」的引申義，其義正反均有：可能是犯罪之首，如例 4《魏書》論轉賣人口之刑罰，記時人羊皮賣女，而人口販子張回買之後轉賣，論罪則以羊皮為「元首」首要犯罪者。「為首者」也可以是正面意義，如例 5 稱如來的大弟子們為「元首侍者」首席的侍者。而由此「為首者」更進一步則引申專指「一國之君」，如例 6「元首股肱」謂國君與大臣共商國是。這也是中古「元首」最常用的引申義，正如頭為身體之首，元首國君亦為眾人之首。

1. 太元中，人不復著帩頭。頭者，**元首**，帩者，令髮不垂，助**元首**為儀飾者也。今忽廢之，若人君獨立無輔，以至危亡也。其後桓玄篡位。（《宋書・五行志》）

2. 今因宜改之際。還脩舊則。**元首**建寅。于制為便。（《宋書・禮志》）

3. 何謂為眾生厄故度無極有六事。若行慈心以為**元首**，志懷悅豫淨三境界，是曰布施。（《賢劫經・無際品》）

4. 則羊皮為**元首**，張回為從坐。首有沾刑之科，從有極默之

戾，推之憲律，法刑無據。買者之罪，宜各從賣者之坐。
（《魏書・刑罰》）

5. 諸佛世界，滿中眾塵。眾生之類，其數如是。如此塵限，令不減少。一一眾生，皆使博聞，逮得總持，悉為如來**元首**侍者也。為大弟子，極尊博聞，猶金剛上蓮華如來至真。（《漸備一切智德經・金剛藏問菩薩住品》）

6. 政道郁郁，亦隆周之軌。故**元首**股肱，可否相濟。聲教之聞，於此為證。（《魏書・竇瑗傳》）

其次有「頭首」組合。「頭」與「首」存在更替關係，「首」為古語而「頭」為新詞。由於「頭」漢朝時已經開始對「首」的更替，因此在東漢三國時已經有新舊詞組合之「頭首」一語。「頭首」為同義並列，基本義指「頭部」。如例 7《漢書》述王莽亂後光武帝稱許王閎受民愛戴，不忍殺之取其「頭首」。例 8《諸葛亮集》亦有「頭首」之例指取人首級之功勞為引申義。可見在六朝前已有此語，然則在六朝的文獻中，以出現詞頻比例而言，仍以單純指頭部義居多，出現於南方文獻，如例 9；與醫書如例 10。而以佛經中出現的例子最多，如例 11《賢劫經》述以「頭首」布施為大智慧。

7. 武王克殷，表商容之閭。閭修善謹敕，兵起，吏民獨不爭其**頭首**。今以閭子補吏。（《漢書・佞幸傳》）

8. 阿私所親，取非其物，借貸不還，奪人**頭首**，以獲其功，此謂盜軍，盜軍者斬。（《諸葛亮集・斬斷》）

9. 去惡宜深。臣等參議，須幸日限意，使依漢王莽事例，漆其**頭首**，藏于武庫。庶為鑑戒，昭示將來。」詔可。（《宋書・臧質傳》）

10. 熱病始於**頭首**者，刺項太陽，而汗出止。（《新刊王氏脈經‧病可刺證》）

11. 猶如古王**頭首**布施，是曰智慧。（《賢劫經‧神通品》）

一新一舊的「頭首」組合，除了上文提及之表達「頭部」意義之外，也有多種引申義，唯數量不多。與「元首」相同，有引申為事物「開端」若人頭部為首，如例 12 說明「子言之」為發起議論的「頭首」首要者。由此再引申「為首領頭之人」，如例 13 李固駁建議朝廷應該鼓勵反間以捕獲叛軍「頭首」領頭者。也有佛經例，如例 14 指出五百魔軍中，幫助魔王的第一個「頭首」領頭的人名字就叫做「惡口」。「頭首」也有表示「面貌」的引申義，如例 15 描述對抗魔王的軍隊嚴整各色人等「頭首」面貌不同。也有以身體部位比喻地理者，如例 16 描述五湖地理位置，以無錫當「頭首」如同人頭處於最上。

12. 若是發端起義，**事之頭首**，記者詳之，故稱「子言之」。（《禮記皇氏義疏[4]‧表記》）

13. 有能反間致**頭首**者，許以封侯列土之賞。（《後漢書[5]‧南蠻西南夷列傳》）

14. 其中助魔波旬之者，亦有五百。第一**頭首**，名為惡口。（《佛本行集經‧魔怖菩薩品》）

15. 兵仗嚴整，**頭首**各異志願各別，飯食所行志操不同，言聲各別辭談音異，皆詣菩薩。（《大寶積經‧密跡金剛力士會》）

---

4 作者皇侃為南朝梁吳郡（治今江蘇蘇州）人，故屬於南方文獻。
5 作者范曄為南朝劉宋之政治家，歷史學家。

16.**頭首**無錫。足躡松江。負烏程於背上。懷大吳以當胸。
（《全上古三代秦漢三國六朝文・全三國文・吳・楊泉・五
湖賦并序》）

　　兩新詞組合的「頭腦」多出現於醫書與佛經，僅一例出現於一般
文獻。如例 17 言漢朝初期的酷吏用嚴刑峻罰之際頗有氣骨，與公卿
對抗「碎裂頭腦」寧死不改，亦足稱許。此處「碎裂頭腦」引申為拋
棄性命之義，出自劉宋范曄《後漢書》為南方文獻。至於醫書與佛經
用例多是單純部位義指頭部，如例 18 載辛夷藥效之一可治「頭腦」
頭部疼痛。例 19 記載失子之母不信神醫可以醫治其子令其復生，因
此不願醫生以刀剖開其子「頭腦」頭部腦袋。較為特別的是佛經中
「頭腦」用作頭部解時，多用於描述低頭禮拜或是激動以頭撞地的動
作。如例 20「以頭腦稽首」佛陀；例 21「頭腦禮足」增加說明禮拜
對象為佛足；例 22「頭腦著地」則補充說明禮拜動作是頭部觸至地
面。至於例 23 則是敘夫人們欲阻止快目王布施眼睛給婆羅門時激動
地「頭腦打地」除了有禮拜求懇之意更以「打」之動詞形象描述其激
動之情。

17.若其揣挫彊埶，摧勒公卿，碎裂**頭腦**而不顧，亦為壯也。
（《後漢書・酷吏列傳》）

18.辛夷：味辛溫。主五藏，身體寒風，**頭腦**痛，面皯。久
服，下氣輕身，明目，增年耐老。（《神農本草經・上經・
辛夷》）

19.女母便更啼哭曰。我子為再死也。豈有披破**頭腦**當復活
者。父何忍使人取子那爾。（《佛說㮈女祇域因緣經》）

20. 勸化諸眷屬，安住如蓮華，**以頭腦稽首**。(《大哀經・諸菩薩所生莊嚴大會法典品第一》)

21. 爾時憂陀耶。見佛相好。明暉天地。五情實喜。**頭腦禮足**。卻住一面。(《中本起經・還至父國品第六》)

22. 阿難聞佛所說。便整袈裟**頭腦著地**。唯然世尊。我等有福。得近如來耳食法味。普恩慈大愍念一切。為興福田令得脫苦。(《佛說阿難問事佛吉凶經》)

23. 何不哀愍憐我曹等。為一人意。捨棄我等。唯願迴意。莫與其眼。二萬夫人。**頭腦打地**。腹拍王前。亦皆求請。唯願大王。迴意易志。(《賢愚經・快目王眼施緣品》)

在上述的組合中，「元首」、「頭首」在中古以前便有書例，「頭首」見前述《漢書》例，而「元首」則出現時代更早且有引申義，如例 24 指「國君」之義。然「頭腦」則不見於中古前之文獻。因此在引申義的表現方面，三類文獻⁶便有不同。「元首」、「頭首」除了引申義繼續發展增加之外，在佛經中也看見引申用法。而「頭腦」為新興組合，引申用例少且只限於南方中土文獻中。醫書與佛經均無引申用法。

24. 股肱喜哉！元首起哉！百工熙哉！(《尚書・益稷》)

2.1.2 「首」、「頭」與頭面部身體詞組合

除了上述表「頭部」義的身體詞相互組合之外，「首」與「頭」

---

6 以下所謂之三類文獻均是指「一般中土文獻」、「醫書」與「佛經」，統計表格亦依此分類呈現。

還可以和其他面部身體詞組成雙音並列組合。與「面」之組合「首」「頭」皆有，如「面首」、「首面」、「頭面」、「面頭」；與眼睛組合之「首目」、「頭目」、「頭眼」亦是兩詞均有組合例。與其他面部身體詞組合則只有「頭」，有「頭額」、「頭耳」、「頭口」、「頭齒」、「頭頰」、「頭頤」。以下依此三類述之。

2.1.2.1　與「面」的組合

表單純部位義方面「首」組合甚少，中土文獻與佛經各僅一二處。「首面」如例 1 談修心當如整飾「首面」頭髮和臉部。例 2 拂拭「首面」即是擦拭頭臉。「面首」則見例 3 敘戴顒神技看出佛像鑄造比例問題不是「面首」頭臉瘦而是肩胛肥。相對於「首」少見單純部位義，「頭」的並列組合「面頭」與「頭面」卻多為單純身體部位義。「面頭」只出現於佛經，如例 4 敘人們悲傷之態以雙手拿塵土來塗「面頭」頭臉上。「頭面」則三類文獻皆有，如例 5 嵇康自述疏懶常不洗「頭面」頭臉；例 6、葛洪記中溪毒方可以藍青汁遍塗「頭面」頭臉和身體；例 7 描寫婦女供養前先莊嚴「頭面」頭臉臉上化妝頭髮上塗油，皆為身體部位義。「頭面」也有用於陳述禮拜動作的用法，如例 8 說明以「頭面」頭臉著地禮拜佛足，此類用法數量甚多，超過一千餘例。

1. 心猶**首面**也，是以甚致飾焉。面一日不修，則塵垢穢之；心一朝不思善，則邪惡入之。咸知飾其面，不修其心，惑矣。（《蔡中郎集・女訓》）
2. 彼青衣神鬼數百之眾皆前迎逆。或前收攝衣者。或持淨水洗手足者。或以淨巾拂拭**首面**者。（《出曜經・戒品》）
3. 昔鑄像初成，而**面首**殊瘦。諸工無如之何，乃迎顒看之。顒

曰：非面瘦也，乃臂脬肥耳。既鑢減臂脬而面相自滿。諸工無不歡息。(《高僧傳・興福第八釋慧力三》)

4. 或復拍頭交橫兩臂，或復二手取於塵土持坌面頭，或出種種悲咽音聲。(《佛本行集經卷十五》)

5. 不涉經學。性復疏嬾，筋駑肉緩。頭面常一月十五日不洗。不大悶癢，不能沐也。（《嵇康集・與山巨源絕交書》)

6. 又方：搗藍青汁，以少水和塗之，頭面身體，令匝。(《葛仙翁肘後備急方・治卒中溪毒方》)

7. 諸白衣婦洗浴，以香塗身，莊嚴頭面，治目塗髮著新好衣。(《十誦律・比丘尼壇文》)

8. 善男子。爾時樹提。頭面著地禮於佛足。〈《悲華經・諸菩薩本授記品》〉

　　在引申義部份，具引申義之組合為「面首」，有「面貌長相」之義，此用法多見於佛經，如例 9 描述須達長者小女兒蘇曼「面首端正」長相面貌端正美麗。由面貌義引申出「面貌美好男子」義，如例 10 隨從的一百八十個「面首富室」指年輕的男子。更由此引申出「女主後宮」之義，如例 11 為山陰公主抗議何以皇帝有後宮而公主則無，因此宋廢帝為之立男妃面首三十人。

9. 爾時須達長者。末下小女。字曰蘇曼。面首端正。容貌最妙。(《賢愚經・蘇曼女十子品》)

10.孝武末年，作酒法，鞭罰過度，校獵江右，選白衣左右百八十人，皆面首富室，從至南州，得鞭者過半。(《南齊書・倖臣茹法亮傳》)

11.事不均平，一何至此！」帝乃為主置面首左右三十人；進
　　爵會稽郡長公主（《宋書‧前廢帝本紀》）

　　由上述討論可見「首」、「頭」與「面」的各種排列組合「首面」、
「面首」、「頭面」、「面頭」皆有書例，然以合乎音序平聲在前的「頭
面」詞頻最高。在引申義部份，則是以舊詞「首」組合之「面首」具
引申義，其他則都只有單純身體部位義，是具有更替關係的新舊詞在
雙音組合上的差異，舊詞組合有引申義而新詞則多為單純身體部位義。

2.1.2.2　與「目」的組合

　　由於「頭」、「首」和「眼」、「目」都有更替的關係（「頭」更替
「首」；「眼」更替「目」），因此有各種新舊詞彙的組合情況：兩舊詞
組合為「首目」；一新一舊組合的有「頭目」以及兩新詞組合的「頭
眼」。舊詞多引申義而新詞多僅有單純部位義。

　　在單純身體部位義方面，此兩類組合義指頭與眼睛。舊詞組合的
「首目」在中古時期僅一般文獻與佛經各有一例，如例 1 敘齊王因厭
惡令狐景勸戒而以彈彈之，甚至攻擊其「首目」頭部與眼睛。佛經亦
僅一例，見例 2 描述修行者精進之行，縱使野火熾盛一直燒到行者
「首目」頭部眼目也不捨座逃生，因為體悟三毒之火更勝於野火，當
精進滅之。一新一舊組合的「頭目」則多身體部位義，中土醫書佛
經三類文獻均有書例，如例 3 記一異物有身體「頭目」頭及眼睛，但
是沒有手腳。例 4 錄治療「頭目」頭部眼睛痛可以從足太陰經下手。
例 5 說父愛縱然偉大無法將「頭目」頭和眼睛給小孩，然菩薩通達般
若能夠布施「頭目」頭眼腦髓給眾生。兩新詞組合之「頭眼」則是僅
有身體部位義，見例 6 歲終帖，言及「頭眼」頭與眼睛的熱病更加
嚴重。

1. 帝嘗喜以彈彈人。以此忤景。彈景**不避首目**。(《全上古三代秦漢三國六朝文‧全晉文‧安平王孚‧奏永寧宮》)

2. 修行道者何謂精進。假使行者專精空無，心不捨離是謂精進。設野火燒稍來近座，并燒衣服上及**首目**。(《修行道地經‧分別相品》)

頭目

3. 成都北鄉有人望見女子避入草中，往視，見物如人，有身形**頭目**，無手足，能動搖，不能言。(《魏書‧竇勢傳》)

4. 逆冷，腹滿義胸，**頭目**痛苦，妄言，治在足太陰(《新刊王氏脈經‧病不可發汗證》)

5. 如是等是總相因緣。父雖愛子不能以**頭目**與之。菩薩為般若波羅蜜故，無量世中以**頭目**髓腦施與眾生。(《大智度論‧釋薩陀波崙品》)

6. 奉月初告，承極不平復，**頭眼**半體疾恒惡。(《王獻之集‧歲終帖》)

此類組合的引申義以有舊詞「目」的組合為限。相較於上述身體部位義，「首目」較多引申義，如例 7「首目」指書籍文章之條目。例 8 之「頭目」指轉輪王布施之珍寶首飾。至於兩新詞組合之「頭眼」則不見有引申義用例。

7. 崔氏累世彌縫其闕，胡公又以次其首目而為之解，署曰《百官箴》。(《摯太常集‧文章流別論》)

8. 轉輪聖王所著妙衣，種種華鬘上妙瓔珞。七寶妙車種種寶床，七寶**頭目**挍絡寶網。(《悲華經‧大施品》)

本類組合「首目」、「頭目」、「頭眼」排序以義序為主，「頭」、「首」
都在前，後接「目」或「眼」。恰巧前者為平聲上聲而後者為上去
聲，是亦不違音序。在語義方面只有舊詞「首」、「目」的組合「首
目」、「頭目」有引申義，兩新詞組合則僅身體部位義。

2.1.2.3　與其他頭面部身體詞的組合

與其他頭面部身體詞的雙音組合僅有「頭」而無「首」，唯均是
單純身體部位義。有「頭耳」如例 1 描寫白馬「頭耳」頭與耳朵色
黑。次有「頭齒」見於一般南方文獻與佛經例，如例 2 顏延之自謂
「頭齒眩疼」頭部暈眩牙齒疼痛。例 3 說觀不淨骷髏「頭齒」頭骨牙
齒分散。更有「頭頰」如例 4 述業報眾生「頭頰」突起臉上長滿面皰
鼻子扁平。

1. 五百白馬。頭耳烏黑。駿尾悉朱。(《佛本行集經‧向菩提樹
   品中》)
2. 自去夏侵暑，入此秋變，頭齒眩疼，根痼漸劇，手足冷痹，
   左髀尤甚。(《宋書‧顏延之傳》)
3. 肌肉生蟲，蟲還食身，膿血惡露滂沱流地。骸骨解散，節節
   異處，足趺脛髀，尻脊脅臂，頭齒髑髏，各自分離。(《六度
   集經‧禪度無極章》)
4. 其形甚醜身體黑如漆。兩目復青。頭頰俱堆皰面平鼻。(《佛
   說罪業應報教化地獄經》)

由此亦可見在「首」與「頭」的更替演變中間，「首」的構詞力
逐漸弱化，罕能與其他詞組合，而「頭」則方興未艾，可與各種身體
詞組合，這些組合都是先秦時未見之組合。

2.1.3 「首」、「頭」與其他部位組合

　　「頭」、「首」為人直立時最上部位，在雙音組合上與各類身體詞也都有組合例。與肩頸組合有「首領」、「頭領」、「頭頸」、「頭項」；與軀幹類組合有「首腰」、「腰首」、「頭腹」、「頭背」、「頭身」；與臟腑類組合有「心首」；與四肢類組合有「頭手」、「首足」、「頭足」、「腦足」、「頭腳」。是所有身體詞中跨組合最多者，以下依此四類分述之。

　　「頭」「首」連接頸項，故有與頸項類組合，由於此類組合與頸項類組合有相通處[7]，書例繫於 3.1 節詳細討論之。撮其要而言：頸項類身體詞也有新舊之分，「領」為古語而「頸」、「項」為新詞。在組合方面，舊詞「首」只與「領」組合作「首領」，並無與新詞組合例。而新詞「頭」可與所有頸項新舊詞組合，故有「頭領」、「頭頸」、「頭項」。而在意義方面，則只有舊詞「領」之組合有引申意義，如「首領」有「為首領導者」與「性命」的引申義；而「頭領」有「為首領導者」之引申義。其餘「頭」的組合則只有單純部位義。且多出現於佛經與醫書，一般中土文獻則限於南方文獻。

　　「頭」、「首」有與軀幹類的「腰」、「腹」、「背」與「身」組合例。與「腰部」相組合有「首腰」與「腰首」，例 1「首腰分離」與例 2「腰首分離」以喻失去生命，兩例均見於中土文獻且為東漢三國時期之例，南北朝後罕見，蓋以「首」已漸為「頭」更替之故。「頭」的組合則有「頭腹」、「頭背」與「頭身」均出於醫書或是佛經，都只有單純身體部位意義。如例 3 述說調達比丘腹痛時，自見佛陀以手摩按其「頭腹」頭和腹部並與熱鹽水療治其苦。例 4 則說明服

7　如「首領」、「頭領」與「項領」均有引申為領頭者之義。

侍生病老比丘沐浴的方法，在浴室內若覺得「頭背」頭與背部過熱則可以毛巾遮覆。例 5 則是記治療中風「頭身」頭與身體非常不舒服的藥方。例 6 為佛經由觀枯骨「頭身」頭與身體分開，無分貧富貴賤男女老少命終之後必然如此樣貌，則分別比較之心可以消矣。此「頭身異處」是描寫眼睛可見的頭與身體分開的情況，並非比喻為失去性命，因此仍視為單純身體部位義。

1. 鷹視狼顧，爭為梟雄者，不可勝數。然皆伏鈇嬰鉞，首腰分離，雲散原燎，罔有孑遺。（《陳琳集・檄吳將校部曲文》）

2. 況皓凶頑，肆行殘暴，忠諫者誅，讒諛者進，虐用其民，窮淫極侈，宜腰首分離，以謝百姓。（《三國志・吳書・孫皓傳》）

3. 爾時調達尋便見我往至其所。手摩頭腹授與鹽湯而令服之。服已平復。（《大般涅槃經・梵行品第八之二》）

4. 若煙熏面當持巾與障。若頭背熱。當以巾覆彼。（《四分律・受戒揵度》）

5. 若頭身無不痛，顛倒煩滿欲死者：取頭垢如大豆大，服之，并囊貯大豆，蒸熟逐痛處熨之，作兩囊，更番為佳。若無豆，亦可蒸鼠壤土，熨。（《葛仙翁肘後備急方・治中風諸急方》）

6. 有念是者為懷自大。當作此計城外塚間。棄捐骨鎖頭身異處。無有血脈皮肉消爛。當往觀此貧富貴賤。男女大小端正醜陋。枯骨正等有何殊別。（《修行道地經・分別相品》）

與臟腑類詞的組合有「心首」。由心與頭腦的銘記功能引申有記憶之義，常用不去心首（例 7）、不離心首（例 8），表示銘記在心。

由此例亦可見如上諸例佛經新詞罕見引申義，而於此用引申義時則採取舊詞，可見新詞與舊詞除了新詞口語性較強之外，在引申義用法時也會傾向使用舊詞。

> 7. 是故說曰。行路念防慮。持戒多聞人。受佛言教不去心首。（《出曜經‧親品》）
>
> 8. 當知我等唯有二子，於汝二子大生憐愛，不離心首。若暫不見，心懷憂惱。（《佛本行集經‧婆提唎迦等品》）

四肢類身體詞與「首」、「頭」、「腦」的雙音組合。有與「手」組合之「頭手」；與足組合之「首足」、「頭足」與「腦足」；以及與「腳」組合之「頭腳」等。多半是單純身體部位義。「頭手」見例 9 南方文獻《幽明錄》描寫比丘尼以神通示現勸止桓溫不臣之心斬己「頭手」頭和手。佛經亦有用例如例 10 寫六群比丘強牽柔弱比丘致使其「頭手」頭部與手部受傷。

> 9. 先以刀自破腹，出五藏，次斷兩足，及斬頭手。（《幽明錄》）
>
> 10. 六群比丘大力勤健，不大謹慎，即強牽出。是比丘柔軟樂人，頭手傷壞鉢破衣裂（《十誦律‧九十波逸提法》）

與「足」的組合較多。有「首足」只出現於中土文獻。單純部位義如例 11，「首足」指頭部與足部。引申義則如例 12 以「首足異處」謂失去生命。

11. 疹疾灸療，艾炷圍將二寸，首足十餘處，一時俱下（《魏書・李洪之列傳》）

12. 聚眾不以為強，空使身有背叛之名，家為惡逆之黨，兄弟子姪，首足異處，垂髮戴白，同就塗炭，聞者相為酸鼻（《全上古三代秦漢三國六朝文・全北齊文・文襄帝・與侯景書》）

也有「頭足」，出現的範圍較「首足」為廣，單純部位義三類文獻皆有有一般南方文獻如例 13、有醫書例如例 14、有佛經例如例 15，三處「頭足」都是頭部與腳的意思。此組合也有引申義，見例 16 桓玄勸劉牢之如若不改則將「頭足異處」失去生命。

13. 度嘗動散寢於地，見（靳）尚從外而來以手摩頭足而去。頃之復來持一琉璃甌，甌中如水以奉度。味甘而冷，度所苦即間。其徵感若此。（《高僧傳・義解五・釋法度十九》）

14. 治鱉瘕伏在心下，手揣，見頭足時時轉者（《葛仙翁肘後備急方・治卒心腹瘕堅方》）

15. 鱉覺狐來藏頭四足覆於甲下。狐住待之，設出頭足我當搏食。鱉急不動狐極捨去。（《修行道地經・弟子三品修行品》）

16. 孰若翻然改圖。唯理是宅。保其富貴。全其勳業。則身與金石等固。名與天壤俱窮。孰與頭足異處。身名俱滅。為天下笑哉。（《全上古三代秦漢三國六朝文・全晉文・桓玄・與劉牢之書》）

至於「腦足」的組合僅有一處，出現於醫書（例 17），說明養生之

法，若於春秋兩季應當讓「腦足」頭部與腳部都保持清涼。

> 17.冬日溫足凍腦，春秋腦足俱凍，比乃聖人之常法也。(《養
> 性延命錄‧雜誡忌禳害祈善篇第三》)

與「腳」的組合則只有「頭腳」見於口語性質多的文獻與佛經，都是
單純部位意義，例 18 志異物似水牛而無「頭腳」；例 19 言屠夫販賣
屠體「頭腳」頭與腳四散發賣。

> 18.停武昌，令鑿之，得一物，大如水牛，青色無頭腳，時亦
> 動搖，斫刺不陷。
> (《異苑》卷七)
> 19.以前世時坐屠殺為業烹害眾生。屠割剝裂骨肉分離。頭腳
> 星散懸於高格稱量而賣。或復生懸眾生苦痛難處。故獲斯
> 罪。(《佛說罪業應報教化地獄經》)

此系列組合中，「首」的組合單純部位義罕見於較為口語的醫書
或是佛經中。僅有引申為「記憶」的用法可見於佛經中，至於以「首
領」「首腰」、「腰首」、「首足」的分離來描述失去性命是「首」的另
外一引申義，由「首」與身體各部位的分離可見此類組合並不是單純
的陳述身體部位義，而是重於「首」與身體的分離異處而以此言生命
之終結。「頭」唯一的引申義用法「頭足異處」亦是同理。而「頭」
的組合較「首」多樣，乃因「首」相對於「頭」而言屬於較古之用
詞，是以在口語中的構詞力減弱，罕能合成新詞。在組合排序上，仍
以「頭」、「首」居上故在前的義序為主，至於「面頭」一例取義於塵
土接觸身體先及面部後及頭部仍為義序。例外的「腰首」與「心首」

則是與音序相關，「腰」與「心」為平聲是以可位於詞首。較為特別的是「面首」一語既非上聲在前的音序也無義序之理，而多引申義，是為特別別義之詞語，以特別的次序突顯出此一複合詞內含之引申義。

2.2　面、顏

　　「面」與「顏」都是指臉面的身體詞，《說文》：「面，顏前也。」《段注》解釋：「顏者、兩眉之中閒也。顏前者謂自此而前則為目、為鼻、為目下、為頰之閒。」也就是頭的前面部位，包含了額眉目鼻口等部位。「顏」本指額頭後來則擴大指稱整個臉部，上古時已經完成這個語義的轉化在中古的分工上「面」偏於指部位而「顏」偏於指臉部顏色表情[8]。

　　面、顏除了相互組合之外，「顏」只有「心顏」的組合，而「面」先有上節提及之「面首」、「首面」、「面頭」、「頭面」，本節不再贅述。其餘組合則可分為四類：一為與頭面五官身體詞之組合，其次為與「身」「體」之組合，最後是與「手」的組合。大部分的「面」的組合都是單純部位義，而「顏」的組合雖少，引申義的比例卻較多。以下分單純部位義與引申義論之。

2.2.1　單純身體部位義

　　首先是「顏」、「面」兩兩互組的「顏面」與「面顏」都有指「臉部」的意思。例 1 描述劉胡「顏面」面部特徵形狀坳下而顏色黝黑。

8　有關「顏」、「面」與「臉」的更替，與語義的分工可參見周玟慧（2016）。其中「臉」無與其他身體詞的組合，故不列。

例 2 陳述何晏以朱衣擦拭「面顏」臉部汗水，而膚色更加皎潔，可見未曾敷粉。

> 1. 劉胡，南陽涅陽人也，本名坳胡，以其**顏面**坳黑似胡，故以為名。及長，以坳胡難道，單呼為胡。(《宋書‧劉胡傳》)
> 2. 何晏字平叔，以主婿拜駙馬都尉。美姿儀而絕白，魏文帝疑其著粉。後，夏月與熱湯餅，既啖大汗出，隨以朱衣自拭**面顏**，色轉皎然。(《裴子語林‧卷上》)

其次與臉面五官類組合最多，然皆為「面」的組合，而無「顏」組合。五官均有：「面目」、「面眼」、「面耳」、「鼻面」、「口面」、「面齒」；以及「面額」、「面頰」。其中以「面目」出現範圍最廣詞頻最高，三類文獻均有例：一般中土文獻如例 3 批評魏明帝不務國事，而令群臣擔土「面目」臉面眼目全都沾滿泥土，來建假山。醫書如例 4 記起床時的養生法，可以摩擦雙手按摩「面目」臉和眼睛。佛經如例 5 說明比丘應有的威儀中有吃飯時不能以手來按壓「面目」臉及眼睛。

> 3. 魏明帝起土山於芳林西北陬，使公卿皆負土，捕禽獸置其中，群臣穿方舉土，**面目**垢黑，沾體塗足，衣冠了鳥，以崇無益，其所以不能興國也。(《金樓子‧箴戒篇》)
> 4. 順髮摩項，若理櫛之無數也。良久，摩兩手以治**面目**，都畢咽液三十過，以導內液。(《登真隱訣‧卷中》)
> 5. 復有五事。一者不得以手摩拭**面目**。二者左手已污不得近右手。三者若手已污不得獲鉢水。四者不得已污手正袈裟。五者不得持手巾拭膩手。(《大比丘三千威儀卷下》)

　　中古「眼」與「目」同為表示眼睛的身體詞，就詞彙更替歷史來看，相較於「目」來看，「眼」為新詞。與之組合的「面眼」只出南方文獻口語性強之小說《異苑》，記水邊異物長得像蛇「面眼」頭面眼睛。

　　6. 狀若青藤而無枝葉，數日盈拱。試共伐之，即有血出，聲在
　　　 空中，如雄鵝叫，兩音相應，腹中得一卵，形如鴨子，其根
　　　 頭似蛇**面眼**。(《異苑》)

　　其餘組合「面耳」、「鼻面」、「口面」、「面齒」只見於醫書或佛經，如例 7 記起床時養生可以手擦「面耳」臉和耳朵至發熱。例 8 陳譏笑書寫經書的果報之一將使「鼻面」鼻子臉面生出面皰。例 9 敘癲狂莨菪散之治療過程中病人將感覺「口面」繃緊等情況，這是疾病將癒的徵候。例 10 述佛說法「口面」口部與臉部發出大光明來。例 11 陳述易進易退無恆心者的相狀之一有「面齒」臉與牙齒保持乾淨。

　　7. 凡守一旦，起皆咽液三十過，存令赤色。又手拭**面耳**令熱
　　　 (《上清握中訣·蘇君傳行事訣》)
　　8. 見書是經非之不可而共調戲。所生之處其身缺漏，為火所燒
　　　 常遇諍訟，**鼻面**生皰手足了戾。(《正法華經·樂普賢品》)
　　9. **口面**當覺急，頭中有蟲行者，額及手足應有赤色處，如此必
　　　 是差候。若未見，服取盡矣。(《葛仙翁肘後備急方·治卒發
　　　 癲狂病方》)
　　10. 棄捨眾狐疑，如哀修道場。奉行得自在，**口面**演光明。
　　　 (《大寶積經·密跡金剛力士會》)
　　11. 見人先問訊，衣薄**面齒**淨。有慈易從事，起行不惜財。別

知人行慈，易教不很戾。佛說性如是，為應貪婬相。(《修行
道地經·分別相品》)

五官之外，與頭部身體詞組合尚有「面額」與「面頰」。前者有
兩處中土文獻與佛經例，後者則只出現於佛經。「面額」如例 12 論蕭
昭業即位不久便跑馬取樂以致墜馬「面額並傷」臉面與額頭都受了
傷。例 13 述大眾瞻仰菩薩「面額」臉面額頭眉目各處。「面頰」則如
例 14 記眾人得知佛將要涅槃時傷心以致「面頰」臉頰憔悴。

12. 昭業素好狗馬，立未十日，便毀齊所起招婉殿，以殿材乞
閹人徐龍駒造宅，於其處為馬埒，馳走墜馬，**面額並傷**，稱
疾不出者數日。(《魏書·蕭昭業傳》)

13. 丈夫婦人。欲營餘者。悉捨來看。生希有心。觀看菩薩。
眼目不瞬。所觀菩薩。支節**面額**。眉目肩項。手足行步。於
一一處。各皆愛樂。(《佛本行集經·勸受世利品中》)

14. 各各相牽共悲泣者。還雇相視共淚出者。或手相搏拍臍拍
頭，或開目閉目諸根變異，**面頰**憔悴肥色困皺。(《佛說方等
般泥洹經·哀泣品第一》)

與「身」、「體」的組合「身面」、「面體」、「體面」亦多出現於醫
書與佛經，若有一般中土文獻例也都屬於南方文獻，如例 15 反駁漢
高祖與光武帝取天下容易之說，述當戰鬥時「身面」身體與臉面流血
非常困難。例 16 記治療「身面」身體和臉上的黑痣。例 17 陳一異物
「面體」臉面身體像是活生生的人。例 18 錄一美白護膚方可治「面
體」臉面身體皮膚黧黑。例 19 敘一商賈炎天獨行「體面」身體臉面
流汗不止。

15.蔣子通言：「漢祖取天下如登山，光武取天下如走丸。當尋
　　邑百萬，震古未聞。滹沱河冰，**身面**流血，豈其易也！」
　　（《金樓子‧立言篇》）

16.又方：治黑痣生於**身面**上。（《葛仙翁肘後備急方‧治面皰
　　髮禿身臭心惛鄙醜方》）

17.鬢毛班白鮮明。**面體**如生人。（《全上古三代秦漢三國六朝
　　文‧全晉文‧葛洪‧抱朴子內篇佚文》）

18.療人**面體**黎黑，膚色黧陋，皮厚狀醜。（《葛仙翁肘後備急
　　方‧治面皰髮禿身臭心惛鄙醜方》）

19.或有賈客失眾伴輩。獨在後行上無傘蓋。足下無履**體面**汗
　　出。唇口燋乾熱炙身體。張口吐舌劣極甚渴。（《修行道地
　　經‧行空品》）

　　最後則是與四肢的「手」組合之「手面」，義為手與臉面的單純
部位意義。三類文獻中都有例子，為較常用之詞彙。例 20 述勿吉國
風俗以人尿來洗「手面」手臉。例 21 記護手護臉霜作法，以蕪菁子
杏仁等物製作「手面膏」。例 22 為與缽有關的戒律，其中之一是不能
用食缽來裝水洗「手面」手和臉。

20.嚼米醞酒，飲能至醉。婦人則布裙，男子豬犬皮裘。初婚
　　之夕，男就女家執女乳而罷，便以為定，仍為夫婦。俗以
　　人溺洗**手面**。（《魏書‧勿吉國列傳》）

21.又方：蕪菁子二兩，杏仁一兩，並搗，破栝蔞去子，囊豬
　　胰五具，淳酒和，夜傅之，寒月以為**手面**膏，別方云，老
　　者少，黑者白，亦可加土苽根一兩，大棗七枚，日漸白
　　悅，姚方，豬胰五具，神驗。（《葛仙翁肘後備急方‧治面
　　皰髮禿身臭心惛鄙醜方》）

22.若鉢濕不應便舉。不應令太乾。不應故打破。不應用澡洗
手面。好守護莫以是破因緣故求覓。妨廢坐禪讀經行道。
尼薩耆波夜提者。是鉢應捨。(《十誦律・明三十尼薩耆法
之四》)

2.2.2　引申義

「面」的相關組合有「長相」、「年輕男子」、「表情」與「面
子」、「心情」等引申義。

在於引申義方面，前小節已經討論過「面首」有長相的引申義，
更由此引申出「年輕男子」與「女主後宮」之義。「面目」則是所有
「面」雙音並列組合中引申義最多的，同樣也有「長相」的引申義。
有南方文獻，如例 1 志怪小兒「面目」長相端正。也有佛經例，如例
2 列阿彌陀佛第九大願，願國中人民「面目」長相端正。

1. 于時有一豎子。窺其圖中。見四小兒。並長數寸。**面目端正**
衣裳鮮潔。於是追覓不知所在。(《高僧傳・神異下・杯度
八》)

2. 第九願。使某作佛時。令我國中。諸菩薩阿羅漢。**面目皆端
正**。淨潔姝好。悉同一色。都一種類。皆如第六天人。得是
願乃作佛。不得是願終不作佛。(《《佛說阿彌陀三耶三佛薩
樓佛檀過度人道經卷上》)

與靜態的長相相對，臉面也有動態的表情，故「面目」也有「表
情」的引申義，如例 3 言太子「面目」表情喜悅。同樣出現於佛經的
「表情」引申義也有以「面頰」為之，如例 4「面頰」表情愉悅。

3. 太子在座即時微笑。**面目喜悅**。頌宣此言。(《佛說普曜經·入天祠品》)

4. 紫磨金色菩薩言。所念譬如空。所以者何。無所不遍。以大哀無所不覆。其心常喜**面頰**而悅。諸所欲樂者。其心不在其中。(《佛說阿闍世王經卷上》)

「面目」另一常用引申意義為「顏面」、「面子」,常以否定或是疑問形式表達沒臉見人的羞愧。如例 5「何面目」就是沒有臉面可以相見。例 6 的佛經例「強面目」則是以臉面厚強來比喻無恥。

5. 馥怒罵迎曰:「吾等國亡不能存,大難不能死,低眉海內,**何面目**相見也!(《華陽國志》卷十一)

6. 常內懷嫉妬,心亦不一住。後世為獼猴,**強面目**成鳥。(《佛說分別善惡所起經》)

「顏」的組合「心顏」亦有顏面、面子的引申義,如例 7 彭城王義康以反問句「有何心顏」表述自己無顏面能夠再任職。例 8 夏侯道遷則以肯定句式「有靦心顏」有羞愧於臉面,來稱述君恩重而自己功勞不足稱之。

7. 今雖罪人即戮,王猷載靜,養癰貽垢,實由於臣。鞠躬慄悚,若慙谿壑。**有何心顏**,而安斯寵,輒解所職,待罪私第。」改授都督江州諸軍事、(《宋書·彭城王義康傳》)

8. 比在壽春,遭韋纘之酷,申控無所,致此猖狂。是段之來,希酬昔遇。勳微恩重,**有靦心顏**。(《魏書·夏侯道遷列傳》)

「心顏」另有一引申用法指「心情」，由於情緒感受起於心理而表現於顏面，有「情感」之引申義：如例 9「載溢心顏」的是慚愧恐懼的心情，充斥於心理與臉面上。此引申義與五臟六腑類的引申義同，可參見第五章討論。

> 9. 進不能閑詩西楚，好禮北河；退無以振采六條，宣風萬里。懷慚起懼，載溢心顏，而皇明輝燭，照被彌遠。遂乃徙旆淮區，遷金濟服，朱駟出邸，青組臨方，瞻惟徵寵，俯仰忘屠。（《沈約集・為晉安王謝南兗州章》）

「面」與「頭」一樣可以跨界與其他大類的身體詞組合，然而與「頭」有別的是，能夠組合的詞還是比較少，且多為單純部位義而罕有引申義。引申義還是同為頭面五官類的「面首」與「面目」最為大宗。中古時期「面」逐漸取代了「顏」[9]是以「顏」的組合甚少，僅有「顏面」、「面顏」與「心顏」，然與其他舊詞的表現雷同，多用於引申義。在組合排序方面，可以見出「面」雙音組合以義序為主多以「面」居首位，僅有一二居於「面」之前，又多是平聲如「身面」。

2.3　額

《說文》：「顏，顙也。」《六書故》：「髮下眉上謂額。」臉的前部，頭髮以下眉毛以上的這一部份稱為「額」。「額」本為「額」之俗字，現在則「額」為正字[10]。「額」只與臉面五官身體詞組合，絕大部

9　見周玟慧（2016）。

10　大徐本《說文》「額」下云：「臣鉉等曰：今俗作額。」《龍龕手鑑》亦言「額」俗而「額」正。當代則以「額」為正體，如教育部辭典釋「額」而以「額」為異體。

份是單純兩義相加的部位義。例 1 記頻頭娑羅王望見菩薩相好,「頂額」頭頂與額頭寬廣平正。例 2 則是阮籍《獼猴賦》描寫獼猴揚「眉額」眉毛額頭瞪大眼睛的樣子。例 3 描寫心煩意亂「眉額」眉毛額頭緊皺的樣子。例 4《肘後方》錄治療瘧疾的咒祝法,在五心(兩手手心兩腳底足心與心胸處)以及「額舌」額頭與舌頭共七處,書寫鬼字可以療疾。「面額」例見上 2.2.1 節也都是單純身體部位義。

1. 身色面目。**頂額**廣平。皎潔分明。(《佛本行集經・勸受世利品中》)
2. 故人面而獸心。性褊淺而干進兮,似韓非之囚秦,揚**眉額**而驟眮兮,似巧言而偽真。(《阮籍集・獼猴賦》)
3. 增復嚬皺。**眉額**被縮。現為三分。(《佛本行集經・娑毗耶出家品下》)
4. 又方:未發頭向南臥,五心及**額舌**七處,閉氣書鬼字。(《葛仙翁肘後備急方・治寒熱諸瘧方第十六》)

「額」的組合有「頭額」「眼額」兩處引申義。一見例 5,指出相士觀察人以「頭額」為著意處,由此引申出「面相」之義。周武帝對臣子進言隋公恐有天子相貌時回答其「頭額」只有將帥面相不足為慮。一為例 6「眼額」乃皇帝說蕭惠開以往「眼額」所作所為已有所震動人[11]。此為皇帝口語因此用了較為口語的「眼」與「額」組合。

5. 武帝云:「此人**頭額**,但宜為將,不須異意待之。」(《李德林集・天命論》)

---

11 本段《宋書・蕭惠開傳》有異文作「一往服領」。服領謂以前在職位上的作為。而「眼額」則是以身體詞引申為種種可見之表情動作,再引申為行為舉止。

6. 孝武與劉秀之詔曰:「今以蕭惠開為憲司,冀當稱職。但一
往**眼額**,已自殊有所震。」(《全上古三代秦漢三國六朝文·
全宋文·武帝·與劉秀之詔》))

上述諸例無論是一般中土文獻或是醫書、佛經,多是單純指身體
部位,僅有兩引申義。且只與頭面五官「頭」、「頂」、「舌」、「面」相
結合,可見「額」並非構詞力強的詞彙。在排序上面「額」為入聲字
「頭額」、「頂額」、「眉額」、「面額」均居後位,符合平上去入排列音
序。唯與「舌」組合時居於前位,乃「舌」亦為入聲字,兼就頭面位
置來看「額」在「舌」之上,故稱「額舌」,不違背音序之外更符合
了上下的義序排列。

2.4　眉

說文:「眉,目上毛也。」指眼睛上面的兩道毛髮。因此與眉相
組合的身體詞可蓋分為兩大類:一類是位置相近;一類是頭部其他毛
髮。位置相近的組合,最多的是「目」及其新詞「眼」,有「眉目」
與「眉眼」。「睫」也是相近於眉毛的可互相組合之身體詞,有「眉
睫」一語。此外臉面中還有「額「與「頰」可與眉相組合作「眉
額」、「眉頰」。另外一類則是與頭部毛髮的「髮」、「鬢」、「髭」、
「鬚」組合之「眉髮」、「髮眉」、「眉鬢」、「眉髭」、「髭眉」、「眉
鬚」、「鬚眉」。這些組合多半指身體部位。

2.4.1　單純身體部位義

「眉」的組合多為單純身體部位意義。先論與「眉」部位相近之

組合，其中為數最多者為「眉目」，出現於一般中土文獻如例 1。也有佛經用例如例 2 是天女自稱「眉目」端正。

> 1. 晦美風姿，善言笑，**眉目**分明，鬢髮如點漆。（《宋書・謝晦傳》）
>
> 2. 我等額廣頭圓滿**眉目**平正甚悠揚（《佛本行集經・魔怖菩薩品中》）

南北朝時期已經有「眼」更替「目」的情況，然多出現於南方文獻或是口語中，是以表示部位的「眉眼」兩例亦均屬南方文獻。例 3 出自東晉郭璞的《易洞林》，記載一段有關狗的奇聞。例 4 為梁邵陵王蕭綸的宮體詩。常用口語的佛經也有例子，如例 5 佛陀呵斥不可畫眉眼。

> 3. 狗長大，蘊入見，狗**眉眼**分明，又身至長而弱，異於常狗。蘊甚怪之，將出共視，在眾人前忽失所在。（《易洞林補遺》）
>
> 4. 關情出**眉眼**，軟媚著腰肢。語笑能嬌媄，行步絕逶迤。空中自迷惑，渠傍會不知。懸念猶如此，得應時若為。（《玉臺新詠・邵陵王綸・車中見美人》）
>
> 5. 或欲著指鐶畫**眉眼**著雜色革屣。以是白佛。佛言：愚癡人此是白衣儀法。（《彌沙塞部五分律・第三分之五衣法上》）

與眉位置接近的還有「睫」。佛經中有一例，記敘天子贊佛相好，「眉睫」眉與睫毛平正：

> 6. **眉睫**甚細妙，平正而善姝。廣長舌覆面，乃至於髮際。（《佛說離垢施女經》）

眉上髮下為額，額以眉為界，故也有與眉組合之「眉額」，例見 2.3 節，都是指眉毛與額頭的身體部位義。《龍龕手鑑》謂：「頰輔也，目下耳前曰頰。」眼睛下頭耳朵前面的部位為臉頰，亦近於眉目，故除了目眼與額頭之外「頰」是另一可與「眉」組合的面部身體詞。例 7 為左思寫女兒嬌態舉著酒杯在「眉頰」眉毛臉頰之間遊戲。

> 7. 兩目燦如畫。輕粧喜樓邊，臨鏡忘紡績。舉觶擬京兆，立的成復易。玩弄眉頰間，劇兼機杼役。（《玉臺新詠・左思・嬌女詩》）

其次則是物以類聚之組合，「眉」為毛髮之一，故與頭面部毛髮組合亦常見。由頂上開始有「眉髮」，一般中土、醫書、佛經三種文獻皆有例，例 8《洛陽伽藍記》記金像生出眉毛頭髮的異相。例 9 醫書《肘後方》記可治眉毛頭髮掉落的藥方。例 10《菩薩本緣經》記向月光王索頭的長髮婆羅門樣貌。

> 8. 普泰元年，此寺金像生毛，眉髮悉皆具足。（《洛陽伽藍記・城東・景寧寺》）
> 9. 一旦得疾，雙眼昏，咫尺不辨人物，眉髮自落（《葛仙翁肘後備急方・治卒得癩皮毛變黑方第四十》）
> 10.身體戰動口言謇吃行不直路。手捲撩捩眉髮迅麗。頭髮刺豎覆手五指如五龍頭。（《菩薩本緣經・月光王品第五》）

有異序的「髮眉」。從例 11 紀錄可見六朝人相當重視外在形貌，對於頭髮眉毛修飾相當重視，是以庾公讚嘆王尼子在整理頭髮眉毛上過人的能力。例 12 則解釋佛陀三十二相是過去世善護身口意三業的

果報。頭髮眉毛相好清白為其中之一。

11.庾公道：「王尼子非唯事事勝於人，布置髮眉，亦勝人。我
輩皆出其轅下。」(《裴子語林·卷下》)

12.如來清白美好髮眉大人相者。乃往古世善自護己身口心
故。(《寶女所問經·三十二相品第九》)

《說文解字》：「鬢，頰髮也。」在臉頰兩邊的毛髮。有「眉鬢」
組合，然只見於醫書：

13.又方：治大風疾，令眉鬢再生。(《葛仙翁肘後備急方·治
卒得癩皮毛變黑方》)

眉毛與鬍子的組合也不少見。《說文解字》：「須，面毛也。」《說
文解字》：「髭，口上須。」須為「鬚」的古字，像面毛之形。為鬍鬚
的統稱，而「髭」則特指口上鼻下這一段的鬍子。眉與此兩者都可組
合：鬚眉（須眉）常見，各類文獻均有文例。如例14與15皆描述漢
光武帝「鬚眉」甚美。例16《神農本草經》記桑寄生藥效之一能使
促進「鬚眉」鬍鬚與眉毛之生長。例17《五分律》則敘琉璃王故
事，釋迦族人以弓箭防禦來襲敵人，以不殺生故以箭射除敵人「鬚
眉」鬍鬚與頭髮。

14.及是時，城中出降尤者言光武不取財物，但會兵計策。尤
笑曰：「是美須眉者耶？何為迺如是！」(《後漢書·光武帝
紀》)

15.帝美鬚眉，身長八尺七寸，腳下有文，色如銀印，厚一
分。(《金樓子·興王篇》)

16. 桑上寄生：味苦平。主腰痛，小兒背強，癰腫，安胎，充肌膚，堅髮齒，長鬚眉，其實明目，輕身通神。一名寄屑，一名寓木，一名宛童，生川谷。（《神農本草經・上經桑上寄生》）

17. 或斷其髮鑷髮。令盡鬚眉無餘。及諸戰具一時斷壞而不傷肉。（《彌沙塞部五分律・第三分之五衣法下》）

也有「眉鬚」，但數量較少。有例 18 將頭部擬人化，會說話抱怨為主人安置「眉鬚」眉毛鬍鬚。例 19 寫范曄禿眉無鬚形貌。例 20 醫書錄以濃鹽湯治療被蚯蚓咬而「眉鬚」眉毛鬍鬚掉落的病症。例 21 佛經說地獄眾生有「眉鬚」眉毛鬍鬚脫落全身潰爛的果報。是以「眉鬚」數量雖少，但是三類文獻中均有例子。

18. 大塊稟我以精，造我以形。我為子植髮膚、置鼻耳、安眉須、插牙齒、眸子擒光，雙顴隆起。（《全上古三代秦漢三國六朝文・全晉文・張敏・頭責子羽文》）

19. 曄長不滿七尺，肥黑，禿眉鬚。（《宋書・范曄傳》）

20. 濃作鹽湯，浸身數徧，差。浙西軍將張韶，為此蟲所咬，其形大如風，眉鬚皆落，每夕蚯蚓鳴於體，有僧教以此方，愈。（《葛仙翁肘後備急方・治卒蜈蚣蜘蛛所螫方第五十九》）

21. 第二復有眾生。身體頑痺眉鬚墮落舉身洪爛。鳥栖鹿宿人跡永絕。（《佛說罪業應報教化地獄經》）

至於「眉髭」與「髭眉」各僅有一例，例 22 形容趙邕「髭眉」明潔，例 23 則是阿難問佛何故欣笑前先讚佛相好「眉髭」色佳。

22.趙邕，字令和，自云南陽人。潔白明髭眉，曉了恭敏。
（《魏書・恩倖趙邕傳》）

23.眉髭紺青色，眼瞼雙部當。白毫天中立，今笑唯願聞。
（《佛說成具光明定意經》）

2.4.2　引申義

「眉」雙音組合有引申義的大多集中於與鄰接的「眼」組合者，有「眉目」、「眉眼」。與臉面其他身體詞組合的「眉睫」「眉頰」也有引申義。至於毛與頭部毛髮組合則僅「鬚眉」有引申義。

由於眉目在面貌中佔了重要角色，眉目清秀則面貌姣好，因此「眉目」類便引申出了「面貌」、「長相」的意義。例 1 說明人的字跡就如同面貌長相，千里之外可以讓得到書信的人如同見面一般。此義尚有「鬚眉」一語，如例 2 稱許太守有崔琰之「鬚眉」面貌。從「臉」再引申還有「顏面」的意思，如例 3「何施眉目」以反問形式暗喻無有臉面處世。

1. 真草書迹，微須留意。江南諺云：「書疏尺牘，千里眉目也。」承晉、宋餘俗，相與事之，故無頓狼狽者。（《顏氏家訓・雜藝篇》）

2. 君以藍田美玉，大海明珠，灼灼美其聲芳，英英照其符彩，風神雅淡，識量寬和；既有崔琰之鬚眉，非無鄭玄之腰帶；爛爛如高巖下電，騷騷若長松裏風；勢利無擾於胸襟，行藏不概於懷抱。（《徐陵集・晉陵太守王勵德政碑》》）

3. 一辭九畹，方去五雲。縱天網是漏，聖恩可恃，亦復執寄心骸，何施眉目。（《全上古三代秦漢三國六朝文・全梁文・王僧孺・奉辭南康王府牋》）

由人的面貌可以引申為事物的樣貌，尤其是指無中生有捏造出事實樣貌來。例 4 北齊皇帝斥責想要構陷馮翊王的人是「曲生眉目」，捏造事端。「眉眼」也有同樣的引申義，如例 5 數宋維讒佞小人與元叉圖謀「坐生眉眼」因而無中生有捏造事實來誣告國王。

> 4. 馮翊王少小謹慎，內外所知，在州不為非法，朕信之熟矣，登高望遠，人之常情，何足可道，鼠輩欲輕相間構，曲生眉目，理應從斬，猶以舊人，未忍置法，迴洛決鞭二百，被宜決杖一百。(《全上古三代秦漢三國六朝文・全北齊文・武成帝・宣敕定州》)
>
> 5. 宋維反常小子，性若青蠅，汙白點黑，讒佞是務，以元叉以元叉皇姨之婿，權勢攸歸，遂相附託，規求榮利，共結圖謀，坐生眉眼，誣告國王，枉以大逆。(《魏書・韓熙傳)》

與睫毛組合的「眉睫」則有引申為「臉色」之義。如例 6 崔亮堂兄崔光勸他向當朝權臣李沖求職，崔亮回以無法看人「眉睫」臉色吃飯。

> 6. 亮曰：「弟妹飢寒，豈可獨飽？自可觀書於市，安能看人眉睫乎！」(《魏書・崔亮傳》)

「眉睫」與「眉頰」還都有引申為近處之義。眉毛與睫毛與臉頰都是近於眼睛的，因此有眼睛可見的「近處」之引申意義。如例 7 說明文思之用可以讓千變萬化的風雲之色如在「眉睫」眼前近處卷舒。例 8 以眉頰指人身近處，言人若能察百步之遠則不能知近在於「眉頰」者，若能知近則無法察遠。

7. 文之思也，其神遠矣。故寂然凝慮，思接千載；悄焉動容，
   視通萬里；吟詠之間，吐納珠玉之聲；**眉睫**之前，卷舒風雲
   之色；其思理之致乎！故思理為妙，神與物游。(《文心雕
   龍‧神思第二十六》)
8. 人多患遠見百步，而不知**眉頰**；知**眉頰**者，復不能察百步
   也。(《唐子》)

　　「眉」可與同類的面部身體詞組合，也可與同為頭部毛髮的
「髮」「鬚」、「髭」組合。在引申意義方面則以前類居多，主要是由
「面貌」再引申出「臉色」、「臉面」乃至「事端」的意義來，也有以
眼睛為基準引申「近處」之義。「眉」與頭面部身體詞組合時，排序
上以位於前位居多。然與毛髮類詞排序除了居前之外，皆有異序產
生，如「眉髮」與「髮眉」、「眉髭」、「髭眉」、「眉鬚」、「鬚眉」。後
兩組是皆為平聲自可互換，而「髮眉」之組合蓋以髮居頂上高於眉毛
之故。

2.5　目、眼

　　《說文》「目」與「眼」兩者互訓：「目，人眼。象形，重童子
也。」「眼，目也」。在詞彙更替史上「目」為「眼」所更替，「目」
為舊詞而「眼」為新詞。然於中古時期兩詞各領風騷，與五官類身體
詞都有雙音組合，也是「目」「眼」類雙音組合的大宗；與其它身體
詞組合則僅零星用例。在意義方面，引申用法不少，多集中於「目」
之組合。

2.5.1 單純身體部位義

在單純身體部位義方面除了與前述「頭」、「首」、「面」、「眉」組合外，尚有與其他五官之「耳」、「鼻」、「口」、「脣」、「齒」組合以及「目髮」一種。

先從「眼」「目」兩兩組合開始——舉例說明之。「眼目」為當時常用詞，在三類文獻中都有書例證。中土文獻如例 1 講枕頭鬼故事，要趁它還沒有長出「眼目」眼睛的時候就要除掉以免害人。醫書見例 2 論「眼目」眼睛之病皆是血脈不通，當用當歸芍藥等行血之藥治療。佛經有例 3 嘆人雖有「眼目」眼睛卻無法得知遙遠之事。異序的「目眼」僅有一例，乃例 4 記因果報應之事，有人刮去畫像上金剛的「目眼」眼睛結果變成盲人。

1. 師曰：「此是君家先世物，久則為魅，殺人；及其未有**眼目**，可早除之！」（《郭季產集異記》）

2. 其說云：凡**眼目**之病，皆以血脈凝滯使然，故以行血藥，合黃連治之。血得熱即行，故乘熱洗之，用者無不神效。（《葛仙翁肘後備急方·治目赤痛暗昧刺諸病方》）

3. 人雖有**眼目**。不能見遠遠之事。（《佛說普門品經》）

4. 元嘉中，丹陽多寶寺畫佛堂作金剛，寺主奴婢惡戲以刀刮其**目眼**。輒見一人甚壯，五色綵衣，持小刀，挑目精。數夜眼爛，於今永盲。（《異苑卷五》）

與「耳」組合有「耳目」與「耳眼」、「眼耳」。「耳目」也是中古常用詞，見於三類文獻：例 5 用莊子渾沌典故，鑿出「耳目」眼睛的孔竅。例 6 談蛇銜膏療「耳目」耳朵眼睛各種病症。例 7 嘆人即使

「耳目」耳朵眼睛俱全，但若是生病也會為人所厭惡。與眼組合則有例 8 論述孔子與佛陀綸音俱是「耳眼」耳朵眼睛不能當場聽見看見的。例 9 為徐陵自述年老「眼耳」眼睛茫茫耳朵聾。例 10 數算一千頭龍有「眼耳」眼睛兩千耳朵兩千個。值得注意的是「耳眼」或「眼耳」都出現於南方文獻或是佛經之中。

5. 所以玄功潛運，至德旁通，百姓日用而不知，萬國受賜而無迹，豈徒鑿其**耳目**（《魏書‧島夷蕭衍傳》）

6. 蛇銜膏：療癰腫、金瘡、瘀血、產後血積、**耳目**諸病、牛領馬鞍瘡。（《葛仙翁肘後備急方‧治百病備急丸散膏諸要方》）

7. 善男子。人亦如是，雖復身體**耳目**具足，既為病苦所纏逼已，則為眾人之所惡賤。（《大般涅槃經‧聖行品》）

8. 釋氏震法鼓於鹿園。夫子揚德音於鄒魯。皆**耳眼**所不得。俱信之於書契。（《弘明集‧高明二法師答李交州淼難佛不見形事》）

9. 弟子二三年來，溘然老至，**眼耳**聾闇，心氣昏塞，故非復在人。（《全上古三代秦漢三國六朝文‧全陳文‧徐陵‧又與天台智者大師書》）

10. 譬如千頭龍，**眼耳**各有二千。（《大智度論‧釋往生品第四之下》）

「目」、「眼」與「鼻」組合有「鼻目」、「目鼻」與「鼻眼」「眼鼻」。「鼻目」與「目鼻」只見於中土文獻，如例 11 論人雖有容貌美醜不同但是「鼻目」有鼻子有眼睛卻都是一樣的。例 12 志樹怪有頭髮手腳形狀但沒有「目鼻」眼睛鼻子。「眼鼻」與「鼻眼」則出現於南方文獻及口語性強的文獻，如例 13《齊民要術》雖為北方文獻，

但公認其口語性質強，有「鼻眼」與「眼鼻」例都是指鼻子和眼睛。例 14 為南方文獻《南齊書》紀錄永明年間的天地異相，有霧霾侵入人的「眼鼻」眼睛鼻子。例 15 為佛經述佛誕生前的故事，化身為白象「眼鼻」眼睛與鼻子發出燦爛光芒。由此可見「眼」口語性質較「目」強，而南方文獻亦多使用俗語。

11. 傳曰：「人心不同，譬若其面。」斯蓋謂大小窊隆醜美之形，至於**鼻目**眾竅毛髮之狀，未有不然者也。(《後漢書‧霍諝傳》)

12. 樹撥撥變為人形，髮長一尺，鬚眉三寸，皆黃白色，有歙手之狀，亦有兩腳著履之形，唯無**目鼻**。(《十六國春秋‧前趙錄‧劉曜》)

13. 羊臕**鼻眼**不淨者，皆以中水治方：以湯和鹽，用杓研之極鹹，塗之為佳……五日後，必飲。以**眼鼻**淨為候，不差，更灌，一如前法。(《齊民要術‧養羊》)

14. 永明二年十一月己亥，四面土霧入人**眼鼻**，至辛丑止。(《南齊書‧五行志》)

15. 菩薩便從兜術天上，垂降威靈化作白象。口有六牙諸根寂定，頸首奮耀光色魏魏，**眼鼻**晃昱現從日光，降神于胎趣於右脅。(《佛說普曜經‧降神處胎品》)

與「口」的組合，有「口目」出於中土文獻，如例 16 記異人「口目」嘴巴和眼睛都是紅色的；也見於佛經如例 17 陳惡業報之一為「口目」嘴巴眼睛歪斜不正。其次有「口眼」，出現範圍較廣三類文獻均可見，唯一般文獻仍限於南方文獻如例 18 記周紆辦案之神，見「口眼」嘴巴眼睛有稻芒，便可破案。醫書如例 19 錄中風方可治

療「口眼」歪斜。佛經例如 20 敘諸菩薩供養世尊前先從座而起「口眼」嘴巴眼睛帶著微笑。最後還有僅見於佛經的「眼口」組合，如例 21 述訶哆釋子看見辯論對手「眼口」眼睛嘴巴及相貌都是自己比不上，故心生憂愁。

16. 晉義熙中，虞道施乘車出行，忽有一人著烏衣，邅來上車，云：「今寄載十許里耳。」道施試視此人頭上有光，口目皆赤，面悉是毛，異於始時。既不敢遣，行十里中，如言而去。臨別語道施曰：「我是驅除大將軍，感汝相容。」因贈銀鐸一雙而滅。（《異苑卷五》）

17. 見書是經非之不可而共調戲。所生之處其身缺漏。為火所燒常遇諍訟。鼻面生皰手足了戾。口目不政其身臭穢。（《正法華經・樂普賢品》）

18. 陰察視口眼有稻芒，乃密問守門人曰：「悉誰載薰入城者？」（《後漢書・周紆傳》）

19. 此藥治丈夫婦人中風不語，手足不隨，口眼喎斜，筋骨節風，胎風，頭風，暗風，心風，風狂人（《葛仙翁肘後備急方・治百病備急丸散膏諸要方》）

20. 爾時一切諸來大眾菩薩摩訶薩等。從座而起口眼微笑。彼諸菩薩於此娑婆世界。遍雨種種寶供養具供養世尊。（《大集經・月藏分第十二法滅盡品第二十》）

21. 見是論師婆羅門眼口相貌。自知不如愁憂更甚。（《十誦律・明九十波夜提法之一》）

單位部位義並列組合中，「目」與「眼」除了上述耳鼻口外的組合罕見其他，各類文獻中「目唇」、「眼齒」、「目髮」各僅一例。例

22 寫天象變令人「目唇」眼睛嘴唇瘀青；例 23 記萬應藥可治療「眼齒」眼睛牙齒疼痛。例 24 描寫妙德寶女相貌莊嚴「目髮」眼睛頭髮深亮顏色十分美麗。

22. 六月二十六日，發龍涸，晝夜肅肅常寒，不復得脫襦袴，將從七十二人面盡黎黑，目唇青瘀。（《沙州記・龍涸》）

23. 眼齒痛，以膏如棗注眥中。白蘆醫當童子視，以膏如粟注眥，愈。（《劉涓子鬼遺方・赤膏治百病方》）

24. 王有寶女。名妙德成滿。端嚴姝妙目髮紺色身如天金。梵音清淨。身出光明照千由旬（《大方廣佛華嚴經・入法界品》）

2.5.2　引申義

在引申義方面集中於「首目」、「頭目」、「面目」、「眉目」、「眉眼」與「眼目」及「耳目」，看得出來與「目」組合者佔了絕大多數。另有無單純部位義僅有引申義者則為與「心」的組合「心目」與「心眼」。與首、頭、面、眉的組合已見上文，「心目」與「心眼」之引申義與臟腑類組合相近，繫於「心」當節論之。本節就「眼目」與「耳目」詳述之。

2.5.2.1　「眼目」

「眼目」為同義並列，眼睛為人重要的身體部位，職司觀看，由此引申出「重要事物」之意涵，如例 1 說明各種修行三昧，若能修行「等語言三昧」成就，則能得諸法「眼目」要點。

1. 有等言語三昧。入是三昧於諸法中悉得眼目。（《悲華經・檀波羅蜜品》）

佛經之中有一常見的比喻，眾生流轉生死長夜猶如盲者，若能聽聞佛法則如得眼可見，如例 2 所言。由此譬喻則「眼目」便有「引領者」的引申義，如例 3 說供養善根的功德可以在未來作為盲目眾生的「眼目」引領者。此一引申義由佛經開始，也擴及到中土文獻，如例 4 陳文帝的懺悔文中便有菩薩為眾生「眼目導」之語，作為眾生的導師引領者。

2. 佛告賴吒和羅。爾時國王太子德光聞嗟歎佛功德及法比丘僧。踴躍歡喜。譬如貧窮飢凍之人得伏匿寶藏，其人歡喜。**譬如盲人得眼目。**（《佛說德光太子經》）

3. 以此供養善根功德。於未來世。盲冥眾生。為作**眼目**。無歸依者。為作歸依。無救護者。為作救護。無解脫者。為作解脫。（《撰集百緣經・菩薩授記品・佛說法度二王出家緣》）

4. 願諸菩薩，久住世間，諸天善神，不離土境，方便利益，增廣福田，映慈悲雲，開智慧日，作**眼目**導，為依止所，成就菩提之道場（《全上古三代秦漢三國六朝文・全陳文・文帝・金光明經懺文》）

2.5.2.2 「耳目」

「耳目」原指耳朵與眼睛，引申為耳朵與眼睛的能力，如例 1 所謂「啟悟耳目」啟發耳目視聽以學仁義經典並由此而悟道。

1. 然則仁義者，人之性也；經典者，身之文也，皆以陶鑄人情，啟悟**耳目**，未有不由學而能成其器，不由習而能利其業。（《六經略注序》）

由視聽能力再進一步則有偵察監視的引申義，如例 2 敘劉穆之時常於宴客時便安排「耳目」偵查監視者於席間，探知各種朝野消息。此等職司監視者往往為主事者視為心腹之人，因此也有「親近之人」的引申義，如例 3 白曜謂文達言其為劉休賓之「耳目腹心」親近之人，當回報勸降。

2. 高祖每得民間委密消息以示聰明，皆由穆之也。又愛好賓遊，坐客恒滿，布耳目以為視聽，故朝野同異，穆之莫不必知。雖復親暱短長，皆陳奏無隱（《宋書·劉穆之傳》）

3. 白曜曰：「卿是休賓耳目腹心，親見其妻子，又知我眾旅少多，善共量議，自求多福。」（《魏書·劉休賓傳》）

另一方面若論人之聲色享受必然要有耳目之作用。因此「耳目」也有了聲色享受的引申義，若例 4 之恣極「耳目」便是極聲色享受之義。

4. 又車服制度，恣極耳目。田荒不耕，游食者眾。（《後漢書·顯宗孝明帝紀》）

比較「眼目」與「耳目」的引申義出現文獻可以發現前者以佛經為大宗而後者全為中土一般文獻。關鍵點在於「眼」為口語性質強的新詞。當佛經要取譬喻時便用此語，而在形成引申義後借入中土文獻，且為南方文獻先接受此一引申義。另一方面「耳目」引申義多是前有所承，上古文獻中便有書例。如例 5 之「耳目」有聲色享受義見於《晏子春秋》；而例 6 之「耳目」有偵查監視者之義，出自「史記」。是以在中古時此「耳目」引申義多出現於一般中土文獻中。

5. 淫于**耳目**，不當民務，此聖王之所禁也。(《晏子春秋·內篇
　　諫上·景公愛嬖妾隨其所欲晏子諫》)

6. 趙人多為張耳、陳餘**耳目**者，以故得脫出。(《史記·張耳陳
　　餘列傳》)

「目」為入聲在雙音組合中常居後位，居前位者如「目髮」蓋取
義前後排序，以及「目鼻」則取義上下排序。其他「目」居前之組合
都有異序，如「目眼」與「眼目」;「目鼻」與「鼻目」。「目眼」僅有
單純部位義而「眼目」詞頻較高且有引申義，「目鼻」的例子亦較
「鼻目」少。可見音序在雙音組合排序上仍扮演重要角色。在組合關
係上「目」與「眼」相對限於一隅，多指與頭面五官類組合，僅有
「目髮」一例。唯引申義相當多樣。從目為「臉」上重要顯目器官，
由「臉」引申出「面貌長相」再引申出「表情」、「臉面」以及事物面
貌的「事端」。由眼睛的重要引申出「要點」、事物之「條目」。也有
代稱修飾眼睛的「珍寶」。由眼睛功能發展引申出「引導者」、「所作所
為」、「能力」等。最後一組則是與眼睛的「偵察」相關，由「偵察」
引申出可為上司「親近之人」之義。最後則是滿足耳目視聽之「享
受」義，大多為「目」的組合。而「眼」出現的環境也比較受限，僅
於南方文獻或是佛經中出現。

2.6　耳

《說文》:「耳，主聽也，象形。」古人寫耳的字形就是描繪耳朵
的樣子。其功能為聽。組合的範圍僅限於相鄰近的頭面目鼻，「頭
耳」、「面耳」、「耳目」、「耳眼」以及「耳鼻」與「鼻耳」，前四者已
見於前文討論。全系列的組合僅「耳目」有引申義，亦見前文。後兩

組合只有單純身體部位義，與「鼻」組合以「耳鼻」最為常見。三類
文獻中皆有書例。例 1《魏書》記波斯法律有割人「耳鼻」耳朵鼻子
的刑罰。例 2《肘後方》錄療「耳鼻」耳與鼻病的藥方。例 3 敘羼提
仙人修行忍辱，雖為迦利王割截「耳鼻」耳朵鼻子仍不起嗔心。

1. 姦貴人妻者，男子流，婦人割其**耳鼻**。賦稅則準地輸銀錢。
（《魏書・西域波斯列傳》）
2. **耳鼻**病，可以綿裏塞之，療諸疥、癬、雜瘡。（《葛仙翁肘後
備急方・治百病備急丸散膏諸要方》）
3. 仙人答言。我今在此修忍行慈。王言。我今試汝。當以利劍
截汝**耳鼻**斬汝手足。（《大智度論・釋初品中羼提波羅蜜
義》）

另「鼻耳」的組合有一般文獻如例 4 張敏戲以頭為主角而責子
羽，頭為子羽安放了「鼻耳」鼻子與耳朵。也有佛經例如例 5 言恭敬
經典可得善報使「鼻耳」鼻子耳朵長得美好莊嚴。

4. 大塊稟我以精，造我以形。我為子植髮膚、置**鼻耳**、安眉
須、插牙齒、眸子擒光，雙顴隆起。（《全上古三代秦漢三國
六朝文・全晉文・張敏・頭責子羽文》）
5. 壽命常長，未曾生盲，目亦不冥，**鼻耳**姝好，無有缺減。
（《正法華經・勸助品》）

「耳」為上聲且在五官之中亦非處於正面顯目處，因此音序或是
義序力量都不是絕對強勢，排序則依照另外一詞決定，若是平聲則
「耳」居後如「心耳」，若是入聲則耳居前如「耳目」。或者遇意義強

勢之上位「頭」則居後為「頭耳」，遇範圍較大在前的「面」亦居後
為「面耳」。若另一詞亦非強勢詞則多有異序的組合如「眼耳」與
「耳眼」、「耳鼻」與「鼻耳」。

2.7　脣（唇）

　　《說文解字》）脣：「口耑也。」口的邊緣處即是嘴唇義。《正字
通·口部》引《六書故》云：「唇即脣字，義通，從口從肉一也。」
「唇」為異體字。《古辭辨》提及唇為「蜃」字族，「蜃」為大蛤蜊，
以開合的貝殼與上下唇的開合相類故名。「脣」的組合多限與口部相
關身體詞「口」、「吻」、「齒」組合；間或與「舌」、「顎」組合，另外
的身體部位則僅有「喉唇」與「胸唇」兩種。

2.7.1　單純身體部位義

　　有「脣口」（唇口），如例 1 問人不飲之脈相及病徵，其中有「唇
口」乾燥情況。例 2 則是迦葉菩薩問佛從業緣果報來看何以眾生有唇
口乾燥的疾病。也有異序的「口脣」（口唇）、如例 3 說明足太陰脈絕
則口脣不得滋養；例 4 則是仙人讚嘆佛陀童子身之相好，口脣顏色鮮
明。各例的「口脣」、「脣口」都是指身體部位。

> 1. 問曰：人不飲，其脈何類？師曰：其脈自濇，而唇口乾燥
>   也。言遲者，風也。（《新刊王氏脈經·辨災怪恐怖雜脈第十
>   二》）
> 2. 迦葉菩薩復白佛言：「世尊，何因緣故眾生得此脣口乾焦？」
>   （《大般涅槃經·如來性品第四之七》）

3. 足太陰氣絕，則脈不營其口脣，(《新刊王氏脈經・脾胃部第三》)

4. 大王，是童子口脣色猶如頻婆羅果。(《佛本行集經・相師占看品第八上》)

「脣吻」也是「脣」與口部身體詞組合，單純的部位義見於醫書，例5說明病狀有「脣吻」嘴唇無法閉合的情況。

5. 病苦頭痛目眩，驚狂，喉痺痛，手臂捲，脣吻不收。(《新刊王氏脈經・平人迎神門氣口前後脈第二》)

「脣舌」（唇舌）則見於一般文獻與佛典。例6述曹操襲袁紹軍後割下牛馬唇舌以恫嚇對手。例7記聽聞法華經可得身相貌美好，其中之一有「唇舌」嘴唇舌頭美麗莊嚴。

6. 殺士卒千餘人。皆取鼻。牛馬割脣舌以示紹軍。將士皆恆懼。時有夜得仲簡將以詣麾下。(《全上古三代秦漢三國六朝文・全三國文・闕名・曹瞞傳》)

7. 脣舌牙齒悉皆嚴好。鼻修高直面貌圓滿。(《妙法蓮華經・隨喜功德品第十八》)

「脣齒」（唇齒）有醫書與佛經例。例8《養性延命錄》紀錄《元陽經》養生法，可以舌頭去舔嘴唇牙齒，令生津液可咽以養身。例9則為法慧菩薩告正念天子修行法要，就理論上說「脣齒」一起動作就是梵行。

8.《元陽經》曰：常以鼻納氣，含而漱滿，舌料脣齒，咽之，一日一夜得千咽，甚佳。當少飲食，飲食多則氣逆，百脈閉（《養性延命錄・服氣療病篇第四》）

9. 當知心觸則為梵行。當知舌動則為梵行。當知脣齒和合則為梵行。（《大方廣佛華嚴經・梵行品第十二》）

「脣顎」見於例 10 波旬魔王於佛出世前有三十二夢，預知魔消道長，其中有咽喉、「脣顎」嘴脣與顎部乾燥之夢。

10.見自咽喉、脣顎乾燥，身體寒熱。（《佛本行集經・向菩提樹品中》）

另有少數與其他部位的雙音組合，如表示身體部位兩義相加的「胸脣」：

11.或畫胸脣血出如涌泉汝可食之，又不毀戒得全性命。即受五戒為優婆塞。（《出曜經・信品第十一》）

2.7.2　引申義

此類組合引申義除了從位置取義外，多半與ㄇ部身體詞的作用相關，一者吞食；一者發聲，而由言語再引申出其他意義，這些都見於一般文獻中。

嘴脣與牙齒位置切近，「脣齒」有關係密切的引申義，如例 1 劉備與劉璋書解釋其與東吳孫權為「脣齒」密切的關係，不能不救。

1. 曹公征吳，吳憂危急。孫氏與孤本為脣齒，又樂進在青泥與
   關羽相拒，今不往救羽，進必大克，轉侵州界，其憂有甚於
   魯。（《三國志‧蜀書‧先主傳》）

　　由脣的發聲功能引申則有語言音律，見有「脣吻」、「脣齒」與
「脣舌」等組合。例 2 例歷數善辯之士，以「樓護脣舌」說明樓護善
議論。例 3 列舉諸子擅長，「鬼谷脣吻」指鬼谷子謀略言談辯論。例
4 則是陸機闡述為文之時若得遇靈感則文思泉湧，「脣齒」間流洩如
泉之言論。脣所能發出的不僅是言語論述也有音樂旋律與詩歌韻律，
如例 5 調「脣吻」謂吹奏笳樂；例 6《金樓子》區分無韻的「筆」與
有韻的「文」，「脣吻遒會」指文章音律諧婉。由於「喉」也是發聲器
官，故亦有「喉脣」組合，例 7《文心雕龍》聲律篇談平仄協調，
「喉脣糾紛」指音律不協調則須剛斷。

2. 至漢定秦楚，辨士弭節，酈君既斃於齊鑊，蒯子幾入乎漢
   鼎；雖復陸賈籍甚，張釋傅會，杜欽文辨，樓護脣舌，頡頏
   萬乘之階，抵噓公卿之席（《文心雕龍‧論說第十八》）

3. 申商刀鋸以制理，鬼谷脣吻以策勳，尸（狡）〔佼〕兼總於
   雜術，青史曲綴以街談，承流而枝附者，不可勝筭。（《文心
   雕龍‧諸子第十七》）

4. 方天機之駿利，夫何紛而不理。思風發於胸臆，言泉流於脣
   齒。紛葳蕤以馺遝，唯毫素之所擬。（《陸機集‧文賦并
   序》）

5. 順谷風以撫節，飄逸響乎天庭。爾乃調脣吻，整容止，揚清
   矑，隱皓齒。徐疾從宜，音引代起，叩角動商，鳴羽發徵。
   （《全上古三代秦漢三國六朝文‧全晉文‧孫楚‧笳賦并
   序》）

6. 至如文者，維須綺縠紛披，宮徵靡曼，**脣吻適會**，情靈搖
　　蕩。（《金樓子・立言篇》）

7. 凡聲有飛沉，響有動靜，雙聲隔字而每舛，疊韻雜句而必
　　睽；沉則響發而斷，飛則聲颺不還，並轆轤交往，逆鱗相
　　比，迂其際會，則往蹇來連，其為疾病，亦文家之吃也。夫
　　吃文為患，生於好詭，逐新趣異，故喉脣糺紛；將欲解結，
　　務在剛斷。（《文心雕龍・聲律第三十三》）

　　「喉脣」還有一個特別專有義，指政府官員。由言語引申則有職
掌忠諫，如例 8 者；有由身體切近引申則有近侍之義如例 9 之喉脣近
侍指的是侍中高聰。

8. 在昔虞與唐，大魏得與均。多選忠義士，為喉脣。天下一
　　定，萬世無風塵。（《宋書・樂志》）

9. 詔曰：「此乃弓弧小藝，何足以示後葉，而喉脣近侍苟以為
　　然，亦豈容有異，便可如請。」遂刊銘於射所，聰為之詞。
　　（《魏書・高聰傳》）

　　至於「吞食」義有「脣吻」、「脣齒」與「喉脣」之例。例 10
「磨礪脣吻」指野獸吞食之態，以吞噉食肉之豺狼喻當敬而遠之者。
例 11 亦是以難以抵擋豺狼「脣齒」吞噬喻難逃權貴之迫害。吞嚥亦
須喉部動作，是以「喉脣」也有吞嚥飲食之意，如例 12 指飲酒徒然
適口而不足以飽人。

10. 蓋聞磨礪脣吻，脂膏齒牙，臨風扇毒，向影吹沙。是以敬
　　而遠之，豺有五子；吁可畏也（《庾信集・擬連珠四十四
　　首》）

11. 當豺狼之路，其見吞噬，豈抗脣齒。夫犯上干主其罪可
救，乖忤貴臣則禍在不測。(《全上古三代秦漢三國六朝文・
全晉文・王濬・復上表自理》)

12. 且酒有喉脣之利，而非餐餌所資，尤宜禁斷，以思遊費。
(《宋書・田亮列傳》)

由於脣為平聲字，幾乎在所有的組合都列於前位，如「脣口」、
「脣吻」、「脣齒」、「脣舌」、「脣腭」等，符合平聲在前的音序。兩處
在後的「喉脣」與「胸脣」，因為「喉」、「胸」也都是平聲字，故不
違反。唯「口脣」一語，上聲在前不合平上去入的音序。蓋以口部為
大範圍的身體詞而「脣」隸屬之，先言總名之故。在雙音並列組合方
面則多半偏限於與口相關的身體詞，不僅罕見與其他身體詞的組合，
也沒有與其他頭面五官的組合，是組合力相當小的一詞。在分佈上較
為特別的是表示單純部位義的詞多出現於醫書與佛經；一般文獻中的
書例都是引申義用法。

2.8 口

《說文》：：「口，人所以言食也。象形。」說明了口的功能有言
語及飲食。「口」的雙音組合大多數集中於面部五官，除了上文已舉
例說明之「口面」、「口目」、「口眼」、「眼口」、「脣口」、「口脣」外，
還有有與「鼻」、「吻」、「舌」與「齒」的組合。口與其他各類都有組
合唯其數甚少，肩頸類有「口頸」；軀幹類有「口腹」、「身口」；臟腑
類有「心口」、「口心」以及四肢類的「口手」、「手口」。

2.8.1　單純身體部位義

　　單純身體部位義除上文所舉之口類組合外，尚有「鼻口」、「口鼻」、「口吻」、「口舌」、「口齒」、「口頰」、「口頸」等組合。

　　「鼻」大多與鄰接的五官「目」、「眼」、「耳」與「口」組合及一例之「鼻面」，且僅有單純部位義，故不另立他節，繫前文與此節論之。與「口」組合有「鼻口」與「口鼻」。例 1 敘述西域且末的熱風災，只有老駱駝能夠預先避免會將「口鼻」口部鼻部藏在沙中避風。人們也學著以毛毯遮蔽「鼻口」鼻子嘴巴來避風。同一段落中出現有「口鼻」與「鼻口」皆為兩義相加的單純部位義。例 2 為醫書記龜息養生法，「鼻口」鼻子嘴巴呼吸要綿密悠長似有若無。例 3 為佛經說不淨觀，「鼻口」鼻子嘴巴流出口水鼻涕種種不淨，身體終究將消散敗壞。「口鼻」同樣也出現在三類文獻中，中土文獻已見例 1；醫書如例 4 述以手掩「口鼻」利用呼吸所生之濕氣來摩擦臉面，可使人體有香氣。佛經如例 5 言修行入不動三昧，閉「口鼻」之氣不出。

1. 且末西北有流沙數百里，夏日有熱風為行旅之患。風之所至，唯老駝豫知之，即鳴而聚立，埋其口鼻於沙中，人每以為候，亦即將氈擁蔽鼻口。其風迅駛，斯須過盡，若不防者，必至危斃。（《魏書·西域且末傳》）

2. 鼻口呼噏喘息，當綿綿微妙，若可存，復若無有也。（《養性延命錄·教誡篇第一》）

3. 眼但有穴水，皆當汁出空。耳但有穴皆垢水漏。鼻口唾涕，皆當流出。棄散消壞。（《佛說罵意經》）

4. 常能以手掩口鼻，臨目微氣，久時手中生液，通以摩拭面目。常行之，使人體香。（《登真隱訣卷中》）

5. 猶如攢酥在大甕裏。搖攪於酪。出大音聲。如是如是。菩薩
   閉其**口鼻**之氣不使出。時於兩耳孔。出風氣聲。(《佛本行集
   經‧精進苦行品》)

　　與「口」組合之「口吻」只出現於較為口語性質的文獻中，如例
6 為《齊民要術》評馬優劣以「口吻」嘴部長為勝；例 7《肘後方》
記中風口歪斜可以灸「口吻」口脣橫紋的部位。都是口語性質較強的
文獻。

6. (馬)**口吻**欲得長。口中色欲得鮮好。(《齊民要術‧養牛、
   馬、驢、騾》)
7. 若口喎僻者：銜奏灸**口吻**口橫文間，覺火熱便去艾，即愈。
   (《葛仙翁肘後備急方‧治中風諸急方》)

　　「口舌」則是詞頻最高者，見於三類文獻：分別為例 8 以身體部
位配搭八卦，則兌為「口舌」口部與舌頭；例 9 述陰陽表裡脈相及病
況，其一為「口舌」嘴巴與舌頭流血。例 10「口舌丹赤」言嘴巴與
舌頭顏色丹紅美麗。

8. 耳目之間稱䩉煩。四變為目，坎為耳，兌為**口舌**，故曰「咸
   其䩉煩舌」。(虞翻《周易注‧說卦》)
9. 大而沉即欬，欬即上氣，上氣甚則肩息，肩息甚則**口舌**血
   出，血出甚即鼻血出。變出寸口。陰陽表裏，以互相乘。
   (《新刊王氏脈經‧扁鵲陰陽脈法》)
10. 八者常當自念。**口舌**丹赤迷惑人心，心亂意惑目無所見。
    (《大愛道比丘尼經》卷下)

　　「口齒」指嘴與牙齒，如例 11 述因果報應故事，因斷鵲鳥舌頭而患了「口齒」口部與牙齒的疾病。也有佛經例如例 12 言梵志欲與沙門辯論猶如以「口齒」嘴及牙齒咬齧金剛大士。「口齒」的雙音並列組合還有一種偏義的用法[12]，若例 13 謂波旬魔女「口齒潔白」之「口齒」便是偏「齒」義，指牙齒而言。

11.及病差，因張鵲斷舌而放之，既而兄弟皆患口齒之疾，家漸貧，以至行乞。(《宣驗記‧王遵》)

12.汝等今者欲以手爪鉋須彌山。欲以口齒齰齧金剛諸大士。譬如愚人見師子王飢時睡眠而欲悟之。如人以指置毒蛇口。如欲以手觸灰覆火。汝等今者亦復如是。(《大般涅槃經‧憍陳如品》)

13.仁者面色猶初月，觀我顏貌似蓮花。口齒潔白清淨牙，如此妙女天中少。況復世間仁已得，身心柔順不相違。(《佛本行集經‧魔怖菩薩品中》)

　　「口頰」指嘴巴與臉頰。例 14 描述嘯叫聲音的輕重緩急全由「口頰」來控制。例 15 解說覆藏之報時說愚人偷吃米的故事，為了不讓人知道緊閉雙口致使「口頰」堅硬如同木石一般。

14.或攜手悲嘯，噓天長叫。遲重則如陸沈，輕疾則如水漂，

---

12 偏義複詞，指雙音並列結構中，複詞的意義偏取於其中之一的並列詞，如「忘記」為「忘」義；「窗戶」為「窗」義。在文獻用例中往往從上下文語境間方能辨識出此偏義用法，除本文所舉「口齒」例外。常見為《墨子‧非攻上》：「入人園圃，竊其桃李」。圃出果物圃生蔬菜，若張衡〈南都賦〉：「若其園圃則有蓼蕺蘘荷，諸蔗薑䜴，菥蓂芋瓜，乃有櫻梅山柿，侯桃梨栗，樗棗若留，穰橙鄧橘。」此「園圃」便菜蔬果物兼而有之。若《墨子》此段之「園圃」僅言桃李便是偏「園」義。

徐疾任其**口頰**，圓合得乎機要。(《全上古三代秦漢三國六朝文・全晉文・孫楚・笑賦》)

15. 爾時妻家眷屬大小，即將良醫而為診之。見其**口頰**堅如木石，更無餘計即以刀割是人二頰。既破之後亦無膿污，但見生米滿其口中。是人以是覆藏盜事得見現報。(《菩薩本緣經・善吉王品》)

「口」與非頭面五官身體詞組合都是少例，單純部位義見例 16《宋書》評論君主「口頸」嘴巴像鳥嘴而脖子很長，此相可以共苦不能同甘。

16. 駱宰見幼主，語人云：「越王長頸鳥喙，可與共憂，不可與共樂。范蠡去而全身，文種留而遇禍。今主上**口頸**，頗有越王之狀，我在尚書中久，不去必危。」(《宋書・王景文傳》)

2.8.2　引申義

「口」的引申義有二，其一為言語、其二為飲食，皆由口部能力引申而來。口所出之言語有善有惡，其引申義亦然，有引申為善言者，如「口齒端嚴」見例 1 指出好的言語為人稱譽，有言行一致、不譏笑他人「口齒」說話端正不口吃等等為正口行；「口舌」亦可有善言行之例，如例 2 讚嘆菩薩言語能夠使得眾生得到解脫，除一切生死塵勞，此即是菩薩所說之「口舌」善言語。

1. 自正口行者為得何等功德。答曰：為數千萬眾所見歡譽。傳

相告語此人良謹與行相應言不麤獷。不求彼短不譏彼失口齒
端嚴言不強吃。是故說曰。自正口行也。(《出曜經卷第十學
品第八》)

2. 口所說言皆使眾生,各各得解。其辭與同口所宣者。十方諸
佛,咸共歎之。一切眾魔,及外讎敵,塵勞生死,悉自然
除。至寂無為。是為菩薩,所說**口舌**。(《度世品經》)

然「口舌」也有惡言爭執的引申義,且為數較多。三類文獻均有,如
例 3《南齊書》談五行觀氣可知人民多「口舌」言語是非。例 4 記道
家之術數期願消除「口舌」爭吵是非之惡禍、例 5 佛經論地獄之業因
之一為多「口舌」言語談論是非。

3. 《言傳》曰:「言氣傷則民多口舌,故有口舌之痾。金者
白,故有白眚,若有白為惡祥。」《(南齊書‧五行志)》

4. 當令某心開意悟,耳目聰明,萬仙會議,賜以玉丹,消災卻
禍,遂獲神仙世宦高貴金車入門,**口舌**惡禍,千殃萬患,一
時滅絕。(《登真隱訣‧入靜》)

5. 二者相嫉妬。三者多**口舌**。四者作姿態婬多。以是故墮地獄
中多耳。(《阿含口解十二因緣經》)

由「言說」可再引申為誦讀,如例 6《詩品》談詩歌音律之作以「口
吻」諷讀流利即可,不必斤斤計較於四聲。

6. 余謂文製,本須諷讀,不可蹇礙,但令清濁通流,**口吻**調
利,斯為足矣,至平上去入,則余病未能(《全上古三代秦
漢三國六朝文‧全梁文‧鍾嶸‧詩品下》)

　　「口」與其他身體詞的組合如「口手」、「心口」也都有引申為言說能力的例子，因與「心」「手」其他系列組合相關，繫於下文討論之。

　　口除了出口發言之外也有入口飲食的能力，具有「飲食」引申義的組合為「口腹」。如例 7 閔貢不願以「口腹」飲食累人而離開安邑。例 8 則是說明大賊因「口腹」飲食之欲而造作惡業。至於與其他身體詞組合的「身口」、「心口」「口手」都是從部位引申為能力，各於下章節討論之。

> 7. 客居安邑，老病家貧，不能得肉，日買豬肝一片，屠者或不肯與，其令聞，敕吏常給焉。仲叔怪問，知之，乃歎曰：「閔仲叔豈以口腹累安邑邪？」遂去。客沛，以壽終。(《高士傳・閔貢》)
>
> 8. 復次有大賊。以口腹故。不真實非己有。於大眾中故作妄語。自稱得上人法。是為第三大賊。(《四分律・毗尼增》)

　　「口」雖為上聲，然排序以位於前位居多。與去或入聲排序時必然居前。與平聲組合時，若是單純部位義時則除了平聲或另一上聲在前的組合外，也有異序的例子，如「鼻口」、「口鼻」；「脣口」、「口脣」；「眼口」、「口眼」。至於引申義的例子便無異序，如「身口」與「心口」。在組合方面除了「面」與鄰近的「眼」、「鼻」組合以及口部身體詞組合之外，與各類身體詞都有組合情況，且多有引申義出現，可見「口」的組合力不弱。

2.9　舌

　　《說文》釋舌:「在口,所以言也;別味也。」與口大同小異說明了舌頭的功能在於說話與飲食,而飲食方面的功能更在辨別味道。「舌」主要與頭面部身體詞組合有「額舌」、「唇舌」、「口舌」、「齒舌」、「舌齒」、「頰舌」及與喉、心組合之「喉舌」與「心舌」。

2.9.1　單純身體部位義

　　「舌」相關的組合較少單純部位意義,具單純部位義的「額舌」、「唇舌」與「口舌」已見前文。餘下有數例佛經與醫書的「舌齒」與「喉舌」。例 1 說明梵語的輔音發音隨著「舌齒」舌頭牙齒位置不同而有不同的聲音。「喉舌」的組合單純部位義指「喉嚨」與「舌頭」,三類文獻皆有用例。例 2 以譬喻說明慎言之要。說話者應該想像自己含著鋒利的刀刃在口中,如果隨意亂動一定會傷害到「喉舌」喉嚨與舌頭。例 3 指「喉舌」喉嚨與舌頭腫脹可以用絡石治療;例 4 描述「喉舌」喉嚨舌頭乾燥無法喝下水也說不了話。

1. 吸氣舌根隨鼻之聲,長短超聲隨音解義,皆因**舌齒**而有差別。如是字義能令眾生口業清淨(《大般涅槃經・如來性品第四之五》)

2. 言語在口,譬含鋒刃,不可動也。動鋒刃者,必傷**喉舌**;言失之害,非惟鋒刃,其所傷者,不惟**喉舌**。故天有卷舌之星,人有緘口之銘,所以警忱言,防口訛也。(《劉子新論・慎言》)

3. 絡石:味苦溫。主風熱,死肌,癰傷,口乾舌焦,癰腫不

消，**喉舌**腫，水漿不下。久服，輕身明目，潤澤好顏色，不老延年。(《神農本草經・絡石》)

4. **喉舌**乾燋不能下水言語不了。(《大莊嚴論經》)

2.9.2 引申義

「舌」雙音組合用於引申義者較多，雖「舌」有飲食言語兩類功能作用，然「舌」的引申義多由言語出發。上文已有「唇舌」與「口舌」引申為言語之例。本節尚有如例 1 述袁虎倚馬為文以「齒舌」文章代刀劍。例 2 蓋王融擁立幼主失敗，其政敵乃命孔稚珪聲討其罪名，責其「傾動頰舌」即指控王融以言語亂政。又如例 3 則是梁武帝拒絕賀琛進諫，反指責其言語為子虛，以為若不能提出具體證據則是欺騙朝廷，「空示頰舌」意即空言無證據的言語。

1. 桓宣武北征，《溫別傳》曰：「溫以太和四年上疏自征鮮卑。」袁虎時從，被責免官。會須露布文，喚袁倚馬前令作。手不輟筆，俄得七紙，殊可觀。東亭在側，極歎其才。袁虎云：「當令**齒舌**間得利。」(《世說新語・文學》)

2. 融姿性剛險，立身浮競，動迹驚群，抗言異類。近塞外微塵，苦求將領，遂招納不逞，扇誘荒儉。狡弄聲勢，專行權利，反覆脣齒之閒，傾動**頰舌**之內。威福自己，無所忌憚，誹謗朝政，歷毀王公。(《孔詹事集・奏劾王融》)

3. 富國彊兵之術，急民省役之宜，號令遠近之法，並宜具列。若不具列，則是欺罔朝廷，空示**頰舌**。凡人有為，先須內省，惟無瑕者，可以戮人。(《梁武帝蕭衍集・敕責賀琛》)

　　除了一般的言語之外，也有引申為音聲詩律的例子，如例 4 摹歌嘯之聲，清嘯出於「喉舌」。

　　4. 陳子聞而賦之曰：「軋喉舌之妙響兮，寫清商於天表。闢流
　　　　雲之既合兮，落驚禽於枝杪。洵魯女之憂懷兮，動傍人之嗟
　　　　悼。將倚柱以循和兮，為孰少而孰老。」（《籟紀·孤嘯》）

　　由此發聲言語再引申出重要大臣之義。這個引申義可以上推到
《詩經·大雅·烝民》：「式是百辟，纘戎祖考，王躬是保。出納王
命，王之喉舌。」[13]「喉舌」之官將臣民的言語說給君主聽；也將君
主的命令佈達給臣民。是由「言語」而得名。「喉舌」出現用例不少
且南北均有，如例 5《宋書》例 6《魏書》，均為大臣之義。

　　5. 臣亮管司喉舌，恪虔夙夜，恭謹一心，守死善道。此皆皇宋
　　　　之宗臣，社稷之鎮衛（《宋書·謝晦傳》）
　　6. 高宗稱秀聰敏清辨，才任喉舌，遂命出納王言，并掌機密。
　　　　行幸遊獵，隨侍左右。（《魏書·韓秀傳》）

「喉舌」還有一重要地點之引申義，見例 7 謂南康為三州的「喉舌」
要塞之地，必須要有幹練之人來治理。

　　7. 上左右陳洪請假南還，問繪在郡何似？既而聞之曰：「南康
　　　　是三州喉舌，應須治幹。豈可以年少講學處之邪？」（《南齊
　　　　書·劉繪傳》）

---

13 此一大臣職掌如《書·舜典》：「命汝作納言，夙夜出納朕命，惟允。」一段之《孔
　傳》言：「『納言』喉舌之官，聽下言納於上，受上言宣於下，必以信。」

「舌」為入聲字雙音組合大多居於後位如「額舌」、「唇舌」、「口舌」、「頰舌」、「喉舌」與「心舌」。僅有一處例外為佛經之「舌齒」，其為「齒舌」之異序，在用法上為單純部位義，與「齒舌」有引申義不同。「舌」雙音組合的引申義多與言語相關，因此有引申義的組合也與發聲的器官相關如「口」、「唇」、「齒」、「頰」、「喉」，且多出現於一般文獻之中。至於跨類的表示大臣或是要塞意義的「喉舌」律法名詞的「心舌」則與「喉」、「心」較為相關，非「舌」之主要組合義。

2.10　齒、牙

《說文》：「齒：口斷骨也。象口齒之形，止聲。」齒稱口中所有牙齒。《說文》：「牙：牡齒也。象上下相錯之形。」牙則為犬齒之義，此為分析而言，若統言則不分，如《說文段注》：「統言之皆偁齒、偁牙。」「牙」、「齒」有相互組合的「牙齒」「齒牙」，另有與「爪」及「髮」組合的例子，茲分述於下。

2.10.1　單純身體部位義

「齒」與頭面部身體詞組合的「頭齒」、「眼齒」、「口齒」、「舌齒」有單純部位義的例子詳見上文。除了上述組合外「牙」、「齒」可互組，同時也與「爪」、「髮」有組合的例子。

「牙齒」與「齒牙」在單純身體部位義上並無區別，如吳普作五禽戲而得長壽耳目聰明、牙齒也沒有缺落。有兩書記載此事而文辭小異，例 1《後漢書》言「齒牙」完堅；而例 2《養性延命錄》謂「牙齒」堅完，可見「齒牙」與「牙齒」兩者同義。

1. 普施行之，年九十餘，耳目聰明，**齒牙**完堅。（《後漢書·華
   佗傳》）

2. 吳普行之，年九十餘歲，耳目聰明，**牙齒**堅完，喫食如少壯
   也。（《養性延命錄·導引按摩篇第五》）

唯「牙齒」出現範圍較廣，除了中土文獻之外，醫書與佛經也有用
例，如例 3 記錄了治療「牙齒」疼痛的醫方；而例 4 則解釋因緣果
報，若能不造作兩舌惡口等惡行，則可得「牙齒」白淨的果報。

3. 丹參、蒴藋各三兩，莽草葉、躑躅花各一兩，秦膠、獨活、
   烏頭、川椒、連翹、桑白皮、牛膝各二兩，十二物，以苦酒
   五升，油麻七升，煎令苦酒盡，去滓，用如前法，……**牙齒**
   痛，單服之。仍用綿裹嚼之。（《葛仙翁肘後備急方·治百病
   備急丸散膏諸要方》）

4. 若菩薩摩訶薩遠離兩舌惡口恚心。以是業緣得四十**牙齒**白淨
   齊密。（《大般涅槃經·師子吼菩薩品》）

　　與「爪」組合有「牙爪」、「爪牙」及少數「爪齒」例，見於一般
文獻與佛經，其義則大同小異。「牙爪」均用於描述動物的牙齒爪子，
如例 5 稱狸虎「牙爪」；例 6 述獅子王「牙爪」。至於「爪牙」除了有
描述動物牙齒爪子的用例外（如例 7 狸貓之「爪牙」與例 8 虎狼獅子
白象之「爪牙」）也有指稱人類「指甲牙齒」之義，如例 9 謂人筋絡
養分供給「爪牙」指甲與牙齒；例 10 則為佛教儀軌，起塔寺供養佛
陀「爪牙」指甲牙齒與頭髮。「爪齒」則只有指人類指甲牙齒之用法，
而無動物爪牙之義，如例 11 敘天竺塔寺供養佛陀塑畫與「爪齒」指
甲牙齒舍利。例 12 述羅剎食人乃至「爪齒」指甲牙齒盡皆食之。

5. 丹陽縣慶婦生一男一虎一狸，狸虎毛色斑黑，**牙爪**皆備，即殺之。兒經六日死，母無他異。(《異苑》卷八)

6. 善男子。如師子王自知身力。**牙爪**鋒芒四足踞地安住嚴穴振尾出聲。若有能具如是諸相。當知。是則能師子吼。(《大般涅槃經卷・師子吼菩薩品》)

7. 清河令徐季龍使人行獵，令輅筮其所得。輅曰：「當獲小獸，復非食禽，雖有**爪牙**，微而不彊，雖有文章，蔚而不明，非虎非雉，其名曰狸。」獵人暮歸，果如輅言。(《三國志・魏書・管輅傳》)

8. 虎狼師子及白象等一切諸獸。或復諸獸各以**爪牙**。自相殘害。(《佛本行集經・精進苦行品下》)

9. 石，氣之核也。氣之生石，猶人筋絡之生**爪牙**也。(《物理論》)

10. 又以**爪牙**頭髮。起塔供養。(《大方廣佛華嚴經・佛不思議法品》)

11. 今洛陽、彭城、姑臧、臨（渭）〔淄〕皆有阿育王寺，蓋承其遺迹焉。釋迦雖般涅槃，而留影迹**爪齒**於天竺，於今猶在。中土來往，並稱見之。(《魏書・釋老志》

12. 若食人時有餘髮毛及**爪齒**者。彼婦人等盡取食之。若食人時有血渧地。(《中阿含經・大品商人求財經第二十第三念誦》)

　　與「髮」組合則只有「齒髮」與「髮齒」，並無「牙」例。此亦是「牙」、「齒」有別處。此類組合除了一般文獻之外僅有醫書而無佛經用例，無論是「齒髮」或是「髮齒」都是人類頭髮與牙齒的意思。如例 13 與例 14 皆出《神農本草經》，述秦艽與桑寄生藥效，都有益於頭髮牙齒，而一處作「堅齒髮」一處作「堅髮齒」，其義並無二

致。例 15 的「齒髮」與例 16 的「髮齒」都出自中土文獻例，其意義亦相同。

13. 秦茮：味辛溫。主風邪氣，溫中除寒痺，堅齒髮，明目。久服，輕身好顏色，耐老增年，通神。生川谷。（《神農本草經三卷‧中經‧秦茮》）

14. 桑上寄生：味苦平。主腰痛，小兒背強，癰腫，安胎，充肌膚，堅髮齒，長鬚眉，其實明目，輕身通神。一名寄屑，一名寓木，一名宛童，生川谷。（《神農本草經‧上經‧桑上寄生》）

15. 製非人匠，實以合成，莫不龍章八彩，瓊華九（包）〔色〕。至乃齒髮傳靈，衣履遺證。聖迹彪炳，日煥於閻浮；神光陸離，星繁於淨剎。（《全上古三代秦漢三國六朝文‧全梁文‧沈約‧內典序》）

16. 其國西北大山中有如膏者流出成川，行數里入地，如餳餬，甚臭，服之髮齒已落者能令更生，病人服之皆愈。自後每使朝貢。（《魏書‧西域龜茲列傳》）

2.10.2　引申義

「牙」、「齒」相關的雙音組合中，引申義可蓋分為三。其一由牙齒調整發聲的作用引申出「言語」的意義；而與「爪」的組合則偏重於爪牙之利，而引申出「武力」、「具武之臣」的意義；至於「髮齒」則是受佛教建塔供養髮齒影響，引申出身體生命的意義。這些引申用法全都出自一般中土文獻。

引申為言語談吐除了前文所舉之「口齒」與「齒舌」之外，如例

1 蔣濟以為樊子昭的言談吐屬不如許文休,「舌齒牙」、「樹頰胲」、「吐脣吻」為互文,都引申為言談。例 2 的「搖其牙齒」也是同樣是論述講說的言語之義。

> 1. 濟答曰:「(樊)子昭誠自長幼完潔,然觀其舌齒牙、樹頰胲、吐脣吻,自非(許)文休敵也。」(《蔣子萬機論》)
>
> 2. 至於禮樂沿革,刑政寬猛,則謳歌已遠,〈萬舞〉成風,不知手之舞之,足之蹈之也。安在搖其牙齒,為間諜者哉?(《徐陵集·與楊僕射書》)

「牙爪」與「爪牙」雖為異序其義大同。由於動物的爪牙為撕裂獵物的利器,由此引申出武力的意思,如例 3 述鄧艾恃特姜維「牙爪」武力。將以伐中國。也引申為「執兵刃的官員」,此一兵刃有實體的意義,因此但凡攜有武器之將士均為「牙爪」、「爪牙」如例 4 例 5。

> 3. 鄧艾亦謂蜀人曰:「姜維,雄兒也!」會、維出則同車,坐則同席。將至成都,稱益州牧以叛。恃維牙爪,欲遣維為前將軍伐中國。(《華陽國志卷七》)
>
> 4. 世祖太武皇帝纂戎丕緒,光闡王業,躬率六師,掃清逋穢;諸州鎮城人,本充牙爪,服勤征旅,契闊行間,備嘗勞劇。(《魏書·肅宗孝明帝紀》)
>
> 5. 今陛下以聖明統世,將欲卒文、武之功,繼成、康之隆,簡賢授能,以方叔、邵虎之臣鎮御四境,為國爪牙者,可謂當矣。(《三國志·魏書·陳思王植傳》)

引申為「爪牙」之臣時，就職守而言有兩類，一者為實際執刀殺敵之武臣，如例 6；一者以糾舉為爪牙之文官，即御史大臣，如例 7、8。例 7 說明了御史爪牙譬喻之由，如同猛禽以爪牙搏抓獵物，御史亦以彈劾為爪牙糾彈邪惡。是以例 8 遏姦防謀的「爪牙之臣」即是御史之義。

6. 憲既平匈奴，威名大盛，以耿夔、任尚等為爪牙，鄧疊、郭璜為心腹。班固、傅毅之徒，皆置幕府，以典文章。刺史、守令多出其門。(《後漢書・竇憲傳》)

7. 「御史之職，鷹鸇是任，必逞爪牙，有所噬搏。若選後生年少、血氣方剛者，恐其輕肆勁直，傷物處廣。愚謂宜簡宿官經事、忠良平慎者為之。」詔付外，依此施行。(《魏書・昭成子孫列傳》)

8. 太祖歎曰：「諷所以敢生亂心，以吾爪牙之臣無遏姦防謀者故也。安得如諸葛豐者，使代俊乎！」(《三國志・魏書・徐奕傳》)

此等大臣常與心腹心膂之臣並稱，亦是股肱重臣。如例 9 之「爪牙」例 10 之「牙爪」。

9. 臣竊以瑜昔見寵任，入作心膂，出為爪牙，銜命出征，身當矢石，盡節用命，視死如歸，故能摧曹操於烏林，走曹仁於郢都，揚國威德，華夏是震，(《三國志・周瑜傳》)

10. 且倫等皆是足下腹心牙爪，所以攜手相捨，非有怨恨也，了知事不可濟，禍害已及故耳。(《宋書・殷琰傳》)

例 11 的「髮齒」則是另一類之引申，由身體部位引申有身體、生命的意義。

> 11. 雖傾倉竭府以振魏國百姓，猶寒者未盡煖，飢者未盡飽。夙夜憂懼，弗敢遑寧，庶欲保全髮齒，長守今日，以沒于地，以全魏國，下見先王，以塞負荷之責。(《全上古三代秦漢三國六朝文・全三國文・魏文帝・辭許芝等條上讖緯令延康元年十一月辛亥》)

「牙」雖為平聲，然在排序上似乎呈現不規則的狀態，與「齒」、「爪」的組合都有異序。「齒牙」與「牙齒」在單純意義與引申義上並無二致，唯合乎音序排列的「牙齒」較「齒牙」出現範圍廣、用例較多，是兩者差異。至於「牙爪」與「爪牙」在引申義上皆可通用，唯在單純部位義方面，「牙爪」僅能指稱野獸的牙齒爪子；而「爪牙」可指人的指甲牙齒，是兩者小別處。「牙」與「齒」的組合能力也有不同，「齒」能與頭面數種身體詞組合，也有與「爪」「髮」的組合；「牙」則僅能與「齒」、「爪」組合。兩者引申義也有區別，「齒」偏於「言語」「身命」；而「牙」與武力相關。「齒」的組合力較「牙」強，是以當兩者組合時，「牙齒」與「齒牙」的引申義往「齒」傾斜，只有「言語」的意思。

2.11 頰

《說文》:「頰。面旁也。」頰為臉的兩邊眼睛以下的部位。「頰」只與頭部的身體詞組合。有表示單純部位義與引申為表情言語兩類。表示部位的有「頭頰」、「眉頰」、「口頰」、「面頰」、「臉頰」與

「顴頰」、「頰頷」，前四組合已見於上文討論。「臉頰」與「面頰」同義，「面」與「臉」有更替關係[14]，如例 1《佛說阿闍世王經》為東漢支婁迦讖大師所譯，其時尚未見「臉」用例，因此用「面頰」。「臉」更替「面」的初始是從南方文獻開始，而例 2《投壺變》東晉虞潭所著，虞潭會稽餘姚人（今浙江餘姚），為南方人，是以此處用「臉頰」一語，且為單純身體部位義。至於例 3「顴頰」赤、例 4「頰頷」腫都是陳述病狀，或出自醫書或出自佛經，兩例都是單純的兩身體部位義相加。

1. 其心常喜面頰而悅。諸所欲樂者。（《佛說阿闍世王經卷上》）
2. 入臉頰二帶謂之帶劍。（《投壺變》）
3. 病人耳目及**顴頰**赤者（《新刊王氏脈經・扁鵲華佗察聲色要訣》）
4. 是主液所生病者，耳聾，目黃，**頰頷**腫，頸、肩、臑、肘、臂外後廉痛。（《新刊王氏脈經・小腸手太陽經病證》）

引申義有因部位表示近處的「眉頰」已見前文；另有表言語表情的用法之「頰舌」與「頰胲」兩種組合。「頰舌」已見前文而例 5 的「樹頰胲」是指言語之意。此一「樹頰胲」用法實則出自《漢書・東方朔傳》，漢武帝以當代公孫丞相、兒大夫、董仲舒、夏侯始昌、司馬相如、吾丘壽王、主父偃、朱買臣、嚴助、汲黯、膠倉、終軍、嚴安、徐樂、司馬遷諸賢才能士的辯智文辭問東方朔自比如何，東方朔回以：「臣觀其舌齒牙，樹頰胲，吐脣吻，擢項頤，結股腳，連膲

---

14 「面」、「顏」與「臉」的更替情況詳見周玟慧（2017）全文。

尻，遺蛇其迹，行步偶旅，臣朔雖不肖，尚兼此數子者。」此處的
「胲」為「頰肉」之義[15]。「樹頰胲」與前後文「雷齒牙」、「吐脣吻」
都是指論辯能力。例 5 本於此。

> 5. 然後察其擢脣吻，**樹頰胲**，動精神，發意氣，語之所至，意
>   之所執，不過數四間，不亦盡可知哉。(《宋書・周朗傳》)

「頰」為入聲字，雙音組合大多居於後位，僅「頰頷」與「頰
胲」兩組合在前位。「頰」在「頷」上，蓋依上下義序而「胲」隸屬
於「頰」，以大涵小故在前。「頰」僅與頭面類身體詞組合，且引申義
也都多為「言語」之義，僅「面頰」為「表情」義，是組合力較弱
的詞。

2.12 小結

頭面五官類的身體詞是組合最多的一類。同義有更替關係的新舊
組合「元首」、「頭首」；「顏面」；「眼目」、「目眼」。這些更替在中古
時期還繼續發展中，因此與其他身體詞的組合往往就會有兩組以上，

---

15 盧弼《三國志集解》詳細考證了此字：「《世說》注作『頦』。潘眉曰：《說文》：
『胲，足大指毛也。』此云『頰胲』非許君義。《東方朔傳》：雷齒牙，樹頰胲，吐
脣吻。師古曰：『頰肉曰胲音改。』以音解之耳。《一切經音義》：『胲，胡賣反。
腦，縫解也。《無上依經》云：頂骨無頦，此「頦」字近之。』沈家本曰：『案胲
《說文》：足大指毛，肉也。與頰不相聯屬，當從《世說》注，作「頦」。』《玉
篇》：頦，胡來切；頤下。又記在切。《廣韻・十六咍》：頦，戶來切，頤下。《十五
海》：胲，古亥切，頰。胲，此注音改，即廣韻之古亥切音也。『胲』字《玉篇》：
古才切，《廣韻・十六咍》：古哀切，無上聲。又案：此語本《漢書》，亦作胲，段
若膺，以『胲』字爲『肌』字之假借。弼按：《吳志・顧雍傳》注引《吳書》曰：
雍母弟徽，有脣吻。」

如頭部與頸部並列有「首領」也有「頭領」；頭部與眼睛並列有「首目」、「頭目」、「頭眼」；臉與眼睛並列有「面目」也有「面眼」等等。臉面五官因鄰接關係而組合的相當多，也是本類的特色之一。有「眉目」、「眉眼」、「眉睫」、「眉額」、「耳目」、「耳眼」、「鼻目」、「目鼻」、「眼鼻」、「鼻眼」、「口鼻」、「鼻口」、「口舌」、「口齒」、「唇舌」、「唇齒」、「舌齒」、「齒舌」等等。有總別關係的如「唇口」、「口唇」；「牙齒」、「齒牙」。以及同類關係的「眉髮」、「髮眉」、「眉髭」、「髭眉」、「眉鬚」、「鬚眉」等。幾乎每一個頭面五官身體詞都有不少組合或者有引申義，是相當活躍的一類。

　　個別組合的意義已見於各節討論，通盤而論的話，有幾個引申義是共同常見的。首先是「長相」義，人的面貌為即頭部樣貌，正是本類身體詞組成。因此「頭首」、「頭額」、「面目」、「眉目」、「鬚眉」兩兩身體詞組合便可有引申為長相的意義。由長相面貌出發，還有引申為「顏面」的意義，往往是否定或是反問形式稱說因為某些行為內心羞愧而無顏立於天地，此類組合除了上述有長相義之「面目」、「眉目」之外還有「心顏」的組合，正因為羞愧不只是臉上無顏之外還有心的作用感受。

　　飲食與言語也是有多樣組合的引申義。具有「飲食」義的組合有「唇吻」、「唇齒」與跨類的「喉唇」與「口腹」；而具有「言語」義的有「唇吻」、「唇齒」、「唇舌」、「喉唇」、「口舌」、「口齒」、「齒舌」、「喉舌」、「頰舌」、「牙齒」、「齒牙」、「頰舌」與「頰胲」，為樣式最多的一類，只要是說話發聲會運用到的器官從唇、舌、牙、齒、喉乃至口與吻幾乎都可以有此言語的引申義。

　　本類也有多組組合有「臣子」的引申義，然取義有所不同。如「喉舌」「喉唇」有言語義，引申為掌管言論的大臣；而「爪牙」與「牙爪」由尖利的牙齒爪子引申為「武力」再引申為武將為掌握軍事的大臣。

　　就詞彙更替的情況來觀察，引申義多是舊詞產生如「首」、「目」的組合，新詞多半沒有引申義，「頭」與「眼」的引申義甚少，多半是單純部位意義。若以文獻類型劃分則引申義多出現於中土文獻而少見於醫書與佛經。值得注意的是在中土文獻中還有南北差異，若是有更替的新詞往往出現於南方文獻中，為南北有別處。

2.1　元首頭腦統計表格

		部位	開端	首要	為首者	長相	年輕男子	女主後宮	性命	條目	地理	記憶能力	珍寶
元首	一般	5	9	5	69								
	佛經			25	15								
頭首	一般	7		1	1						1		
	醫書	1											
	佛經	17		1	1	2							
頭腦	一般								1				
	醫書	1											
	佛經	21											
首面	一般	1											
	佛經	1											
面首	一般	2					2	2					
	佛經					14							
頭面	一般	7											
	醫書	14											
	佛經	1211											
頭額	一般					1							
首目	一般	1								5			
	佛經	1											
頭目	一般	12											
	醫書	6											
	佛經	102											2
頭眼	一般	1											
	佛經	4											

		部位	開端	首要	為首者	長相	年輕男子	女主後宮	性命	條目	地理	記憶能力	珍寶
頭耳	佛經	1											
頭齒	一般	1											
	佛經	1											
頭頰	佛經	1											
首領	一般				8				28				
	醫書	1			1								
	佛經				2				5				
頭領	一般				1								
頭頸	一般	2											
	醫書	2											
	佛經	3											
頭項	一般	1											
	醫書	2											
	佛經	3											
首腰	一般								2				
腰首	一般								2				
頭腹	佛經	2											
頭背	一般	1											
	佛經	1											
頭身	醫書	1											
	佛經	1											
心首	一般											3	
	佛經											3	

		部位	開端	首要	為首者	長相	年輕男子	女主後宮	性命	條目	地理	記憶能力	珍寶
頭手	一般	1											
	佛經	2											
首足	一般	3							2				
頭足	一般	4							1				
	醫書	4											
	佛經	12											
腦足	醫書	1											
頭腳	一般	2											
	佛經	2											

2.2 面顏統計表格

		部位	長相	年輕男子	女主後宮	表情	顏面	情感
面首	一般	2		2	2			
	佛經		14					
首面	一般	1						
	佛經	1						
面頭	佛經	1						
頭面	一般	7						
	醫書	14						
	佛經	1211						
顏面	一般	1						
	佛經	2						
面顏	一般	1	1					
	佛經	1	1					
面目	一般	5	2				21	
	醫書	8						
	佛經	48	17			1	1	
面眼	一般	1						
面耳	醫書	1						
鼻面	佛經	2						
口面	醫書	1						
	佛經	1						
面齒	佛經	1						
面額	一般	1						
	佛經	1						
面頰	佛經	2				1		

		部位	長相	年輕男子	女主後宮	表情	顏面	情感
面體	一般	1						
	醫書	2						
體面	佛經	3						
身面	一般	1						
	醫書	7						
	佛經	6						
心顏	一般						2	2
手面	一般	1						
	醫書	1						
	佛經	3						

2.3　額統計表格

		部位	長相	行為
頭額	一般		1	
頂額	佛經	1		
眉額	一般	2		
	佛經	1		
眼額	一般			1
額舌	醫書	1		
面額	一般	1		
	佛經	1		

2.4　眉統計表格

		部位	長相	顏面	臉色	事端	近處
眉目	一般	11	3	2		1	
	佛經	5					
眉眼	一般	4				1	
	佛經	2					
眉睫	一般				1		1
	佛經	1					
眉額	一般	2					
	佛經	1					
眉頰	一般	1					2
眉髮	一般	1					
	醫書	2					
	佛經	1					
髮眉	一般	1					
	佛經	1					
眉鬢	醫書	2					
眉髭	佛經	1					
髭眉	一般	1					
眉鬚	一般	2					
	醫書	2					
	佛經	1					
鬚眉（須眉）	一般	19	1				
	醫書	1					
	佛經	1					

2.5　目眼統計表格

		部位	長相	表情	顏面	事端	要點	條目	珍寶	引領者	行為	能力	偵察	親近之人	享受
首目	一般	1						5							
	佛經	1													
頭目	一般	12													
	醫書	6													
	佛經	102							2						
頭眼	一般	1													
	佛經	4													
面目	一般	5	2		21										
	醫書	8													
	佛經	48	17	1	1										
面眼	一般	1													
眼領	一般										1				
眉目	一般	11	3		2	1									
	佛經	5													
眉眼	一般	4				1									
	佛經	2													
眼目	一般	7								1					
	醫書	4													
	佛經	46					2			3					
目眼	一般	1													
耳目	一般	31										156	56	26	64
	醫書	23										6			
	佛經	24										7			
耳眼	一般	5													

		部位	長相	表情	顏面	事端	要點	條目	珍寶	引領者	行為	能力	偵察	親近之人	享受
	佛經	2													
眼耳	一般	5													
	佛經	43													
鼻目	一般	3													
目鼻	一般	1													
鼻眼	一般	1													
眼鼻	一般	7													
	佛經	2													
口目	一般	4													
	佛經	1													
口眼	一般	2													
	醫書	1													
	佛經	3													
眼口	佛經	2													
目唇	一般	1													
眼齒	醫書	1													
眼足	一般	1													
目髮	佛經	7													
目手	一般											1			

		部位	情感	能力	記憶
心目	一般		1	11	10
	佛經			5	
心眼	一般		1	1	
	佛經		1	12	

2.6 耳統計表格

		部位	能力	偵察	親近之人	享受
頭耳	佛經	1				
面耳	醫書	1				
耳目	一般	31	156	56	26	64
	醫書	23	6			
	佛經	24	7			
眼耳	一般	5				
	佛經	43				
耳眼	一般	5				
	佛經	2				
耳鼻	一般	6				
	醫書	1				
	佛經	186				
鼻耳	一般	2				
	佛經	2				
心耳	一般		5			

2.7　脣（唇）統計表格

		部位	言語	官職	吞食	切近
目脣	一般	1				
脣口	一般					
	醫書	5				
	佛經	11				
口脣	醫書	3				
	佛經	8				
脣吻	一般		14		1	
	醫書	1				
脣齒	一般		5		2	51
	醫書	1				
	佛經	4				
脣舌	一般	1	4			
	佛經	2				
脣齶	佛經	1				
喉脣	一般		2	13	1	
胸脣	佛經	1				

2.8　口統計表格

		部位	言語	諷誦	飲食	能力
口面	醫書	1				
	佛經	1				
口目	一般	4				
	佛經	1				
口眼	一般	2				
	醫書	1				
	佛經	3				
眼口	佛經	2				
鼻口	一般	2				
	醫書	4				
	佛經	3				
口鼻	一般	2				
	醫書	6				
	佛經	5				
脣口	醫書	5				
	佛經	11				
口脣	醫書	3				
	佛經	8				
口吻	一般	1		1		
	醫書	2				
口舌	一般	4	28			
	醫書	2	1			
	佛經	1	5			
口齒	一般	2				

		部位	言語	諷誦	飲食	能力
	佛經	7	2			
口頰	一般	2				
	佛經	1				
口頸	一般	1				
口腹	一般				13	
	佛經				4	
身口	一般	1				1
心口	一般					9
	佛經					57
口心	一般					1
	佛經					5
口手	一般					1
手口	一般	1				

2.9　舌統計表格

		部位	言語	要臣	要地
額舌	醫書	1			
唇舌	一般	1	4		
	佛經	2			
口舌	一般	4	28		
	醫書	2	1		
	佛經	1	5		
齒舌	一般		1		
舌齒	佛經	1			
頰舌	一般	2	4		
喉舌	一般	2	1	34	1
	醫書	2			
	佛經	4			
心舌	一般				

2.10　齒牙統計表格

		部位	言語	吞食	切近	武力	武人	大臣	身命
頭齒	一般	1							
	佛經	1							
面齒	佛經	1							
眼齒	醫書	1							
脣齒	一般		5	2	51				
	醫書	1							
	佛經	4							
口齒	一般	2							
	佛經	7	2						
齒舌	一般		1						
舌齒	佛經	1							
牙齒	一般	8	1						
	醫書	4							
	佛經	26							
齒牙	一般	10	1						
	佛經	5							
爪牙	一般	6				6	12	140	
	佛經	2							
牙爪	一般	3				1	1	3	
	佛經	7							
爪齒	一般	2							
	佛經	40							
齒髮	一般	3							
	醫書	1							
髮齒	一般	6							1

		部位	言語	吞食	切近	武力	武人	大臣	身命
	醫書	1							

2.11　頰統計表格

		部位	言語	表情	近處
頭頰	佛經	2		1	
面頰	佛經	2		1	
臉頰	一般	1			
眉頰	一般	1			2
顴頰	醫書	1			
口頰	一般	2			
	佛經	1			
頰舌	一般	2	4		
頰頷	醫書	1			
頰胲	一般		2		

第三章
肩頸咽喉雙音並列組合

　　本章討論肩頸類身體詞的雙音組合。頸部為連接頭與軀幹的重要器官，雖僅數寸之長而中古有不同詞彙稱說之，以古語言有「領」；方言有「脰」；依前後分則有「頸」有「項」。而頸內器官亦有與現代所謂食道系統相關的「咽」；氣管系統的「喉」、「喉嚨」與取義要扼兼呼吸飲食之「嗌」。至於「肩」與頸鄰近而有雙音組合故併於本章討論之。本章將先述外在之「領」、「項」、「頸」、「脰」，後探內之「喉」、「嚨」、「咽」、「嗌」最後繫之以「肩」。

3.1　領、項、頸、脰：

　　與脖子部位相關的詞有「領」、「脰」、「頸」、「項」。先列出《說文》相關解釋：
　　　《說文》:「領，項也。」
　　　《說文》:「脰，項也。」
　　　《說文》:「頸，頭莖也。」
　　　《說文》:「項，頭後也。」

　　「項」在《說文》當作釋文的時候用的是渾言不分表示「脖子」的意思，所以可以用來解釋「領」與「脰」；而在作為被釋詞的時候，許慎用了與「頸」有別，「脖子後部」的意思。有關「渾言」「析言」的不同，《說文段注》在「項」的這一條解釋得很清楚:「肉部

曰：『脰、項也。』公羊傳：『搏閔公之脰。』何云：『脰、頸也。齊人語。』此當曰項而曰頸者、渾言則不別。」當籠統地說的時候「領」、「脰」、「頸」、「項」都有脖子的意思，所以解釋的時候可以互通。如許慎以「項」釋「脰」而何休以「頸」釋「脰」，《玉篇》：「脰，頸也。」亦是以「頸」釋「脰」。照段玉裁說法這就是「渾言不別」。但是細分的話「項」則專指脖子後部；而「脰」則有方言性質為齊人方言。其後又有前頸後項之別，如《廣韻》所言：「頸在前，項在後。」

　　「領」與「脰」兩詞較古，中古時期較少雙音組合。「頸」、「項」後出在中古組合較多，除了相互組合外，與頭部的「頭」、「首」組合較常見，與其他身體詞「背」、「脊」、「臂」與「腹」的組合僅有少數幾例。以下分單純部位意義與引申義論之。

3.1.1 　單純身體部位義

　　表示單純部位義者，與「頭部」組合有「首領」、「頭頸」、「頭項」均表示頭部與頸部。「首領」表單純部位義者僅見於醫書，例 1 記有人飲酒中毒「首領梁墳」頭與頸部腫大，用土常山配藥治癒。

> 1. 席辯曾飲酒得藥，月餘始覺，首領梁墳，將土常山，與為呼為一百頭牛藥，服之，即差（《葛仙翁肘後備急方・治卒中諸藥毒救解方》）

　　「頭頸」與「頭項」組合表示「頭部與頸部」者見於三類文獻，用法不限於人類。例 2 記錄竹竿變成雉雞的軼聞，竹子出現了雉雞「頭頸」頭部頸部的樣子。例 3 為養生之法，敘若見「頭頸」頭與頸

子顏色不佳，則應存養去惡氣。例 4 為馬王勸商人們當抱捉馬之「頭頸」身體等隨其離開危險之地。

2. 又吳郡桐廬人常伐餘遺竹，見一竹竿雄頭頸盡就，身猶未變，此亦竹為蛇，蛇為雄也。(《異苑卷三》)

3. 若忽覺頭頸閒色色惡者，惡氣入也。當急臥臨目，存玄丹宮太一真君，以流火鈴煥而擲之，令惡氣即出，耳外火光亦隨之炯炯，以照一身。(《上清握中訣‧蘇君傳行事訣》)

4. 夫欲歸者。騎吾背援吾鬐尾捉頭頸自由所執。更相攀援，必活睹親也。(《六度集經‧精進度無極章》)

「頭項」亦是三類文獻均有例證。例 5 王獻之謂已「頭項」頭及脖子疼痛。例 6 記桂枝湯應證，若有「頭項」頭頸部位僵直疼痛的情況，用桂枝湯需加增減。例 7 寫波旬魔王見佛身相心生懊惱東西馳走，「搖動頭項」搖頭晃頸非常不安。

5. 消息亦不可不恒精以經心，向秋冷，疾下亦應防也。獻之下斷來，恒患頭項痛，復小爾耳。(《王獻之集‧消息帖》)

6. 服桂枝湯，下之，**頭項強痛**，拿拿發熱，無汗，心下滿微痛，小便不利，屬桂枝去桂加茯苓術湯。(《新刊王氏脈經‧病發汗吐下以後證》)

7. 合眼張口吐舌舐身。露背現胸申臂縮腳。搖動頭項索手揩摩。種種施為受大苦惱。(《大集經‧日藏分中星宿品第八之一》)

至於「領」、「頸」、「項」、「脰」相互組合，也有單純表部位意義

的例子，多出於佛經與醫書。與「領」組合者，如例 8 描述地獄情狀有鐵火車加諸於罪人「頸領」脖子。例 9 解釋所以受「項領」脖子穿壞之苦，乃過去綁縛惱害眾生故。

> 8. 惡鬼驅逼令緣劍樹。上下火山以鐵火車加其頸領。以熱鐵杖而隨捶之。千釘鋑身劃刀刮削。(《十住毘婆沙論・序品第一》)
>
> 9. 項領穿壞熱鐵燒爍。此人宿行因緣，以繫縛眾生鞭杖苦惱。如是等種種因緣故，受象馬牛羊獐鹿畜獸之形。(《大智度論・釋初品中毘梨耶波羅蜜義》)

「頸」、「項」互組以「頸項」較多，中土文獻中有「頸項」一例出於較多口語的《齊民要術》(例 10) 說明養馬選馬要挑「頸項」脖子寬厚有力的。其餘有出自醫書，如例 11 說明傷寒症狀有一種會「頸項強」脖子僵硬，適用小柴胡湯。也有出自佛經，如例 12 寫善現比丘德相之一為「頸項」脖頸不長不短圓潤端正。異序的「項頸」例子較少僅有佛經兩例，如例 13《胞胎經》說明胎兒在第十六週的時候開通眼睛鼻子嘴巴以及「項頸」脖子。

> 10. 頸項欲厚而強。迴毛在頸，不利人。白馬黑髦，不利人。(《齊民要術・養牛、馬、驢、騾》)
>
> 11. 傷寒四五日，身體熱，惡風，頸項強，脅下滿，手足溫而渴，屬小柴胡湯證。(《新刊王氏脈經・病可發汗證》)
>
> 12. 脣口丹色如頻婆果。頸項圓直脩短得所。胸有德字。(《大方廣佛華嚴經・入法界品第三十四之五》)

13.正其骨節。各安其處。開通兩目兩耳鼻孔口門及其項頸。
周匝定心令其食飲流通無礙。(《佛說胞胎經》)

至於與「脰」的組合為數甚少，例 14「頸脰」與例 15「項脰」也都
是身體部位脖子的意思。

14.肩連頸脰、頸脰連頭頤、頭頤連齒。(《道地經・五種成敗
章》)

15.今之洹津也，在河東河北縣，音項脰之脰。(《郭璞注穆天
子傳》)

也有「咽頸」的組合。如例 16 舉一偈儻少年為例，若以臭穢之物繫
繞其「咽頸」頸部則羞慚之極，以喻人當以此不淨觀觀自身軀體。此
為偏義用法，用「頸部」義。「喉頸」指喉嚨與頸部，見例 17 醫書記
治療「喉頸」疼痛的膏方。

16.青瘀膖脹極臭爛壞不淨流漫繫著咽頸。彼懷羞慚極惡穢之。
世尊。我亦如是。常觀此身臭處不淨。心懷羞慚極惡穢
之。(《中阿含經・舍梨子相應品師子吼經第四初一日誦》)

17.又胸背、喉頸痛，摩足，口中亦稍稍，令常聞有膏氣。
(《劉涓子鬼遺方・治丹砂膏方三首》)

頸項義身體詞還可與相連接的「肩」「背」「脊」「臂」組合。有
肩項」中土文獻與佛經各有一例，詳 3.3「肩」節。還有「項背」如
例 18 述白馬寺緣起於皇帝夢見佛「項背」頸背身後放出日月光明。
例 19、記若是「項背」僵硬則可以桂枝葛根湯療之。例 20 描述雖有

佛放「項背」光明眾生仍未能破闇向明。「項脊」亦是指脖子與背脊
的身體部位，如例 21 為尸毘王為了護鴿割肉餵鷹的故事，「項脊」即
是脖子與背脊之肉。例 22「項膂」義同，寫蝨子囓咬作者「項膂」
脖子與背脊的皮膚。

18. 帝夢金神，長丈六，**項背**日月光明。金神號曰佛，遣使向
西域求之，乃得經像焉。時白馬負〔經〕而來，因以為
名。（《洛陽伽藍記‧城西白馬寺》）

19. 太陽病，**項背**強幾幾，反汗出惡風，屬桂枝加葛根湯。
（《新刊王氏脈經‧病可發汗證第二》）

20. 見有國土。雖復**項背**日光。而為愚癡所闇。是故願言。使
我國土所有光明能除癡闇入佛智慧不為無記之事。（《無量
壽經》）

21. 王言持稱來。以肉對鴿。鴿身轉重王肉轉輕。王令人割二
股亦輕不足。次割兩蹲兩臗兩乳**項脊**。舉身肉盡。鴿身猶
重。（《大智度論‧大智度初品中菩薩釋論第八》）

22. 臣嘗晝寢。愀然聞群蝨之鬥乎衣中。甘臣膏腴之肌。珍臣
項膂之膚。相與樹黨爭之。日夜不息。相殺者大半。（全上
古三代秦漢三國六朝文‧全晉文‧苻朗‧苻子》）

3.1.2 引申義

此系列組合的引申義大分有四：有由頭頸為身體主導引申出「領
導人」義；由身體重要部位引申出地理上的「軍事要地」意義；由頸
項有連結頭身維繫生命的作用引申有「性命」意義；以及由身體後面
的「項」與前面「腹部」比較而喻「相對位置」等項。

　　頸部雖非人體之最頂處，然亦可引申「領導」之義者，蓋以頭部之轉動均由頸項動作所致。具「領導、負責人」義者或為頭與頸部組合，如「首領」、「頭領」、或為頸項類組合如「項領」，都有舊詞「領」。兩舊詞組合的「首領」最常用，三類文獻皆有，如例 1 謂當放還舊時俘虜之「首領」領軍將領。例 2 醫書《肘後方》追溯解毒藥方來由，乃因任嶺南「首領」管理官員，親近俚人而得秘方，實為生薑甘草耳。例 3 言咒語之力有七十二大將「首領」領導者掌控鬼神。

1. 當時鋒刃，或膏原野。所獲彼將，夏州刺史梁老首領，今以相還，戶鄉不遠，無令久客。(《庾信集・移齊河陽執事文》)
2. 余久任，以首領親狎，知其藥常用，俚人不識本草，乃妄言之，其方並如後也。(《葛仙翁肘後備急方・治卒中諸藥毒救解方第六十八》)
3. 阿吒婆㭻。有七十二大將首領掌握鬼神，有三十二大神王二十八鬼王，一一王各領二萬五千眷屬，常前隨侍元帥大將。(《阿吒婆拘鬼神大將上佛陀羅尼經》)

「頭領」與「項領」只出現於一般文獻，如例 4 言治家之理，衣被破舊則須「頭領」主管者負責。例 5 謂事機不密使得敵對者「項領」首領之人有機會反擊。

4. 其間又有應答問訊，卜筮師母，乃至殘餘飲食，詰辯與誰，衣被故敝，必責頭領。(《宋書・孝武文穆王皇后傳》)
5. 邑不敢懷道迷國，而切言極對，毀刺貴臣，譏呵豎宦。陛下不密其言，至今宣露，群邪項領，膏脣拭舌，競欲咀嚼，造作飛條。(《後漢書・呂強列傳》)

　　頸項為人體重要部位，內有呼吸管道，生命氣息繫之於此，與頭或頸自身之組合因此有引申為「性命」之義。雙音組合以「首領」最多，如例 6 袁紹稱以「首領」性命交付於將軍蔣義渠。例 7 以調達為例說明若是利用神通貪圖財貨，則最終將「首領」分離失去性命。

> 6. 入其將軍蔣義渠營。至帳下，把其手曰：「孤以首領相付矣。」（《後漢書・袁紹傳》）
>
> 7. 謂調達比丘。通出入息起不淨想。乃至頂法亦復如是。以其神通貪著利養自陷乎罪。是故說首領分乎地。（《出曜經・利養品》）

「項領」也有一處引申為「性命」義者，如例 8 蕭昱謂其於義師初起之際，數經驚險，有「項領」性命之憂。

> 8. 首尾三年，亟移數處，雖復飢寒切身，亦不以凍餒為苦，每涉驚疑，惶怖失魄，既乖致命之節，空有項領之憂（《全上古三代秦漢三國六朝文・全梁文・蕭昱・請解職表》）

　　頸項為呼吸管道所經，若扼其頸則可控制其人，因此關鍵引申出「軍事要地」之意義。如例 9 之「項領」：乃蜀將姜維大勝魏軍後，鄧艾等人欲退走。然陳泰以為魏軍據守洮水高處如同扼守「項領」軍事要地，可以勝過姜維。

> 9. 洮水帶其表，維等在其內，今乘高據勢，臨其項領，不戰必走。寇不可縱，圍不可久，君等何言如此？（《三國志・魏書・陳泰傳》）

　　最後表示身體相對位置的僅有「項腹」一處。出於南方文獻梁元帝王描述書畫山水之法，寫山脈需首尾相映、「項腹」相近。以身體的頸項腹部關係譬喻山脈。

　　10.由是設粉壁，運神情，素屏連隅，山脈濺撲，首尾相映，**項腹**相近，丈尺分寸，約有常程。(《全上古三代秦漢三國六朝文・全梁文・元帝・山水松竹格》)

　　頸項類的「頸」、「項」、「領」都是上聲，因此組合上沒有違反音序的排列。與平聲組合時皆位於後，如「頭領」、「頭頸」、「頭項」、「肩項」。與去入聲組合則位於前，如「項背」、「項脊」、「項腹」。兩上聲若有上下位置關係則先上後下，頭部在上故為「首領」。頸部在上故為「項脊」。去聲之「脰」皆居後，作「頸脰」、「項脰」。由於領頸與首頭都有新舊詞的不同。從雙音組合可以看出舊詞「領」可與舊詞「首」及新詞「頭」組合，而新詞「頸」、「項」則只與新詞「頭」組合。若以此觀察則頭頸兩系列的更替應有先後，「頭」更替「首」在「領」被更替之前，由於詞彙更替並非朝夕可成，是以「領」尚可與逐漸消失的舊詞「首」組合。等到「領」也被「頸」、「項」取代的時候，舊詞「首」已經沒有組合能力，是以沒有「首」與「頸」、「項」組合的例子。在引申義方面多集中於「領」的組合，新詞只有「項腹」一處轉喻用法。

3.2　喉、嚨、咽、嗌

　　「咽」、「喉」、「嚨」、「嗌」四詞統而言之，意義相同，可以互訓。由《說文解字》的解釋可見其互通：「喉，咽也。」「嚨，喉

也。」「咽，嗌也。」「嗌，咽也。」大抵指身體脖頸一段的內部，食道與氣管通道處。若析而言之，王鳳陽（2011：134）論「咽」「喉」之別：「『咽』是就飲食系統說的；『喉』是就呼吸系統說的。」食道與氣管有別。「咽」位屬食道，有動詞用法如「吞咽」、「嚼咽」，此動詞「咽」與「嚥」[1]同；而「喉」為氣流通道，常與發聲有關，由前章可見其可與發聲控制器官之「舌」、「脣」組合，「喉舌」「喉脣」有說話或歌詠之義。

王鳳陽（2011：134）同時指出「『喉』是個聯綿詞的節縮形式，它也稱「喉嚨」、「胡嚨」、「嚨喉」、「嚨胡」[2]。」事實上「喉」亦有寫作「胡」者--《漢書·金日磾傳》記金日磾阻止莽何羅刺殺武帝一事，有言「捽胡投何羅殿下」。有兩種解釋，王先謙《漢書補注》引孟康注：「胡音互。捽胡，若今相僻臥輪之類也。」另一說為晉灼注：「胡，頸也，捽其頸而投殿下也。」顏師古贊同晉灼：「晉說是也。捽音才乞反。」據後說可見「胡」有「頸」義，實則即是「喉」義，而此義三國時已罕為人知，是以孟康不解其義。本段漢書寫金日磾扼住何羅之咽喉而投之殿外解救了漢武帝。此為「喉」「胡」同為「喉嚨」緊縮形式之例證。至於雙音連綿形式，在中古可見「喉嚨」、「嚨喉」與「嚨胡」用例，如下引例 1-3，可知無論是單音「喉」、「胡」或是雙音形式「喉嚨」、「嚨喉」、「嚨胡」、「胡嚨」，都是喉嚨義。

1　「嚥」是「咽」的動詞用法的後起分化字。周玟慧（2016：11-15）有詳細討論。

2　《康熙字典》記載「喉」與「胡」同音的紀錄：「《古音餘》喉載虞韻，音胡。」又《釋名·釋形體》」於「咽」下有「胡」一條目：「胡，互也。在咽下垂，能欽互物也。」當為「喉」之同音詞。可見「喉」與「胡」音同，於連綿詞而言「喉嚨」即「胡嚨」、「嚨喉」即「嚨胡」。

1. 其支者，從大迎前下人迎，循喉嚨入缺盤，下膈，屬胃，絡脾。(《新刊王氏脈經・胃足陽明經病證》)

2. 王恭鎮京口，舉兵誅王國寶，百姓謠云：「昔年食白飯，今年食麥麩。天公誅謫汝，教汝捻嚨喉。嚨喉喝復喝，京口敗復敗。」(《宋書・五行志》)

3. 天下童謠曰：「小麥青青大麥枯，誰當穫者婦與姑。丈人何在西擊胡，吏買馬，君具車，請為諸君鼓嚨胡。」(《後漢書・五行志》)

至於「嗌」則兼具「咽」之飲食[3]與「喉」之發聲作用[4]。乃因其得名取義於「扼要之處」的「隘」，在部位上指咽喉處。如王鳳陽（2011：134）所謂：「因為咽喉上連鼻腔、口腔，下連氣管食道，是一個十字口的交點，所以人們用扼守要道的關隘去比喻它。」「嗌」重在關要處的意義，而非飲食或是發聲的區別，故可兼有「咽」「喉」之義。

在中古的雙音組合中也可以看到「咽」、「喉」不同的表現。至於「嚨」則只有標音作用故只出現於「喉嚨」類的聯綿詞中，並無與其他詞組合的情況。「嗌」到了中古使用頻率甚少，只出現「喉嗌」一種組合。以下就意義分類敘之。

3.2.1　單純身體部位義

單純身體部位義的「咽」、「喉」類組合，有「咽喉」、「喉咽」、

3　《釋名・釋形體》：「咽，咽物也……又謂之嗌。」此嗌與咽物並列，重在飲食作用。

4　《漢書・武五子傳》：「我嗌痛，不能哭」則是重於發聲。

「喉舌」與「胸喉」。「咽喉」與「喉咽」義同，兼有「吞嚥」與「發聲」之用。如例 2 之藥方治小孩誤吞銅鐵卡在「咽喉」吞不下去。而例 3 則是描述由腹部發氣向上通過「咽喉」然後經過口腔鼻腔調整發出各種音聲。「咽喉」較「喉咽」常用，兩詞在醫書（例 2、例 4）與佛經（例 3、例 5）中皆有用例；中土文獻中僅有「咽喉」（例 1）之例。

1. 先民有言，左手據天下之圖，右手刎咽喉，愚夫不為也。況僕頗別菽麥者哉！（《三國志・蜀書・彭羕傳》）

2. 又方：治小兒誤吞銅鐵物，在咽喉內不下。（《葛仙翁肘後備急方・治卒誤吞諸物及患方》）

3. 音深不散柔軟悅耳從臍而出，咽喉舌根鼻顙上斷齒脣氣激變成音句。柔軟悅耳。如大密雲雷聲隱震，如大海中猛風激浪，如大梵天音聲引導可度眾生。（《十住毘婆沙論・念佛品第二十》）

4. 半夏：味辛平。主傷寒，寒熱，心下堅，下氣，喉咽腫痛，頭眩胸張，欬逆腸鳴，止汗。一名地文，一名水玉。生川谷。（《神農本草經・半夏》）

5. 何謂菩薩等遊眾味。至於喉咽不知醎味，亦無不味。（《佛說普門品經》）

「咽」與「喉」有與「頸」組合之「咽頸」與「喉頸」例見於上 3.1.1 節。跨類別組合有「喉舌」單純部位義指「喉嚨」與「舌頭」，三類文獻均有書例，見 2.9.1 節。另外有「胸喉」的組合，如例 6 指僧人得了無法下嚥的病，交待弟子於其死後解剖「胸喉」胸與喉部察看生病的原因。

6. 廣五行記云，永徽中，絳州僧，病噎不下食，告弟子，吾死之後，便可開吾胸喉，視有何物，（《葛仙翁肘後備急方‧治卒食噎不下方》）

3.2.2　引申義

「咽」「喉」組合的引申義或由咽喉功能引申與飲食、或言語歌唱相關；或由咽喉處人身重要之處引申為重要之事物地點。

引申為「飲食」者僅有「喉脣」，如例 1 指酒是人們喜愛飲用的飲料，不是可以救命的資糧，荒年應該禁酒。此處的「喉脣」重在飲喝義。

1. 且酒有喉脣之利，而非餐餌所資，尤宜禁斷，以思遊費。（《全上古三代秦漢三國六朝文‧全宋文‧沈亮‧救荒議》）

引申為言語音聲有「喉舌」與「喉脣」。蓋因「舌」與「脣」皆為重要發聲器官，如現代語言學標明了雙脣音與舌尖舌面舌根等等不同部位的輔音，古人亦認知到「脣」與「舌」是使得聲音有所不同的重要器官。「喉」則是送氣之所，因此有「喉舌」與「喉脣」等引申為言語音聲之義。如例 2 摹孤嘯之聲，清嘯出於「喉舌」。例 3 為劉休上表辭御史之職，因為此一職令他樹敵甚眾，與鄰里朝廷失和，甚且背後「騰其喉脣」說他的壞話。此類引申用法皆出自一般文獻。

2. 陳子聞而賦之曰：「軋喉舌之妙響兮，寫清商於天表。闋流雲之既合兮，落驚禽於枝杪。洵魯女之憂懷兮，動傍人之嗟悼。將倚柱以循和兮，為執少而執老。」（《籟紀‧孤嘯》）

3. 而猶以此，里失鄉黨之和，朝絕比肩之顧，覆背騰其喉脣，
武人屬其觜吻。怨之所聚，勢難久堪，議之所裁，孰懷其
允。(《南齊書·劉休傳》)

由發聲言語再引申為掌採納眾論發表王命之大臣義。中古時期除
「喉舌」之外還有「喉脣」的組合，皆為重要大臣之義。「喉舌」用
例不少，如例 4 左雄為人推薦可任「喉舌」之官。例 5 則言「喉脣」
重任須賢能之士方可克任。

4. 伏見議郎左雄，數上封事，至引陛下身遭難厄，以為警戒，
實有王臣蹇蹇之節，周公謨成王之風。宜擢在喉舌之官，必
有匡弼之益。(《後漢書·左雄傳》)

5. 喉脣之任，非才莫居。三省諸躬，無以克荷，豈可苟順甘
榮，不知進退，上虧朝舉，下貽身咎，求之公私，未見其
可。(《宋書·殷景仁傳》)

由「咽喉」為人體要處引申到地理則有指重要據點之義。有例 6
之「咽喉」、例 7 之「喉咽」、例 8 之「喉嗌」、例 9 之「喉舌」。

6. 令曰：「此閣道，漢中之險要咽喉也。劉備欲斷絕外內，以
取漢中。將軍一舉，克奪賊計，善之善者也。」(《三國志·
魏書·徐晃傳》)

7. 援以為棄日費糧，不如進壺頭，搤其喉咽，充賊自破。(《後
漢書·馬援傳》)

8. 史臣曰：壽春形勝，南鄭要險，乃建鄴之肩髀，成都之喉
嗌。(《魏書·李苗傳》)

9. 上左右陳洪請假南還，問繪在郡何似？既而聞之曰：「南康
　　是三州喉舌，應須治幹。豈可以年少講學處之邪？」（《南齊
　　書・劉繪傳》）

　　四詞之中，「嗌」為入聲，故居後有「喉嗌」。其餘「咽」、「喉」、
「嚨」均為平聲，與他詞組合多居前如「喉唇」、「喉舌」。若兩兩組
合則不定，且有異序如「咽喉」、「喉咽」；「喉嚨」、「嚨喉」。並無違
反音序排列者。本類雙音組合除了一例「胸喉」之外，全數為兩兩組
合或是與發聲音器官組合如「喉舌」、「喉脣」。引申義有「飲食」、有
從「言語音聲」到「大臣」之義。「咽喉」類的互組則只有「要地」
之引申義，此義則「喉舌」亦具。所有引申義都出自一般文獻。

3.3　肩

　　《說文》：「肩，髆也。从肉，象形。」《廣韻》：「肩，項下。」
《正韻》：「肩，膊上。」指手臂上部到脖子下端的一段。肩的組合以
單純表示身體部位為主。可蓋分為兩類，一者與肩膀相繫連之軀幹部
位，如「肩項」、「肩胸」、「肩背」與「肩胛」、「肩髆」；另一類則是
與手足四肢的組合，如「肩臂」、「肩肘」與「肩髀」等。

　　「肩」所在位置上連頸項、下接身軀前胸後背，左右則繫兩手。
從軀幹部位連接有「肩項」、「肩胸」、「肩背」三組合。「肩項」有一
般文獻與佛經例，如例 1 說徐元方女死後復生的靈異事件，重生時從
地突出，先額頭、臉面而後「肩項」脖子肩膀乃至全身由地而出。此
例未依義序先項後肩而是先肩後項作「肩項」乃受音序先平聲後仄聲
排序之故。例 2 則敘人們瞻視菩薩眉目「肩項」肩膀頸項處處光明相
好。「肩胸」只有例 3 佛經一例，讚嘆佛「肩胸」相好。「肩背」中土

文獻有一例（例 4）記苻堅出生時「肩背」肩膀與背部有篆文一樣的紅色胎記。醫書中較多「肩背」用例，如例 5 說明咳嗽時牽動「肩背」肩膀與背部都會疼痛則以針刺法治之。

1. 遂屏除左右人，便漸漸額出，次頭面出，又次**肩項**形體頓出。馬子便令坐對榻上，陳說語言，奇妙非常。（《搜神後記·徐元方女》）

2. 生希有心，觀看菩薩，眼目不瞬。所觀菩薩，支節面額，眉目**肩項**，手足行步，於一一處，各皆愛樂。不能更看其餘處相。（《佛本行集經·勸受世利品中》）

3. 眉間白毛相，其明踰日光。猶鵠飛空中，遠近無不見。其身如師子，超越天帝象。**肩胸**而廣姝，願稽首佛尊。（《修行道地經·觀品》）

4. 堅初生，有赤光流其室，及誕，**肩背**有赤色隱起，狀若篆文，曰草付之祥，因為苻氏。（《御覽》引車頻秦書））

5. 邪在肺，則皮膚痛，發寒熱，上氣，氣喘汗出，欬動**肩背**。取之膺中、外輸，背第三椎之傍，以手痛按之快然，乃刺之，取之缺盆中以越之。（《新刊王氏脈經·肺手太陰經病證》）

「肩髆」與「肩胛」（「肩甲」）義同。《說文》：「髆，肩甲也。」都是指背脊上部跟兩胳膊接連的部分。例 6「肩髆」也可用於描述動物，說明汗血寶馬的汗從肩胛部份流出。例 7 為佛經用例，敘述天竺國人對於外貌的評比標準，其中之一是以「肩髆」寬厚為佳。至於例 8 醫書例雖作「肩膊」，文中所描述的部份也是「肩胛」，是此「膊」

當為「髆」之異體字[5]。

6. 應劭云：「大宛有天馬種，蹜蹋石汗血。蹋石者，謂蹋石而有跡，言其蹄堅利。汗血者，謂汗從前**肩髆**出，如血。號一日千里也。」（《樂府詩集·漢郊祀歌二十首·天馬二首》）

7. 天竺國人于今故治**肩髆**，令厚大。頭上皆以有髻為好。（《大智度論·釋四攝品》）

8. 足太陽之脈，起於目內眥，上額交巔上。其支者，從巔至耳上角。其直者，從巔入絡腦，還出別下項，循**肩髆**內，俠脊抵腰中，入循膂，絡腎，屬膀胱。（《新刊王氏脈經·膀胱足太陽經》）

也有「肩胛」如例 9，醫書則作「肩甲」如例 10。

9. 見興祖頸下有傷，**肩胛**烏黤，陰下破碎，實非興祖自經死。（《孔詹事集·奏劾王奐》）

10.心病者，胸內痛，脇支滿，兩脇下痛，膺皆**肩甲**間痛（《新刊王氏脈經·心手少陰經病證》）

「肩」與手臂部份組合的例子均出於佛經，如例 11「肩臂」與例 12「肩肘」。

5　「膊」通常指胳膊。教育部異體字字典肉部：「膊：身體肩以下手腕以上的部位。近肩部分稱為『上膊』，近手部分稱為『下膊』。」然則當作「肩膊」時便不是此義反與「髆」同，指肩胛。如《正字通》：「膊，伯各切，音博，肩膊也通作髆。」

11. 或時有如是病。或時肩臂有瘡下著。或時腳蹲有瘡高著。若僧伽藍內。若村外。若在道行。作時無犯。(《四分律‧式叉迦羅尼法》)

12. 兩肩肘放二億那術百千光明。腦戶放億那術百千光明。左右脅放二億那術百千光明。(《佛說方等般泥洹經‧度地獄品》)

「肩」與下肢的組合則出自中土文獻。《皇覽》有「肩髀」[6](例 13)一語而《文心雕龍》有「肩股」(例 14)

13. (蚩尤)肩髀冢在山陽鉅野縣,重聚大小,與闞冢等。傳言黃帝與蚩尤戰於涿鹿之野,黃帝殺之,身體異處,故別葬之。(《皇覽‧冢墓記》)

14. 《蒼頡》者,李斯之所輯,而鳥籀之遺體也;《雅》以淵源(誥)〔詁〕訓,《頡》以苑囿奇文,異體相資,如左右肩股,該舊而知新,亦可以屬文。(《文心雕龍‧練字》)

「肩」組合有引申義者較少,僅有「肩髀」與「臂肩」。例 15 以地理相對位置而言,壽春乃是建鄴的「肩髀」手足之地如同南鄭為成都的喉嗌一般。例 16「臂肩為約」則是割手臂肩膀取血為盟約[7]。

---

6 《十三州志》有類似紀錄:「蚩尤肩脾冢重聚大小與闞冢等。傳言蚩尤與黃帝戰,克之於涿鹿之野,身體異處,故別葬焉。」文中「肩脾」一語當為「肩髀」,蓋因音、形相近而訛誤。此「肩髀」蓋以「上肢」與「下肢」對言,不當與內臟類的「脾」相組合。

7 《左傳》中即有割臂為盟的紀錄:「初,公築臺臨黨氏,見孟任,從之,閟,而以夫人言許之,割臂盟公,」

15. 史臣曰：壽春形勝，南鄭要險，乃建鄴之**肩髀**，成都之喉嗌。（《魏書·李苗傳》）

16. 乃召都督毛謐等六七人，**臂肩為約**，危難之際，期相拯恤。（《魏書·太武武王傳》）

由於肩為平聲，所有單純部位意義組合都是以「肩」在前的組合方式，如「肩臂」、「肩背」等，即便「項」在肩之上也是依照平上序排列作「肩項」。唯「臂肩」次序不同，可見是否具備引申義也是影響雙音組合排序的因素之一。「肩臂」符合平聲在前的音序，其義為單純部位義，當人們需要有一個與單純身體部位義不同的引申義時，便傾向於改變音序使得兩身體詞的組合能夠更清楚顯出其非單純部位意義相加，而是具有特別的引申意義，且此詞為動詞亦與一般身體詞為名詞不同。

3.4　小結

本類以意義來分「領」、「頸」、「項」、「脰」一類；「咽」、「喉」、「嗌」一類；肩則是附加於此類者。由相互組合亦可見同義近義較多互組情況。如「頸領」、「項領」、「頸項」、「項頸」、「頸脰」、「項脰」；「咽喉」、「喉咽」、「喉嗌」。其次則是有鄰接關係的組合如「頭」、「首」與頸部組合之「頭領」、「首領」「頭頸」、「頭項」；「肩」與頸部組合之「肩項」。又由於前頸後項，「項」在後部因此有許多與身體軀幹類後部的組合作「項脊」、「項背」、「項膂」。另從「項」「腹」前後相對來看則有引申為「相對位置」的「項腹」。

以組合力來看「項」、「喉」與「肩」都是比較能夠自由與他類身體詞組合的。「項」與身體軀幹類、「肩」與身體軀幹及四肢類都有較

多的組合。而「喉」除了與「胸」組合之外，尚有「喉襟（衿）」[8]的組合義為「重要」之物。由於衣襟當喉故有此組合。

在引申義方面，個別地看組合力強的「項」、「喉」在引申義的表現上也有更多引申的情況。如「項領」由頭頸的轉動有「領導者」的引申義，而「頭」與「項」不可分割有「性命」之意，又由此引申出「重要」事物，尤其是「軍事重地」的意義。「喉」也不遑多讓，與「唇」、「舌」組合之「喉唇」與「喉舌」都是說話發聲的器官，故有「言語」的引申義，由此又引申出掌理「出納言論」的「重要大臣」義。兩者同中有異，「喉舌」可以指稱「重要地點」之義；而「喉唇」也為飲食器官故有「飲食」之引申義。若是從整體角度來看，咽喉為人類呼吸要道，人命繫於呼吸之間，由此義引申可指「重要事物」，尤其是「軍事重地」。因此無論是「項領」、「咽喉」、「喉咽」、「喉嗌」、「喉舌」都有這個引申義。在文獻分佈上，引申義絕大多數出現於中土文獻。

---

8 如《全晉文・釋道安・十法句義經序》：「是故般若啟卷。必數了諸法。卒數以成經。斯乃眾經之喉襟。為道之樞極也。可不務乎。可不務乎。」另本《出三藏記集出三藏記集序卷第十十法句義經序第三》。

3.1　領項頸脰統計表格

		部位	領導人	性命	軍事要地	相對位置
首領	一般		8	28		
	醫書	1	1			
	佛經		2	5		
頭領	一般		1			
頭頸	一般	2				
	醫書	2				
	佛經	3				
頭項	一般	1				
	醫書	2				
	佛經	3				
口頸	一般	1				
頸領	佛經	1				
項領	一般		2	1	3	
	佛經	1				
頸項	一般	1				
	醫書	7				
	佛經	7				
項頸	佛經	2				
頸脰	佛經	2				
項脰	一般	1				
咽頸	佛經	1				
喉頸	醫書	1				
肩項	一般	1				
	佛經	1				

		部位	領導人	性命	軍事要地	相對位置
項背	一般	1				
	醫書	2				
	佛經	1				
項脊	佛經	1				
項膂	一般	1				
項腹	一般					1

3.2　喉嚨咽嗌統計表格

		部位	飲食	言語	要臣	重地
喉唇	一般		1	2	13	
喉舌	一般	2		1	34	1
	醫書	2				
	佛經	4				
咽喉	一般	5				6
	醫書	15				
	佛經	21				
喉咽	一般					1
	醫書	11				
	佛經	2				
喉嚨	醫書	2				
嚨喉	一般	3				
喉嗌	一般					1
咽頸	佛經	1				
喉頸	醫書	1				
胸喉	醫書	1				

3.3　肩統計表格

		部位	地理	盟誓
肩項	一般	1		
	佛經	1		
肩胸	佛經	1		
肩背	一般	1		
	醫書	5		
肩胛（甲）	一般	1		
	醫書	2		
肩髆	一般	1		
	醫書	1		
	佛經	1		
肩臂	佛經	12		
臂肩	一般			1
肩肘	佛經	2		
肩髀	一般	1	1	
肩股	一般	1		

第四章
身體軀幹雙音並列組合

4.1　胸

　　「胸」為身體軀幹中肩頸以下腹部以上的部位。可與各類身體詞組合，胸的雙音組合除了單純指身體部位之外，尚有表示容器、想法、情緒等引申意義。單純義多見於醫書或是佛經，而引申義則多出自中土文獻。

4.1.1　單純身體部位義

　　「胸」雙音組合甚多，單純兩義相加者有見於前文與頭面部身體詞組合之「胸脣」、「胸喉」。其餘的組合與所在位置關係密切。相類部位組合有軀幹類的「胸脅（脅）」、「胸腋（掖）」、「胸膈（鬲）」、「胸肋」與「胸臆」，鄰接之「胸腹」、「胸背」、「背胸」。臟腑類的心臟因位於胸中亦有「心胸」之組合。因位置鄰接而組合者也有肩頸類的「肩胸」與上肢類之「胸臂」、「胸膊」。具有容器義而與非身體詞之並列組合另有「胸藏」與「胸懷」。

　　與軀幹類組合的「胸脅」是出現頻率較多的詞語。《說文解字·肉部》：「脅，兩膀也。」《玉篇》：「身左右腋下。」「脅」是胸部兩側，由腋下至肋骨盡處的部位。亦作「脇」，《龍龕手鑑》：「……脇正。脅今。虛業反，胸脅也。」指出「脇」為正體、「脅」為當時今體。時至今日，《教育部重編國語辭典》與《教育部異體字字典》均

將「脅」定為正體,而以為「脇」為異體字。是亦文字發展變化[1]常態。此一組合僅出現於佛經與醫書,意為人體胸部而特別側重於兩邊。例 1 述佛陀自母右脅而生,而母親的「胸脅」無絲毫損傷。例 2 記桔梗治「胸脅」痛。例 3 則錄治療「胸脇」痛的針灸法。其中《神農本草經》用「脅」、《王氏脈經》用「脇」,字體不同其義則一。

1. 童子自然從右脅出。國大夫人**胸脅**腰身不破不缺。(《佛本行集經・從園還城品》)

2. 桔梗:味辛微溫。主**胸脅**痛如刀刺,腹滿,腸鳴,幽幽驚恐悸氣。生山谷。(《神農本草經・桔梗》)

3. 熱病而**胸脇**痛,手足躁,取之筋間,以第四針針於四達,筋辟目浸,索筋於肝,不得,索之金。金,肺也。(《新刊王氏脈經・病可刺證第十三》)

與胸部兩側組合的還有「胸腋」,也有一個不同寫法的「胸掖」(見例 6)。然此「掖」為假借用法而非通用之異體,異體字字典中亦未收此。「腋」為胸部兩側,「胸腋」與「胸脅」同義,指人體胸部。一般文獻可見其例,如例 4 述戰爭慘烈,戰士為紛飛的箭矢洞穿「胸腋」。其餘為佛經用例。如例 5 記婆羅門所修無益苦行,以暴曬身體「胸腋」汗如雨下為修行法。例 6 則以毒箭中人「胸掖」深不可拔比喻貪愛如箭中人亦深。唯有止觀定慧可以拔除。

4. 痛百寮之勤王,咸畢力以致死。分身首于鋒刃,洞**胸腋**以流矢。有褰裳以投岸,或攘袂以赴水。傷梓楫之褊小,撮舟中

---

[1] 文字之中左右式與上下式的互換相當常見,如「群」與「羣」、「胸」與「𦙄」等。

而搇指。(《潘岳集・西征賦》)

5. 五熱炙身額上流水，**胸腋**懷中悉皆流汗，咽喉乾燥脣舌燋
然。(《大莊嚴論經卷第二》)

6. 於中自拔御以止觀不興愛心。猶如毒箭入人**胸掖**不可得拔，
此愛箭亦復如是。(《出曜經・道品之二》)

「胸膈」或作「胸鬲²」中古時為醫書專用名詞，十五則用例全
出醫書中。《釋名》：「膈，塞也，管上下，使氣與穀不相亂也。」《玉
篇》：「膈，胸隔。」分而言之，「膈」指橫隔膜，合言「胸膈」則指
胸部橫膈以上部位，與「胸脅」的差異在於「脅」偏重胸之左右，而
「膈」偏重腹部之上。例 7 記白石英可去「胸鬲」寒氣，例 8 則言化
「胸膈」阻塞悶氣之方。

7. 白石英：味甘，微溫。主消渴，陰痿，不足，逆欬。**胸鬲**閒
久寒，益氣，除風溼痺。久服輕身，長年生山谷。(《神農本
草經・白石英》)

8. 《斗門方》治**胸膈**壅滯，去痰開胃。(《葛仙翁肘後備急方・
治胸膈上痰癖諸方第二十八》)

「胸臆」也有表示部位的用例。《說文》：「肊，胸骨也」「肊，或
從意。」臆為「肊」的異體，意指胸骨。《玉篇》：「肊，於力切，胸
也」「臆，同上（肊）。」細分則「臆」指胸骨，籠統來看的話也就是
胸部的意思。「胸臆」作身體部位解釋的例子三類文獻皆有。例 9

---

2 「鬲」本義為古代鍋具。說文解字：「鬲，鼎屬也，實五穀，斗二升曰斛。象腹交
文，三足。」此「胸鬲」之「鬲」乃假借為「膈」。

《文心雕龍》論寫作故事得法如於「胸臆」胸部裝飾粉黛。醫書例
10 說明去胸中熱氣的導引養生法。佛經例 11 先描述屬於特定星宿的
長相,「胸臆」指胸部樣貌,其後說明星宿相法不及解脫之理。至於
例 12 的兩處「胸臆」有不同的意義,第一個「胸臆」指形體的胸
部,而第二個「胸臆」則指人的涵容,第二詞有引申義,詳見下文討
論。類似的組合有「胸肋」,《說文》:「肋,脅骨也。」例 13《王氏
脈經》描述病狀,其病因水結於「胸肋」處,也是胸部的意思。

9. 故事得其要,雖小成績,譬寸轄制輪,尺樞運關也。或微
言美事,置於閒〔散〕,是綴金翠於足脛,靚粉黛於**胸臆**
也。(《文心雕龍・事類第三十八》)

10.此法,齒得堅淨,目明無淚,永無蟲齒。平旦洗面時,漱
口訖,咽一兩咽冷水,令人心明淨,去**胸臆**中熱。(《養性
延命錄・導引按摩篇第五》)

11.常樂遊行。牙齒疏小。**胸臆**确瘦。瞿曇。屬東方宿有如是
相。(《大集經・寶幢分第九三昧神足品第四》)

12.法無所有。職號如是。在形為**胸臆**。離形為摩睺勒。所想
為虛無。道成於**胸臆**。(《佛說普門品經》)

13.但結胸,無大熱,此為水結在**胸肋**,頭微汗出,與大陷胸
湯。(《新刊王氏脈經・病可下證》)

同為身體的大類區段,胸部與腹部背部也有舉而言之的雙音組合
例。「胸腹」詞例較多,也在中土一般文獻中發現。例 14 載齊明帝好
食河豚肉以致胸腹部積食脹痛欲死,喝了醋酒之後才痊癒。此組合也
見於醫書例 15 書賁豚湯治療「胸腹」疼痛。佛經例 16 寫蜜蜂王為使
人精進不眠而螫人「胸腹」。

14. 景文曰：「臣凤好此物，貧素致之甚難。」帝甚悅。食逐夷積多，**胸腹**痞脹，氣將絕。左右啟飲數升酢酒，乃消。（《南齊書・虞愿傳》）

15. 其氣上衝**胸腹**痛，及往來寒熱，賁豚湯主之。（《新刊王氏脈經・平胸痹心痛短氣賁豚脈證第十》）

16. 畏此蜂王須史復睡。時蜜蜂王飛入腋下螫其**胸腹**，德樂正驚心中懷悸不敢復睡。（《六度集經・佛說蜜蜂王經》）

「胸背」的組合較少，一般文獻中為比喻用法見於下文討論，單指身體部位的出現於醫書或佛經，如例 17 錄栝樓薤白白酒湯可治「胸背」痛。例 18 則記菩薩布施不惜身命，尸毗王以身施鴿盡割身上兩股兩髖乃至「胸背」之肉以換鴿命。

17. 胸痹之病，喘息欬唾，**胸背**痛，短氣，寸口脈沉而遲，關上小緊數者，栝樓薤白白酒湯主之。（《新刊王氏脈經・平胸痹心痛短氣賁豚脈證第十》）

18. 王令割二股肉盡亦輕不足。次割兩髖兩乳**胸背**。舉身肉盡。鴿身猶重。（《眾經撰雜譬喻卷上》）

亦有異序的「背胸」如例 19，詳述了人身有八十種蟲，背胸之間有名為「安豐」的蟲子。

19. 一種在**背胸**間。名為安豐。（《修行道地經・五陰成敗品》）

　　胸部與肩膀手臂相連，表示部位也有此類胸與肩膊臂膀組合的語詞，如例 20《修行道地經》有「肩胸」，讚嘆佛陀相好光明。例 21

則記佛母摩耶夫人憶念思子胸髆寬大種種莊嚴相貌。例 22 則是《異苑》記山靈之貌「胸臂」特別有黃色。

> 20.眉間白毛相，其明踰日光。猶鵠飛空中，遠近無不見。其身如師子，超越天帝象。**肩胸**而廣妹，願稽首佛尊。(《修行道地經‧觀品第二十四》)
>
> 21.**胸髆**寬大。聲音隱隱。如鼓如雷(《佛本行集經‧車匿等還品中》)
>
> 22.宋孝建年中，忽有一人自稱山靈，如人裸身，形長丈餘，**胸臂**皆有黃色，膚貌端潔，言音周正(《異苑卷六》)

臟腑類的身體詞只有「心」可與「胸」組合，例 23《肘後方》的「心胸」並無引申義，單純指心胸部位脹滿不舒服。

> 23.《經驗方》治食氣遍身黃腫，氣喘，食不得，**心胸**滿悶。(《葛仙翁肘後備急方‧治卒心腹煩滿方》)

除了與身體部位組合之外，由於胸中有空可以涵容，因此也有與「藏」或「懷」組合，而意謂胸部之義者，如例 24-26。這些單純表示身體部位的詞語多出現於醫藥資料或是佛經之中。例 24 雖出自《三國志》然記載樊阿過人的針灸醫術，亦是醫書性質。例 25 指胸部氣喘不順。例 26 較為特別，一方面說的是將經典放置於胸懷之中不可放手，另一方面有隱喻用法指執持經典內容銘記不忘失。後一解法已有容器之義，以下將於下節討論胸最常見的作為一種容器的比喻用法。

> 24.阿善鍼術。凡醫咸言背及胸藏之間不可妄鍼，鍼之不過四

分，而阿鍼背入一二寸，巨闕**胸藏**鍼下五六寸，而病輒皆
瘳。（《三國志・樊阿傳》）

25.頭痛背裂脅脅欲拔。**胸懷**氣滿喘息欲斷。心意煩亂迷不自
覺。（《修行道地經・曉了食品第十一》）

26.諸善男子善女人手得是經。**執在胸懷**不離是經。若應離生
死者。（《大集經・虛空藏菩薩品第八之五》）

4.1.2　引申義

「胸」的雙音組合最常見為「容器」義，蓋由「胸」之能涵容而
引申出。其次則有「想法」與「心情」之義，乃由「容器」所承載者
引申而得。以下分此三類舉例說明之。

4.1.2.1　容器義

如上節所述，由於胸部中空能涵容，因此有「容器」的引申意
義，胸作為容器義的雙音組合有與臟腑組合之「心胸」、「胸心」及
「胸腑」；與衣服組合的「胸襟」（胸衿）；與懷抱組合有「胸懷」以
及本類之「胸臆」，各組合意義相通。多出現於中土一般文獻中，醫
書與佛經僅有一二用例，與前述單純指部位的雙音組合多出現於醫書
或是佛經不同，可見其文白之別。

作為一種容器，各種事物與之便有不同的對應狀態，或被置入、
或被取出、或是在內、或是盈滿、或者出自於是。以下從置入物品到
去除一一條舉各種狀態。

首先從進入開始。使用的動詞有「納」「入」「涉」[3]。這些有

3　「納」有入義，涉亦有入義。《說文》：「涉，徒行屬水。」，既然屬水則必然進入水

「入」義動詞可與具有容器義的各雙音結構組合。例 1 稱許渤海王之器量,以將山岳納入「胸懷」為喻。例 2 謂情慾進入「胸臆」使得精神散亂違反養生之道。例 3 論帝王子弟之養尊處優,憂懼之道未曾「進入」其胸襟之中。例 3 的「衿」為「襟」更換聲符的異體字。襟帶當胸,故常與「胸」組合為「胸襟」。無論是「胸懷」、「胸臆」或是「胸衿」都具有容納作用。

1. 大丞相渤海王,命世作宰,惟機成務,標格千仞,崖岸萬里,運鼎阿于襟抱,**納山岳于胸懷**,擁玄雲以上騰,負青天而高引。(《全上古三代秦漢三國六朝文・全後魏文・溫子昇・寒陵山寺碑》)

2. 謂情慾**入於胸臆**。精散神惑,故死也。(《養性延命錄・教誡篇第一》)

3. 齠年稚齒,養器深宮,習趨拜之儀,受文句之學,坐躡搢紳,傍絕交友,情偽之事,不經耳目,憂懼之道,**未涉胸衿**。(《南齊書・南郡王子夏列傳》)

接納外物進入之後若涵容於內,事物便存於胸中。此類組合常用「存在」、「蘊藏」、「懷抱」等類動詞。存在動詞有「居」、「在」,如例 4 指神思居於「胸臆」之中;例 5 勉勵修行人善心必須常在「胸心」。

4. 故思理為妙,神與物游。**神居胸臆**,而志氣統其關鍵;物沿

中,因此引申有進入的意義。《教育部辭典》「涉」便有「進入」的義項,並引《左傳・僖公四年》:「不虞君之涉吾地也。」為例。

耳目，而辭令管其樞機。樞機方通，則物無隱貌；關鍵將

塞，則神有遯心。(《文心雕龍·神思第二十六》)

5. 心馬盤回終不如意。猶如王馬不能破賊保全其國。是以行人
善心不可**不常在於胸心**。(《眾經撰雜譬喻卷上》)

其次有蘊藏類動詞「蘊」^4、「藏」、「韜」^5、「蘊藏」、「蘊蓄」等。例
6 以主題句式說明「胸襟」之中蘊藏奇略、例 7 以補語句式表現蘊藏
經典於「胸襟」，都用了動詞「蘊」。也有使用動詞「藏」如例 8 贊孟
光之智藏於「胸懷」。例 9 用動詞「韜」述管寧「胸懷」古今。例
10、11 雙音動詞「蘊蓄」、「蘊藏」也都是含藏的意思，準此，「胸
襟」、「胸懷」等便有容器義。

6. 六奇三略，先**蘊胸襟**。百步千尺，本無橫陣。(《全上古三代
秦漢三國六朝文·全後魏文·釋僧懿·魔主報檄文》)

7. 朝樂酣於濁酒兮，夕寄忻於素琴。誦風雅以導志兮，**蘊六籍
於胸襟**。敦儒墨之大教兮，崇逸民之遠心。(《魏書·陽固
傳》)

8. 正曰：「世子之道，在於承志竭歡，既不得妄有所施為，且
智調**藏於胸懷**，權略應時而發，此之有無，焉可豫設也？」
(《三國志·蜀書·孟光傳》)

9. 伏見太中大夫管寧，應二儀之中和，總九德之純懿，含章素
質，冰絜淵清，玄虛澹泊，與道逍遙；娛心黃老，游志六
藝，升堂入室，究其閫奧，**韜古今於胸懷**，包道德之機要。
(《三國志·魏書·管寧傳》)

4　《廣韻》：「蘊，藏也」「俗作蘊」蘊有包藏的意思。

5　《說文解字·韋部》：「韜，劍衣也。」，劍衣收藏刀劍，故引申有含藏義。

10.由來此事，差非一揆，但性頗狷急，或有不堪。不欲蘊蓄**胸襟**，須令豁然無滯，將令士庶文武，見我所懷。兵法軍令，省而不煩，此言當矣。(《金樓子·立言篇》)

11.王之忠誠款篤，節義純貞，非但蘊藏**胸襟**，實乃形於文翰，搜括史傳，撰《顯忠錄》，區目十篇，分卷二十。(《魏書·韓子熙傳》)

最後是懷抱類動詞的「懷」與「抱」，也有事物存在容器之中的意義。例 12 描寫鯨魚金燈，「懷蘭膏於胸臆」寫其「胸臆」即是燈具中含藏燈油的容器處。例 13 則以動詞「抱」言「胸臆」中含藏仁義。

12.寫載其形。託于金燈。隆脊矜尾。鬐甲舒張。垂首俛視。蟠于華房。狀欣欣以竦峙。若將飛而未翔。懷蘭膏于胸臆。明制節之謹度。伊工巧之奇密。莫尚美于斯器。(《全上古三代秦漢三國六朝文·全晉文·殷巨·鯨魚燈賦》)

13.伊宗周之令望，巡召南而述職，襟帶郢夏之鄉，宣條江漢之域，服詩書于懷袖，**抱仁義于胸臆**(《全上古三代秦漢三國六朝文·全梁文·張纘·懷音賦并序》)

存在於容器之中的事物也有各種狀態，有靜態的充滿容器、或者是較為動態的纏結擾動。靜態的部份使用的動詞有「積」(例 14)、「滿」(例 15)、「盈」(例 16)與「充滿」(例 17)：

14.凡此數者，乃質之所以**憤積于胸臆**，懷眷而悁邑者也。(《全上古三代秦漢三國六朝文·全三國文·吳質·荅東阿王書》)

15.我家新置側，可求不難識。相望阻盈盈，**相思滿胸臆**。高

枝為君採，請寄西飛翼。(《王筠集・摘安石榴贈劉孝威》)

16.採藥遊名山，將以救年頹。呼吸玉滋液，**妙氣盈胸懷**。登仙撫龍駒，迅駕乘奔雷。鱗裳逐電曜，雲蓋隨風迴。(《郭弘農集・遊仙詩十四首》)

17.不念精進攝身守口。**三毒垢穢充滿胸懷**。亦如此水不可復用。(《法句譬喻經・象品第三十一》)

較為動態的動詞有「結」(例 18、19)、「擾」(例 20)、「纏」(例 21)：

18.婉娩寡留賓，窈窕閉淹龍。如何阻行止，**憤懣結心胸**。既微達者度，歡戚誰能封。願子保淑慎，良訊代徽容。(《謝法曹集・豫章行》)

19.向訣不知所言。追惟銜恨。**恨結胸懷**。懷此戀恨。何時可言。(《全上古三代秦漢三國六朝文・全三國文・陸景・與兄書》)

20.**勢利無擾於胸襟**，行藏不概於懷抱。家門雍睦，孝友為風，上交不諂，下交不瀆。(《徐陵集・晉陵太守王厲德政碑》)

21.卿相非所眄，何況於千金。功名豈不美，寵辱亦相尋。冰炭結六府，**憂虞纏胸襟**。當世須大度，量己不克任。三復泉流誡，自驚良已深。(《宋書・樂志》)

由上段討論亦可見此類充滿胸懷或是纏擾心胸的事物多半與情緒有關，或是相思情懷、或是憤恨憂慮，或是欣喜歡悅，乃至貪嗔癡三毒。至於相關的雙音組合也不外「心胸」、「胸臆」、「胸懷」與「胸襟」，為後續引申「心情」義之張本。

存於胸中若是負面事物不免要除之而後快，因此有「洗滌」與「消散」兩類動詞清理容器。「洗滌」類有單音詞的「滌」（例 22）、「澡」（例 23）；雙音詞的「洗除」（例 24）、「洗濯」（例 25）：

22.冰炭滌於胸心，巖牆絕於四體。夫然，故形神偕全，表裏寧一，營魄內澄，百骸外固，邪氣不能襲，憂患不能及，然可以語至而言極矣。（《宋書‧傅亮傳》）

23.澡塵垢於胸心，脫桎梏於形表，超俗累於籠樊。（《弘明集‧釋駁論》）

24.九思者，視思明，聽思聰，色思溫，貌思恭，言思忠，事思敬，疑思問，忿思難，見利思義。此皆所以洗除胸懷，去邪務正。（《齊竟陵王蕭子良集‧滌除三業門三》）

25.猶冀玄當洗濯胸腑，小懲大誡，而狼心弗革，悖慢愈甚，割據江湘，擅威荊郢，矯命稱制，與奪在手。（《魏書‧島夷桓玄傳》）

消散類動詞則有「銷」（例 26）、「散」（例 27）與「疏」（例 28）：

26.廉恥篤于家閭。邪僻銷于胸懷。故其民有見危以授命，而不求生以害義。又況可奪臂大呼，聚之以干紀作亂之事乎？（《全上古三代秦漢三國六朝文‧全晉文）‧干寶‧晉紀總論》）

27.雖心希九鼎。而畏迫宗姬。姦情散于胸懷。逆謀消于脣吻。斯豈非信重親戚。（《全上古三代秦漢三國六朝文‧全三國文‧曹囧‧六代論》）

28.覿翔鸞之裔裔，聽鳴鳳之噰噰。過靈溪而一濯，疏煩想于

心胸。蕩遺塵于旋流，發五蓋之遊蒙。（《全上古三代秦漢三國六朝文・全晉文・孫綽・遊天台山賦并序》）

經過一番清理之後則心胸清爽，毫無點塵，便有如下敘述：例29 以落落無埃塵形容至人「胸襟」；例 30 則更上一層，心包太虛而無累，便舉宇宙之大於「胸懷」中，曾不能有一塵之染。

29. 推天地於一物，橫四海於寸心。超埃塵以貞觀，**何落落此胸襟！**（《全上古三代秦漢三國六朝文・全宋文・謝靈運・入道至人賦》）

30. 結是以其神凝，其心道，超然遐想，**宇宙不能點其胸懷**，澹爾無寄，塵垢何能攬其方寸（《全上古三代秦漢三國六朝文・全梁文・釋僧順・釋三破論》）

容器有進有出，談到事物由心胸出，便是以此容器為來源（source）。常見的動詞有「出」（例 31-33）、「發」（例 34、35）、「起」（例 36）等，如下例 31 讚揚皇帝的深謀遠慮；例 32 指責部份學人修行無有師承印可，全然自以為是；例 33 稱美智勇之士謀略出乎胸臆；例 34 瑜揚文士文思泉湧；例 35 高允稱述高滄行誼；例 36 桓溫自陳忠心以為反間之計將影響皇帝思慮。由諸例亦可見表示來源義時，往往使用介詞「自」（例 31、35）、「於」（例 32、34、37）、「于」（例 36）、「乎」（例 33），以「於」最常用。因此在例 37 范曄自稱不喜讀註解，所有經典通解都「得之於胸懷」來自自己的思索，也是以「於」標記來源。

31. 陛下明竝日月，無幽不燭，深謀遠慮，**出自胸懷**（《全上古三代秦漢三國六朝文・全晉文・劉琨・勸進表》）

32. 退不見承譯西賓。我聞興於戶牖。**印可出於胸懷**。誑誤後
學。良足寒心。既躬所見聞。寧敢默已。嗚呼來葉。慎而
察焉。(《出三藏記集卷五》)

33. 蓋聞經天緯地之才,拔山超海之力,戰陣勇於風飆,**謀謨
出手胸臆**,斬長鯨之鱗,截飛虎之翼。(《庾信集·擬連珠
四十四首》)

34. 方天機之駿利,夫何紛而不理。思風發於胸臆,言泉流於
唇齒。紛葳蕤以馺遝,唯毫素之所擬。(《陸機集·文賦并
序》)

35. 高滄朗達,默識淵通,領新悟異,**發自心胸**。質侔和璧,
文炳雕龍,燿姿天邑,衣錦舊邦。(《魏書·高允傳》)

36. 而反閒起于胸心。交亂過于四國。此古賢所以歎息於既
往,而臣亦大懼於當年也。(《全上古三代秦漢三國六朝
文·全晉文·桓溫·上疏自陳》)

37. 至於所通解處。皆**自得之於胸懷**耳。文章轉進。但才少思
難。(《全上古三代秦漢三國六朝文·全宋文·范曄·獄中
與諸甥姪書以自序》)

其中由於「出」的語義清楚表示由來源處出來,因此有不使用介詞
「於」的用例,如例 38 與例 39。出胸臆或是出其胸臆都是指出自內
心的想法。

38. 辨而不俗,附依典誥,**若出胸臆**。(《全上古三代秦漢三國
六朝文·全三國文·夏侯獻·上明帝表》)

39. 其文甚有奇分,**若出其胸臆**。(《全上古三代秦漢三國六朝
文·全晉文·賀循·報虞預書論楊方》)

　　此類比喻心胸為容器，作為來源出處的用法在語義上有一個特別之處。與盈滿類多是七情六慾相較，此類由胸懷而出的多是理性思維產物，如謀略、文思、乃至於通解、領悟、印可等等，與想法相關。以致胸懷也有了代表想法的用例，詳見下節討論。

　　最後，就容器義來看，相對有進有出而言，另一面向則是封閉容器不進不出。例 40 賀琛以「緘胸臆」表達守口如瓶之義。

　　40.竊云啟沃獨緘胸臆，不語妻子，辭無粉飾，削棄則焚，脫
　　　　得聽覽，試加省鑒，如不允合，亮其戇愚。（《全上古三代
　　　　秦漢三國六朝文・全梁文・賀琛・條奏時務封事》

4.1.2.2　思想義

　　由上文容器義可以發現，心胸之中可能充滿了各種情緒或是想法，是以這些表雙音組合如「心胸」、「胸懷」、「胸臆」、「胸襟」等也有代表思想與情緒的用例。本節先論作為思想義的部份：觀察中古文獻，對於自我的想法人們大抵有兩類主要作為，其一為師心自用，以自我思想為準則；其二則發露於人坦誠相見。前者使用的動詞有「任」、「率」，如例 1 指研經當以梵本及大品為主，不能「任胸懷之所得」若以自己的想法為主，將違背了佛陀教誨。例 2 許允婦在許允被誅殺之後，清楚晉王忌才，而子輩才不及父，故教導兒子們無須遮掩「率胸懷與語」有什麼想法就說什麼，避過殺身之禍。例 3「斷以胸衿」也是質疑研經不能以自己想法為論斷的依準。

　　1.是以先哲出經，以梵為本，小品雖鈔，以大為宗，推梵可以

明理，徵大可以驗小。若苟任胸懷之所得[6]，背聖教之本旨（《全上古三代秦漢三國六朝文・全晉文・大小品對比要鈔序》）

2. 兒以咨母。母曰：「汝等雖佳，才具不多，率胸懷與語，便無所憂。」（《世說新語・賢媛第十九》）

3. 何者。夫欲考尋理味決正法門。豈可斷以胸衿而不博尋眾典。遂使空勞傳寫永翳箱匣。（《高僧傳・求那毘地十三》）

「胸」的雙音組合作「想法」解釋的第二類則是開誠布公之義。除了「心胸」、「胸心」、「胸懷」、「胸臆」之外，與第一類不同有「胸肝」的組合，臟腑類的組合常有「想法」義，且與擢瀝、陳布、論述三類動詞搭配，詳見下章論述。是以此處有「胸」與「肝」的組合，且同樣有三類動詞：例 4「瀝胸肝」亦是竭誠之意；陳布類動詞有例 5「披心胸」例 6「布胸心」與例 7 雙音組合的「披布胸懷」；論述類動詞則有例 8 之「敘胸懷」例 9 之「論胸臆」。

4. 固未能輸竭忠款，盡瀝胸肝，排方入直。惠彼黎元。（《全上古三代秦漢三國六朝文・全晉文・邵正・釋譏》）

5. 若此不與議，復誰可得共披心胸者哉？昏明改易，自古有之，豈獨大宋中屯邪？（《南齊書・張敬兒傳》）

6. 日日望弟來，屬病終不起，何意向與江書，粗布胸心，無人可寫，比面乃具與弟。（《宋書・王微傳》）

7. 繾綣齊契，披布胸懷，書功金石，藏于王府。（《全上古三代

---

6 另一版本《出三藏記集・大小品對比要抄序第五》）作「若苟住胸懷之所得」，以「住」與「任」字形相近而訛。考諸文義，當作「任」為是。

秦漢三國六朝文・全晉文・與段匹磾盟文》）

8. 因汝有感，故略敍**胸懷**〔矣〕。（《南齊書・王僧虔傳》）

9. 將馭六龍輿，行從三鳥食。誰與金門士，**撫心論胸臆**。（《劉
孝標集・始居山營室》）

與臟腑類雙音組合相較，此處表想法的組合使用了一個不同的動詞
「埽」。「埽」現為「掃」的異體字[7]，實則早期為正字，《說文》：
「埽，棄也。」《段注》[8]以為各本作「棄」有誤，當作「坌」為灑掃
之意。灑掃多有清除義棄去髒污，然則也有偏於灑掃動作，不可一概
以「去除」解釋之。段說為是。例 10「埽心胸」即是一例：此例
「埽心胸」與「披聞見」、「述平生」、「論語默」並列，並非清除義，
是以不列於上節。全段旨意為述說內心想法，以埽為喻，將內心想法
掃出與人見，此處取「掃」的動作而非清除義。

10. 充亦何能與諸君道之哉，是以披聞見，**埽心胸**，述平生，
論語默，所以通夢交魂（《全上古三代秦漢三國六朝文・全
梁文・張充・與王儉書》）

內心發露至極則盡，於是有例 11「盡胸臆」之說，將自己內心的想
法毫無保留地說出來。

11. 威立性朋黨，好為異端，懷（狹）〔挾〕詭道，徼幸名利，
詆訶律令，謗訕臺省。昔歲薄伐，奉述先志，凡預切問，

7　見教育部異體字字典手部「掃」條。

8　《段注》原文：「（埽）坌也。各本誤棄。今正。此二篆為轉注也。从土帚。會意。
帚亦聲也。蘇老切。古音在三部。」

各盡**胸臆**。而威不以開懷,遂無對命,啟沃之道,其若是乎!資敬之義,何其甚薄!(《隋煬帝集·下詔責蘇威》)

4.1.2.3　情感義

在「容器」義的討論中,可以發現存在於心胸盈滿或擾動的事物多與情緒有關,或憂或憤或相思。因此「胸」的雙音組合也有表達情緒的用例,與其他用法不同的是有「胸情」的組合。如例 1 說明詩人之作品「直舉胸情」抒發內心之情感。其餘則集中於與臟腑類「心」之組合。例 2「長亂心胸」述心情紛亂、例 3 言憂戚之情、例 4 陳恐懼、例 5 表勇敢激越。各種情緒皆可以心胸呈現之。

1. 妙達此旨,始可言文。至於先士茂製,諷高歷賞,子建函京之作,仲宣霸岸之篇,子荊零雨之章,正長朔風之句,並**直舉胸情**,非傍詩史,正以音律調韻,取高前式。(《宋書·謝靈運傳》)

2. 孤子階緣多幸,叨簉皇華,鄉國屯危,公私燋迫。邙肜之切,**長亂心胸**;徐庶之祈,終無開允。既而屏居空館,多歷歲時,釁犯幽祇,躬當勦滅。(《徐陵集·與王僧辯書》)

3. 羲和纖阿去嵯峨,覩物知命,使余轉欲悲歌,**憂戚人心胸**。處山勿居峰,在行勿為公。(《謝法曹集·前緩聲歌》)

4. 夏初陳啟,未垂採照,追懷慚懼,**實戰胸心**,臣聞暑雨祁寒,小人猶怨,榮枯寵辱,誰能忘懷。(《全上古三代秦漢三國六朝文·全梁文·蕭昱·請解職表》)

5. 蕭子雲書如危峰阻日,孤松一枝,壯士彎弓,雄人獵虎,**心胸猛浪**,鋒刃難當。(《梁武帝蕭衍集·梁武帝書評》)

4.1.2.4　其他

胸的雙音組合除了上述容器、想法、情緒之外，還有其他引申比喻用法，也可一提。例 1 為曹冏勸立同姓諸侯王，以免危難之時身邊的股肱「胸心」之臣不護衛國君。例 2 出自同一文章，言不立同姓諸侯猶如砍去手腳，只留下胸腹部。例 3 則以身體病況比喻國家的災禍，以為邊陲之亂只是手腳上的皮膚病，而國內亂政才是「胸背」上的爛瘡，應該要優先處理。

1. 一旦疆場稱警。關門反拒。股肱不扶。**胸心**無衛。臣竊惟此寢不安席。思獻丹誠。貢策朱闕。謹撰合所聞。敘論成敗。（《全上古三代秦漢三國六朝文・全三國文・曹冏・六代論》）

2. 子弟無尺寸之封。功臣無立錐之地。內無宗子以自毗輔。外無諸侯以為藩衛。仁心不加于親戚。惠澤不流于枝葉。譬猶芟刈股肱。獨任**胸腹**。浮舟江海。捐棄楫櫂。觀者為之寒心。（《全上古三代秦漢三國六朝文・全三國文・曹冏・六代論》）

3. 當復徵發眾人，轉運無已，是為耗竭諸夏，并力蠻夷。夫邊垂之患，手足之蚧搔；中國之困，**胸背**之癭疽。方今郡縣盜賊尚不能禁，況此醜虜而可伏乎！（《後漢書・鮮卑列傳》）

「胸」為平聲，與其他身體詞組合時幾乎全居前位，與同為平聲的「心」有前後異序的「心胸」與「胸心」，前者有單純身體部位義，也有各種引申義，而後者僅有引申義且數量略少。僅有一處「背胸」違反平聲在前之音序。此例亦有作「胸背」且為數較多三類文獻均有，可見「背胸」為一特例，仍以「胸」在前為常。在語義方面，

「胸」的雙音組合引申義由「容器」義出發，尚有「想法」與「心情」的引申。集中於與「心」、「臆」及非身體詞「懷」、「藏」、「襟」之組合，出現環境則多見於一般文獻。

4.2　腰

　　腰是身體中段，《說文》：「身中也，象人要自臼之形。」腰的組合以與身體四肢的單純兩義相加為主。除本類「腰腹」一語外，僅有兩例與「首」結合有引申義，已見第一章討論。在其他組合方面，僅有一處與內臟「腎」結合，餘皆與軀幹四肢類身體詞結合。

　　腰部乃從人體外觀來看，罕有與內臟組合的例子，只有與「腎」組合的例子，且均出於醫書。如例 1「腎腰」與例 2 之「腰腎」。除了腎位於腰部之外，尚且顯現出古人的醫學觀念，以為腎與腰部的關聯密切。有醫方腎氣丸可治腰痛者[9]，又如例 2 的導引方法也為了去除腰腎間的冷氣。

> 1. 治**腎腰**痛：生葛根，嚼之，咽其汁，多多益佳。。(《葛仙翁肘後備急方‧治卒患腰脅痛諸方》)
> 2. 數為之彌佳。平旦，便轉訖，以一長柱杖策腋，垂左腳於床前，徐峻，盡勢掣左腳五七；右亦如之；療腳氣，疼悶，**腰腎**間冷氣、冷痺及膝冷、腳冷，並主之。日夕三掣彌佳。(《養性延命錄‧導引按摩篇第五》)

9　《葛仙翁肘後備急方‧治虛損贏瘦不堪勞動方》云：「乾地黃四兩，茯苓、薯蕷、桂、牡丹、山茱萸各二兩，附子、澤瀉一兩，擣蜜丸如梧子，服七丸，日三，加至十丸。此是張仲景八味腎氣丸方，療虛勞不足，大傷飲水，腰痛，小腹急，小便不利。又云長服，即去附子，加五味子，治大風冷。」

　　與身體軀幹四肢結合可以概分為三類，一類是與「身」「體」「肢」結合表示腰部；一類是與部位相近的「腹」「背」「脊」相結合；最末一類與四肢尤其是下肢相關詞如「髖」、「髀」、「腳」、「膝」相結合。

　　「腰肢」、「腰身」、「腰體」都是指身體的中段。而出現的文獻性質不同。「腰肢」出現於文人雅士之手，如例 3 沈約「腰肢既軟弱」、例 4 蕭綸「軟媚著腰肢」描寫女子裊裊娜娜若細柳款擺的姿態，著力書寫腰部的姿態。

　　3. 丰容好姿顏，便僻巧言語。**腰肢既軟弱**，衣服亦華楚。紅輪映早寒，畫扇迎初暑。（《玉臺新詠・沈約・少年新婚為之詠》）

　　4. 關情出眉眼，**軟媚著腰肢**。語笑能嬌媄，行步絕逶迤。（《玉臺新詠・邵陵王綸・車中見美人》）

　　「腰身」也是美人吸引文士眼球之處。若例 5 鮑照「閑麗美腰身」畫出女子美麗的焦點；而例 6 蕭綱的「一種細腰身」詠嘆美人如畫、畫如美人皆有纖腰一種。「腰身」用語除了文士之外，也出現在醫書（例 7）與佛典（例 8）之中，可見此語較「腰肢」更為口語。

　　5. 會得兩少妾，同是洛陽人。嬛緜好眉目，**閑麗美腰身**。凝膚皎若雪，明淨色如神。（《鮑參軍集・學古》）

　　6. 可憐俱是畫，誰能辨偽真。分明淨眉眼，**一種細腰身**。所可持為異，長有好精神。（《梁簡文帝蕭綱集・詠美人看畫》）

　　7. 取三樹桃花，陰乾，末之，食前，服方寸七，日三，姚云，**并細腰身**。（《葛仙翁肘後備急方八卷卷六治面皰髮禿身臭心惽鄙醜方第五十二》）

8. 童子自然從右脅出。國大夫人**胸脅腰身**不破不缺。童子生時。一切諸天。（《佛本行集經卷第八佛本行集經從園還城品第七上》）

　　至若「腰體」一語不同於上兩者，多出現於醫療文獻。例 9《後漢書・華佗傳》、《三國志・魏書・方伎傳》、《養性延命錄》出現的「腰體」均為華佗教導吳普五禽戲時所言。另一例 10 亦出自醫書《王氏脈經》，陳述腰酸時可以針灸腎俞以為治療。與「腰肢」相較，「腰體」比「腰身」更不見於文士之作，後世也不常見，為當時醫學專類用法。

9. 是以古之仙者為導引之事，熊經鴟顧，**引挽腰體**，動諸關節，以求難老。（《後漢書・華佗傳》）
10. 寸口脈沉著骨，及仰其手，乃得之，此腎脈也。動，苦少腹痛，**腰體酸**，巔疾。刺腎俞，入七分。（《新刊王氏脈經卷十》）

　　第二類是與部位相近的「腹」「背」「脊」相結合，有「腰腹」（要腹）、「腰背」、「腰脊」（要脊）。部份可見於文士之作，大部分出於醫書與佛經，可見其口語性質。因此大部分語例也都是表示部位簡單的兩義相加。僅有「腰腹」略有隱喻。「腰腹」一詞見於醫書（例11）記載阿膠的療效、佛經（例 12）描述善現比丘德相，都是指身體部位。至於兼有隱喻的用法見於例 13《後漢書》，記載後漢光武帝與東平王劉蒼問答，皇帝問東平王平常家裡有什麼娛樂，東平王回答：「為善最樂」美哉斯言！引得光武帝稱讚說：「這句話說得好，跟你的肚圍有拼！」此處「要腹」即是「腰腹」，有例 14《金樓子》異

文可以證明。根據光武帝的話語，不只是驚嘆劉蒼有八尺二寸的大腰腹，同時也是讚嘆他的胸襟肚量修養氣度，可見此處的「腰腹」也有氣度的隱喻用法。

> 11.阿膠：味甘平。主心腹，內崩，勞極，灑灑如瘧狀，**腰腹痛**，四肢酸疼，女子下血安胎。久服輕身益氣，一名傳致膠。（《神農本草經卷一·阿膠》）
>
> 12.其臂纖長。手指縵網。金輪莊嚴。臑髀鹿腨，**腰腹不現**，師子上身如淨居天。（《大方廣佛華嚴經·入法界品》）
>
> 13.日者問東平王處家何等最樂，王言為善最樂。其言甚大，**副是要腹矣**。（《後漢書·東平憲王蒼傳》）
>
> 14.蒼為人體貌長大，美鬚髯，腰八尺二寸，故帝言**副其腰腹**也。（《金樓子·說蕃篇》）

　　由於腰為身體中段，除了身體前面的「腹」之外也與身體後部的「背」「脊」組合，例 15《魏書》中有「腰背」一語，醫書（例 16）與佛經（例 17）也有用例，均為單純兩義相加表示身體部位。

> 15.脩素肥壯，**腰背博碩**，堪忍楚毒，了不轉動。鞭訖，即召驛馬，促之令發。（《魏書·恩倖趙脩傳》）
>
> 16.《淘氣訣》：閉目仰面，停兩手於乳間，側立兩膝，舉**腰背**，鼓氣海中，氣使內外，轉呵而去之。不使耳聞一九二九止。（《靈劍子引導子午記》）
>
> 17.何故如來告大迦葉曰：汝當說經，吾**腰背痛**。時八千天子本弟子行迦葉所化。（《慧上菩薩問大善權經卷下》）

「腰脊」也同見於三類文獻中，例 18《後漢書》作「要脊」，記載了當時的「服妖」衣服妖異：桓帝元嘉中，京都婦女的裝扮非常特別有愁眉、啼妝、墮馬髻、折要步與齲齒笑。其中「折要步」者，是走路的時候故意扭腰，腳不在身體正下面走。史家以為服妖，應驗於梁冀將軍被抄家，婦女「腰脊」摧折，宗族夷滅殆盡。例 19《神農本草經》則紀錄了杜仲能治「腰脊」疼痛的藥效。例 20《出曜經》則有毒樹譬喻—若不斷除煩惱根本，停息於貪戀愛欲之樹則便不免腰脊疼痛甚且因而斃命。以上是各種文獻中均可見「腰脊」之例，其義亦皆指身體腰脊部位，無引申義。

> 18.兵馬將往收捕，婦女憂愁，跛眉啼泣，吏卒掣頓，**折其要脊**，令髻傾邪，雖強語笑，無復氣味也。到延熹二年，舉宗誅夷。（《後漢書·五行志服妖》）
>
> 19.杜仲：味辛平。主**腰脊**痛，補中，益精氣，堅筋骨，強志，除陰下癢溼，小便餘瀝。（《神農本草經·杜仲》）
>
> 20.諸有男女入園遊觀停息此樹下者。或頭痛欲裂。或**腰脊**疼痛。或即於樹下便命終者。（《出曜經·愛品第三》）

最後一類則是與四肢身體詞組合，尤其是下肢的「腰髖」（例 21）、「腰髀」（例 22）、「腰膝」（例 23）、「腰腳」（例 24、25），也有與手臂組合如「腰臂」（例 26）。除了例 24《魏書》為一般文獻之外，均出於醫書或是佛典，義為身體部位無引申義。即使《魏書》記載，也是錄自蒙遜請人轉述的口語，非史家記史之文筆，可見此類組合亦偏於口語。

> 21.第十三復有眾生。攣躄背僂**腰髖**不遂。腳跛手拘不能操涉。（《佛說罪業應報教化地獄經》）

22. 腎脹者，腹滿引背央央然，**腰髀**痛。(《新刊王氏脈經卷六‧腎足少陰經病證第九》)

23. 服之令人光澤，三年老變為少。此藥治**腰膝**去風，久服延年。(《葛仙翁肘後備急方卷四‧治卒患腰脅痛諸方第三十二》)

24. 蒙遜遣中兵校郎楊定歸白順曰：「年衰多疹，舊患發動，**腰腳**不隨，不堪拜伏。比三五日，消息小差，當相見。」(《魏書‧李順傳》)

25. 又方：治腎虛**腰腳**無力。(《葛仙翁肘後備急方卷四‧治卒患腰脅痛諸方第三十二》)

26. 彼用五色綖絡腋繫**腰臂**。佛言不應爾。(《四分律‧雜建度之一》)

　　由於「腰」為平聲字，幾乎所有的雙音組合「腰」都是居於首位，符合音序排列。唯有兩組異序一組為「腰首」與「首腰」前者依照音序而後者遵循身體上下義序；另一組則為「腰腎」與「腎腰」，「腎腰」亦可能有義序的選擇，先內後外之故。「腰」的引申義甚少，除了與「首」組合之外，僅有「腰腹」喻度量一例。與下節亦指身體中段的「腹」相較，「腰」的語義偏重於外觀可見者，如「腰肢」、「腰身」等。

4.3　腹

　　《說文》：「腹，厚也。」《段注》云：「厚也。腹、厚疊韵。此與『髮，拔也』、『尾，微也』一例。謂腹之取名。以其厚大。」說明許慎此處釋文並非直接描述腹部位置，而是著重於取名之由。腹部為身

體胸以下骨盤以上，身體中間的部位。此部份通常為人體最肥厚之處，故許慎以此為「腹」得名之由。《釋名》更明白指出：「腹，複也，富也，腸胃之屬，以自裹盛，復於外複之，其中多品，似富者也。」說明了腹之得名與其中富有腸胃等器官且腹於外裹覆之有關。

腹的組合有與頭部結合之的「頭腹」、「口腹」已見第一章。與五臟類組合的「心腹」、「腹心」、「腹腸」引申意義與臟腑類身體詞相近，繫於下章討論。最常見的組合仍是軀幹類互組的「胸腹」、「腰腹」、「腹脅」、「脅腹」、「腹肚」與「腹背」。

「胸腹」「腰腹」已見前文。「腹脅」與「脅腹」為單純部位義指兩脅與腹部，一般文獻只見於《齊民要術》敘相馬之法，「腹脅」要開闊。餘為醫書如例 2 記治療「腹脅」中的氣室，佛經如例 3 述說獄卒刑罰罪犯以繩絞縛「脅腹」。

1. 馬：頭為王，欲得方；目為丞相，欲得光；脊為將軍，欲得強；**腹脅**為城郭，欲得張；四下為令，欲得長。（《齊民要術·養牛、馬、驢、騾》）

2. 《簡要濟眾》治九種心痛及**腹脅**積聚滯氣，筒子乾漆二兩，搗碎，炒煙出，細研，醋煮，麵糊和丸如梧桐子大，每服五丸至七丸，熱酒下，醋湯亦得，無時服。（《葛仙翁肘後備急方·治卒心痛方》）

3. 決口截唇剝其面皮。口嚼其指譬如噉菜。若鞭榜人竹杖革鞭。獄卒喜踴以針刺指。繩絞**脅腹**纏頭木梢。（《修行道地經·數息品》）

「腹肚」從部位言指腹部胸部以下腿部以上的部分，若由內藏之

物來說，也可以亦指人腸胃之義[10]。例 4 醫書所言「腹肚不調」是指腸
胃不舒服可以用酸漿水加乾薑來治療；而例 5 為悉達太子出四門見生
老病死四事故事，看見「腹肚極大」腹部脹大之病人。此為部位義。

4. 漿水稍酸味者，煎乾薑屑呷之，夏月腹肚不調，煎呷之，
差。（《葛仙翁肘後備急方・治卒霍亂諸急方》）

5. 謂善馭者。此是何人。腹肚極大。猶如大釜。喘息之時。身
遍戰慄。（《佛本行集經・道見病人品》）

「腹背」單純部位義指腹部與背部。三類文獻均有例，唯一般文
獻例子甚少，如例 6 楊喬讚美孟嘗有鵬鳥振翅羽翮之美，不是「腹
背」尋常腹部背部的羽毛。多半還是醫書如例 7 言治療霍亂可以於
「腹背」腹部與背部各施針灸；或佛經用例，如例 8 言六年苦行之後
悉達太子形體消瘦，「腹背」骨立如同箜篌。

6. 實羽翮之美用，非徒腹背之毛也。而沈淪草莽，好爵莫及，
廊廟之寶，棄於溝渠。（《後漢書・孟嘗傳》）

7. 治霍亂神祕起死灸法：以物橫度病人人中，屈之，從心鳩尾

---

10 王鳳陽（2011：141-142）將「胃」、「腹」、「肚」列為同條目。討論了「腹」、「肚」
與「胃」的關係，指出「腹」「在特定的語言環境中有時相當於『胃』，如《莊子・
逍遙遊》：『偃鼠飲河，不過滿腹』《楚辭・漁父》『寧赴湘流，葬於江魚腹中』這只
是習慣的說法，相當於『腹』的縮小了的用法。」相對於「腹」的縮小義。「肚」
則是擴大了原意。王鳳陽（2011：142）指出：「『肚』，《廣雅・釋親》：『胃，謂之
肚』『肚』是『胃』的民間後起說法。這個初義還保存在口語中，讀如 du3，如『羊
肚』、『豬肚』。因為『胃』是『腹』的主要組成部分，所以『肚』也經常擴大指
『腹』。」由此可見若是「腹」用了縮小義則「腹肚」可指胃，若「肚」用擴大義
時則「腹肚」可指「腹部」。

飛度以下灸，先灸中央畢，更橫灸左右也。又灸脊上，以物圍令正當心厭，又夾脊左右一寸各七壯，是**腹背**各灸三處也。（《葛仙翁肘後備急方‧治卒霍亂諸急方》）

8. 無念不迷惑，禪思無進退。身肉為消盡，唯有皮骨存。**腹背**表裏現，猶如箜篌形。（《佛說普曜經‧六年勤苦行品》）

　　「腹」組合的引申義與另一詞詞義密切相關。如「口腹」引申為「飲食」義來自「口」的飲食功能。「心腹」與「腹心」有「想法」、「心情」的引申義；「腹腸」有「心情感受」的引申意義，則為「心」、「腸」臟腑常見的引申義。與本類的組合而有引申義者，除前述之「胸腹」與「腰腹」外便只有「腹背」一語「腹背」的引申意義由「腹」「背」的相對位置來。常用於軍事行動方面，如例 9 為北魏世祖欲攻打蠕蠕，面對南朝劉宋的威脅，以為當勇往直前以免將來「腹背」受敵，以身體的前後引申為軍隊的前後方。以身體比喻地理的例子並不罕見，「腹背」也有此例，而其義有重要處所之引申義，如例 10 言穰城上黨為「腹背」要地可堪依靠憑藉。而此「腹背」重要部位若引申於人際關係則有互為表裡依附密切的關係，如例 11 孫權責備張溫與暨豔相與朋黨「共為腹背」朋比之人。雖此處「腹背」看似為負面意義，但需要解釋的是，此「腹背」引申意義實際上並無價值是非在內。如例 12 南郢州刺史田夷請任韋朏為別將領荊州，以便兩人可「共為腹背」即為正面含意。是故「腹背」關係究竟是朋黨為姦，還是相與守護乃由上下語境決定。

9. 世祖聞而大笑，告公卿曰：「龜鱉小豎，自救不暇，何能為也。就使能來，若不先滅蠕蠕，便是坐待寇至，**腹背受敵**，非上策也。吾行決矣。」（《魏書‧蠕蠕列傳》）

10.今二虢京門。下無嚴防。南北二中。復闕固守。長安鄴
　　城。股肱之寄。穰城上黨。**腹背**所憑。(全上古三代秦漢三
　　國六朝文・全後魏文・孫紹・修律令上表》) 表示親近重要

11.黶所進退。皆溫所為。頭角更相表裏。**共為腹背**。非溫之
　　黨。即就疵瑕。為之生論。(《全上古三代秦漢三國六朝文・
　　全三國文・吳大帝・斥張溫令》)

12.南郢州刺史田夷啟稱胐父珍往任荊州，恩洽夷夏，乞胐充
　　南道別將，領荊州驍勇，**共為腹背**。(《魏書・韋胐傳》)

　　「腹」為入聲，雙音組合中當處後位，然有數例違反音序，如
「腹心」、「腹腸」、「腹肚」及「腹背」。前三者為臟腑，藏於腹中。
以義序來言，先大後小，故「腹」位於組合前位。而「腹背」則以前
後論序，先提前部之「腹」，後及後部之「背」。不合音序排列則採義
序排列。至於組合方面，與上節「腰」相較，有側重於內部的用法。
故可與臟腑之「心」、「腸」以及「胃」別義之「肚」組合。引申義部
份與他類身體詞組合時，義多出自另一詞，如「口」之飲食、「心」
之思想、「腸」之情緒等。本類組合之「腹背」則由前後位置出發，
引申為重要地點或是密切之關係。具引申義之組合亦多出自一般文
獻。醫書與佛經則為單純部位義。

4.4　脊、背

　　脊原義指脊柱脊骨。《說文》：「脊，背呂也。」「呂，脊骨也，象
形。」《古辭辨》(王鳳陽 2011：135) 說明「脊」也有廣義的用法：
「『脊』如果和它相連的肋、肉連起來，那就是『背』了。」「脊」在
雙音組合中常是此廣義用法。「脊」的組合都是單純兩義相加，組合

對象從頸項到腳。其中「項脊」見於第一章討論,「腰脊」為常見組合,已見上節,皆不再贅述。其餘組合為「脊脅」、「脊背」、「背脊」、「脊膂」、「脊股」與「脊腳」。「背」的情況亦然,與「頭」、「項」、「肩」及「胸」、「腹」、「腰」的組合已見前文,餘則僅有「脊背」與「背脊」。本節所述「脊」、「背」的組合都是單純部位義。

「脊脅」只有醫書例見例 1 描述脈相呈現出的病狀,「脊脅」指背部與兩脅。

1. 右手尺中神門以後脈陰實者,足少陰經也。病苦痹,身熱,心痛,**脊脅**相引痛,足逆,熱煩。(《新刊王氏脈經・平人迎神門氣口前後脈第二》)

「脊背」多出自佛經,例 2 為少數出現於一般文獻的例子,此處「脊背」意為背部,言相馬重點之一在於背部平廣以便負重。然則《齊民要術》也是公認較為口語的著作。例 3 為「脊背」出現於醫書的例子,指出特定脈相的病徵為背部僵直。例 4 為佛經,列舉大人之相中有一為「脊背」背部平直不彎曲。

2. **脊背**欲得平而廣,能負重;(《齊民要術・養牛馬驢騾第五十六》)
3. 右手尺中神門以後脈陽實者,足太陽經也。病苦轉胞,不得小便,頭眩痛,煩滿,**脊背**彊。(《新刊王氏脈經・平人迎神門氣口前後脈第二膀胱實》)
4. 復次大人**脊背**平直。是謂大人大人之相。(《中阿含經・中阿含王相應品三十二相經第二初一日誦》)

異序的「背脊」只有醫書的例子。例 5 說明灸霍亂的秘方。

> 5. 捧病人腹臥之，伸臂對以繩度兩頭肘尖頭，依繩下夾背脊大
>   骨穴中，去脊各一寸，灸之百壯。不治者，可灸肘椎。已試
>   數百人，皆灸畢即起坐。(《葛仙翁肘後備急方·治卒霍亂諸
>   急方第十二》)

表「背部」義的還有「脊膂」一語，見於佛經，如例 6 魔女自誇
年輕貌美體態精妙。

> 6. 腰軟纖細如弓弭，脊膂寬博潤而平，猶如象王頭頂額。(《佛
>   本行集經·魔怖菩薩品中》)

與下肢組合的有「脊腳」(例 7) 與「脊股」(例 8)，也是背部與
腳部的單純組合意義。

> 7. 又方：先發二時，以炭火床下，令脊腳極暖，被覆，過時乃
>   止，此治先寒後熱者。(《葛仙翁肘後備急方·治寒熱諸瘧
>   方第十六》)
> 8. 是主腎所生病者，口熱舌乾，咽腫上氣，嗌乾及痛，煩心，
>   心痛，黃疸，腸澼，脊股內後廉痛，痿厥，嗜臥，足下熱而
>   痛。灸則強食而生害，緩帶被髮，大杖重復而步。(《新刊王
>   氏脈經·腎足少陰經病證第九》)

最後還有「背胛」與「背脅」的組合。如例 9、例 10。也都是單
純部位義。

9. 灸兩口吻頭赤肉際各一壯，又灸兩肘屈中五壯，又灸背胛中間三壯，三日報灸三，倉公祕法。又應灸陰囊下縫三十壯。又別有狂邪方。(《葛仙翁肘後備急方‧治中風諸急方第十九》)

10. 《隱居效驗方》云：并療手腳攣，不得舉動及頭惡風，**背脊**卒痛等。(《葛仙翁肘後備急方‧治百病備急丸散膏諸要方》)

　　脊為連接身體上下的重要結構，在雙音組合方面也有從項到腳的組合。這些「項脊」、「脊脇」、「脊背」、「背脊」、「脊膂」、「腰脊」與「脊腳」都是單純表示身體部位並無引申義。出處也以醫書與佛經為主，可見其偏於口語性質。一般文獻僅有少數一兩例，也是描述身體部位義。在排序方面，由於「脊」為入聲字，音序上以列詞末為先。「項脊」、「背脊」、「腰脊」、符合音序排列，「腳」、「脇」亦為入聲字，故「脊脇」「脊腳」也不違背音序。不符音序的「脊背」有異序「背脊」，另一則為「脊膂」。「背」為去聲，在組合上有與「頭背」、「項背」、「背胛」、「背脅」，及本類之「胸」、「脊」、「腰」、「腹」。大多皆居於後位，符合音序。與入聲的「胛」、「脅」則居前，亦合音序。唯一例外為「脊背」，然有異序「背脊」存焉。

4.5　小結

　　身體軀幹類的「胸」、「腹」、「腰」、「背」、「脊」在組合上的特色是每個詞都有與其他類別的組合，大概是因為身體軀幹居中，連結肩頸，上及頭面，又與四肢連通之故。在大同之中又略有區別，如「胸」多與上肢組合如「胸臂」、「胸膊」、而「腰」、「脊」多與下肢組合，如「腰髖」、「腰髀」、「腰膝」、「腰腳」與「脊股」、「脊腳」。與臟腑

的組合也略有不同，「胸」與「心」、「肝」組合有「胸心」、「心胸」、「胸肝」，以心肝位於胸腔中而組合。「腹」與「心」、「腸」組合有「心腹」、「腹心」、「腸腹」、「腹腸」。「腸」位於「腹部」而「心」為胸之重要器官可代表「胸」與「腹」組合。「腰」與「腎」組合有「腰腎」、「腎腰」，除了「腎」位於「腰部」之外還有醫學上的觀念。

　　本類組合多單純部位義。引申義大半出於「胸」與「腹」的組合。「胸」的組合無論是「胸心」、「心胸」、「胸臆」、乃至與其他名詞組合之「胸懷」、「胸襟」都有「容器」的意思，乃「胸」中空可容物之故。「胸」、「腹」與臟腑類組合又多有「思想」與「心情」的引申義，則受臟腑類詞影響，詳見下章討論。本類組合較為特別為「腹背」，與前述多詞一義不同，「腹背」乃是同一詞有不同的引申義，由「腹」「背」的前後位置引申為「重要處所」以及「密切關係」，為一詞多義。這些身體軀幹類的引申義也多半出自一般文獻，僅有少數一兩例是佛經的例子。

4.1 胸統計表格

		部位	容器	思想	情感	比喻
胸脣	佛經	1				
胸喉	醫書	1				
肩胸	佛經	1				
胸肋	醫書	1				
胸脅 （脇）	醫書	28				
	佛經	2				
胸腋 （掖）	一般	1				
	佛經	2				
胸臆	一般	2	17	5		
	醫書	2				
	佛經	5	3			
胸膈	醫書	15				
胸腹	一般	6				2
	醫書	3				
	佛經	7				
胸背	一般					2
	醫書	5				
	佛經	6				
背胸	佛經	1				
心胸	一般		3	7	4	
	醫書	8				
胸心	一般		4	1	1	1
	佛經		1			
胸肝	一般			1		

		部位	容器	思想	情感	比喻
胸腑	一般		1			
胸臂	一般	1				
胸膊	佛經	1				
胸藏	一般	2				
胸懷	一般		16	14	1	
	佛經	3	2			
胸襟（衿）	一般		14	3		
胸情	一般				2	

4.2 腰統計表格

		部位	性命	器量
首腰	一般		2	
腰首	一般		2	
腰腎	醫書	1		
腎腰	醫書	2		
腰身	一般	3		
	醫書	1		
	佛經	2		
腰體	醫書	2		
腰腹	一般	1		2
	醫書	4		
	佛經	1		
腰背	一般	1		
	醫書	22		
	佛經	1		
腰脊	一般	1		
	醫書	24		
	佛經	2		
腰髖	醫書			
	佛經	2		
	醫書	1		
	醫書	4		
腰腳	一般	1		
	醫書	8		
腰臂	佛經	1		

4.3　腹統計表格

		部位	相對位置	重要事物	關係密切	思想	情感	飲食	器量	比喻
頭腹	佛經	2								
項腹	一般		1							
口腹	一般							13		
	佛經							4		
心腹	一般	7				11	1			
	醫書	60								
	佛經	4				1				
腹心	一般	3				23	2			
	佛經			2						
腹腸	一般	1					1			
	醫書	1								
腸腹	一般	1								
	醫書	1								
胸腹	一般	6								2
	醫書	3								
	佛經	7								
腹脅	一般	1								
	醫書	2								
脅腹	佛經	1								
腰腹	一般	1						2		
	醫書	4								
	佛經	1								
腹肚	醫書	2								

		部位	相對位置	重要事物	關係密切	思想	情感	飲食	器量	比喻
腹背	佛經	4								
	一般	3	13	1	4					
	醫書	1								
	佛經	2								

4.4　脊統計表格

		部位
項脊	佛經	1
脊脇	醫書	1
脊背	一般	1
	醫書	1
	佛經	6
背脊	醫書	1
脊膂	佛經	1
腰脊	一般	1
	醫書	24
	佛經	2
脊腳	醫書	1
脊股	醫書	1

4.4　背統計表格

		部位	前後位置	要地	關係密切	比喻
頭背	一般	1				
	佛經	1				
項背	一般	1				
	醫書	2				
	佛經	1				
胸背	一般					2
	醫書	5				
	佛經	6				
背胸	佛經	1				
脊背	一般	1				
	醫書	1				
	佛經	6				
背脊	醫書	1				
腹背	一般	3	13	1	4	
	醫書	1				
	佛經	2				
腰背	一般	1				
	醫書	22				
	佛經	1				
肩背	一般	1				
	醫書	5				
背胛	醫書	1				
背膂	醫書	1				

第五章
五臟六腑雙音並列組合

　　胸腹部的單音節身體詞以臟腑為主，含了「心」、「肺」、「肝」、「膽」、「脾」、「胃」、「腎」與「腸」。這個系列的雙音組合除了單純的兩詞相加意義之外，最常見的就是表示內心的情緒或是想法。大抵因為臟腑都是深藏於身體之內，不會被看見，如同情緒或想法亦是藏於內心一般。在共通的引申用法之外，又因為不同臟腑的位置或是功能而有各種不同意義的雙音組合，以下依照部位分別陳述之。

5.1　心

　　「心」的組合能力相當強，可與各種身體詞搭配。最常見的是同為臟腑類的「心肺」、「肝心」、「心肝」、「心腎」、「腎心」、「心膽」；其次是與五官類搭配的「心目」、「心眼」、「心耳」、「心口」；與身體軀幹類組合則有「心胸」、「胸心」、「心腹」、「腹心」、「心脊」；此外也有「心手」與「心髓」、「心骨」的例子。在意義方面，有單純的兩義相加，也有各種引申意義，詳如下述：

5.1.1　單純身體部位義

　　單純的兩義相加的與臟腑組合的有「肝心」、「腎心」，數量不多，全都是出於醫書：例 1「肝心」指肝臟與心臟；例 2「腎心」指腎臟與心臟。另外有與髓組合的「心髓」數量亦不多，而只出現於佛

經中，如例 3 帝釋天測試薩陀波崙向道之心故索其「心髓」，指心臟與骨髓。

1. 又殺烏雞，取血及肝心，煮三升，分四服。(《肘後備急方·治卒得驚邪恍惚方》)
2. 篡反出，時時苦洞泄，寒中泄，腎心俱痛。(《新刊王氏脈經·平人迎神門氣口前後脈》)
3. 我是天王，愛樂佛道故來相試。欲知汝心堅軟云何。欲令汝信，故言須人心髓祠天，實不須也。(《大智度論·釋薩陀波崙品》)

單純並列義反而是與軀幹類身體詞的「腹」組合之「心腹」與「腹心」，均指身體部位。「心腹」有三類文獻例子，一般中土文獻如例4，醫書如例 5 佛經如例 6。其中以醫書達 60 例之多。

4. 桀紂之用刑也：或脯醢人肌肉，或刳割人心腹，至乃叛逆眾多，卒用傾危者。(《全上古三代秦漢三國六朝文·全三國文·桓範·世要論》)
5. 四月華紫，五月采根，陰乾，治心腹痛。(《神農本草經·丹參》)
6. 為惡雖復少，後世受苦深。當獲無邊報，如毒在心腹。(《出曜經·惡行品》)

有異序之「腹心」只見於一般文獻中，如例 7 為當時連體嬰的紀錄，記一對雙胞胎的「腹心」心臟與腹部連在一起。

7. 晉愍帝建興四年，新蔡縣吏任僑妻胡，年二十五，產二女，相向，腹心合同，自胸以上，齊以下，各分。(《宋書‧五行志》)

5.1.2　引申義

「心」的雙音組合中引申意義相當多樣，除前文提及之「記憶」、「顏面」、「容器」義外，有指思想或情緒感受；有指重要的人事地物；或表能力。以下分類逐項解說之。

5.1.2.1　思想義

由於人的思想與情感藏於心中，猶如心藏於身體之中。「心」有許多雙音組合可以表示「思想」義。除了前章討論過之「心胸」與「胸心」外，與臟腑類組合有「心膽」，如例 1 反問當「同心膽」想法一致。也有與脊骨組合的「心膂」，如例 2 言將士「齊心膂」思想一致，齊心戰鬥。

1. 今不同心膽共舉功名，反欲守妻子財物邪？(《後漢書‧光武帝紀》)
2. 戎車震朔野，群帥贊皇威。將士齊心膂，感義忘其私。積勢如鞲弩，赴節如發機。(《樂府詩集‧鼓吹曲辭‧晉凱歌‧勞還師歌》)

表「思想」引申義出現較多者為與軀幹的「胸」、「腹」組合之「心胸」、「胸心」與「心腹」、「腹心」。常見用法為向人敞開想法，因此常與披露或是陳布等動詞搭配。如例 3 之「披心胸」例 4 之「布

胸心」，均為相對方袒露自己的想法。

> 3. 數臣地籍實為膏腴，人位並居時望，若此不與議，復誰可得
> **共披心胸**者哉？昏明改易，自古有之，豈獨大宋中屯邪？
> (《南齊書・張敬兒傳》)
>
> 4. 何意向與江書，粗布**胸心**，無人可寫，比面乃具與弟。(《宋
> 書・王微傳》)

「心腹」與「腹心」為此類用法中詞頻最高者。有描寫想法深藏不露
如例 5 之「心腹深沈」；或思想清淨如例 6 之「清虛心腹」。

> 5. 趙彥深**心腹深沈**，欲行伊霍事 (《全上古三代秦漢三國六朝
> 文・全北齊文・祖珽・遺陸媼弟悉達書》)
>
> 6. **清虛心腹**是道之常，初修之人目不視色慾，耳不聽哀聲，
> (《靈劍子・道誡》)

在毫無保留說出自己內心想法的意義上除了「披」(例 7)、「布」(例
8) 之外，也有用「敘」作為動詞的例子 (例 9)。

> 7. 但衡巫峻極，漢水悠長，何時把袂，**共披心腹**。(《全上古三
> 代秦漢三國六朝文・全梁文・元帝・與蕭挹書》)
>
> 8. 海不厭深，山不讓高，**敢布心腹** (《全上古三代秦漢三國六
> 朝文・全陳文・蔡景歷・荅陳征北書》)
>
> 9. 孤此言皆肝鬲之要也。所以勤勤懇懇**敘心腹**者，見周公有
> 《金縢》之書以自明，恐人不信之故。(《全上古三代秦漢三
> 國六朝文・全三國文・魏武帝・讓縣自明本志令》)

「腹心」搭配的動詞一樣有「敘」（例 10）、「披露」（例 11）、「展布」（例 12）、「推布」（例 13），皆為陳露敘述內心想法之義。值得一提的是詞頻最高的「敢布腹心」一語，皆出於書信之中，為習用套語，如例 14 為周魴與曹休牋，以「敢布腹心」作結，陳述內心之誠意。而例 15 則更加敬語，以「敬布腹心」為結語。

10.書曰：「承服風問，從來有年，故不待介者而謁大君子之門，冀一見龍光，以**敘腹心**之願。(《後漢書・高彪傳》)

11.故中間不有賤敬，顧念宿遇，瞻望恨恨。然惟前後**披露腹心**，自從始初，以至于終，實不藏情。(《三國志・蜀書・法正傳》)

12.咸知主如此。然後乃**展布腹心**。竭其忠誠耳。(《全上古三代秦漢三國六朝文・全晉文・裴頠・上言刑法》)

13.叔任東兵不滿五百，**推布腹心**，眾莫不為用，出擊大破之(《宋書・沈演之傳》)

14.魴生在江、淮，長於時事，見其便利，百舉百捷，時不再來，**敢布腹心**。(《三國志・吳書・周魴傳》)

15.首方充鄉舉。終能致位元臺。朝天變地。道暢當年聲流萬載。君意何如。**敬布腹心**。想更圖之。劉君白答。(《弘明集・答僧巖道人》)

5.1.2.2　情感義

心的組合也有表達「情緒感受」的引申義，與五官組合的有「心目」、「心眼」「心鼻」。眼目能見，觸目有感，而鼻為涕淚所出之處，亦有由此表情。例 1「載傷心目」與 2「惻愴心眼」都表示傷心難

過。所不同的是「目」與「眼」有更替關係，古語為「目」而新詞為
「眼」。通常新詞出現於南方或是佛經之中。此類有兩處「心眼」，除
了例 3《顏氏家訓》為南方著作之外，另一例出自佛經「心眼歡喜」
描述見到阿難尊者的人自然能生歡喜之心。使用新詞「眼」的為南
方著作與佛經，符合顏之推所言「南方多鄙俗」[1]的觀察。五官類還
有例 4「心鼻酸」乃蔡文姬的〈胡笳十八拍〉中描述遠離子女所在的
悲傷。

1. 纍骨不收，辜魂莫赦，撫事惟往，載傷心目。(《南齊書・魚
   復侯子響列傳》)
2. 有所感觸，惻愴心眼；若在從容平常之地，幸須申其情耳。
   (《顏氏家訓・風操篇》)
3. 是阿難能令他人見者心眼歡喜故名阿難。(《大智度論・大智
   度共摩訶比丘僧釋論》)
4. 十七拍兮心鼻酸，關山阻修兮行路難。(《樂府詩集・後漢・
   蔡琰胡笳十八拍》)

　　表達情緒感受與心組合的還有臟腑類、軀幹類與骨髓類，各類搭
配之動詞各有不同。心與臟腑類組合之「心肝」、「肝心」、「心脾」、
「心腸」；除了例 5 以擬人方式稱說計時的漏刻沒有「心腸」感情，
命令時間一更更過盡之外。大概都以臟腑受創破裂狀態誇飾內心的感
傷悲痛，與之搭配的動詞有「傷」、「摧」、「抽」與結果類的「斷」、
「絕」、「破」、「裂」等。例 6-8 的「傷心肝」、「摧肝心」與「傷心
脾」都是描寫傷心難過的情緒。

---

1 見《顏氏家訓・音辭篇》

5. 黃天不滅解，甲夜曙星出。漏刻無心腸，復令五更畢。(《樂
　府詩集‧吳聲歌曲‧無名氏讀曲歌》)

6. 含哀還舊廬，感切傷心肝。良時遘數子，談慰臭如蘭。(《嵇
　康集‧與阮德如一首》)

7. 飛鳴翻翔舞，悲鳴集北林。樂極哀情來，憀亮摧肝心。(《宋
　書‧樂志》)

8. 念君去我時，獨愁常苦悲。想見君顏色，感結傷心脾。(《宋
　書‧樂志》)

以主謂形式呈現表達悲痛的謂語多用破、碎、裂、斷、絕等狀態詞，
除了少數使用單音節如例 9 的「心腸斷」之外，多用並列形式以符合
雙音節律。如例 10「肝心破碎」、例 11「肝心破剝」、例 12「肝心圮
裂」、例 13「心肝破裂」、14「肝心破潰」、例 15「肝心碎裂」、例 16
「心肝斷絕」等等。

9. 野風吹秋木，行子心腸斷。食梅常苦酸，衣葛常苦寒。(《鮑
　參軍集‧代東門行》)

10. 五內屠裂，肝心破碎，便欲歸身山下，畢志填陵。(《全上
　古三代秦漢三國六朝文‧全梁文‧武帝‧孝思賦并序》)

11. 追惟哀摧，肝心破剝，痛當柰何柰何！(《全上古三代秦漢
　三國六朝文‧全晉文‧陸雲四‧弔陳伯華書》)

12. 非徒凡庸之隸，是以悲慟，肝心圮裂。(《三國志‧吳書‧
　諸葛恪傳》)

13. 號慅崩衄，心肝破裂。今罪人斯得，
　(《魏書‧劉劭傳》)

14. 嬰此長別，肝心破潰，不能自任，遺旨以三十兩上金奉別

充道場功德，(《全上古三代秦漢三國六朝文·全梁文·劉
之遴·與印闍黎書》)

15. 朕以寡昧。纂承大統。未能梟除凶逆。奉迎梓宮。枕戈含
冤。**肝心碎裂**。(《全上古三代秦漢三國六朝文·全晉文·
愍帝·下張軌詔》)

16. 隴頭流水，鳴聲幽咽。遙望秦川，**心肝斷絕**。(《樂府詩
集·隴頭歌辭》)

另有動補形式的「屠裂」與「傷壞」，出現於南方文獻（例 17）
與佛經（例 18）之中。

17. 日往月來，暑流寒襲，仰惟平昔，彌遠彌深。煩冤拔懊，
肝心屠裂。攀號膈臆，貫截骨髓。(《金樓子·后妃篇》)

18. 縣官之惱。轉相哭戀。**傷壞心肝**。絕而復穌。(《賢愚經·
微妙比丘尼品》)

心與軀幹類詞組合的「心胸」、「胸心」、「心腹」與「腹心」表現
情緒的方式與上一類有別。由於「胸部」與「腹部」都中空能容物，
因此情緒便會累積其中。以「容器」義承裝情感。如 19「憤悁結心
胸」指憤怒聚集心胸。例 20「心腹煩結」也是說煩悶聚結於心腹
中。也有直指出心中感受者，如例 21、「憂戚人心胸」指出心中憂
慮、例 22「實戰胸心」於胸中為慚愧恐懼之情、23「腹心之愧」為
心中對自己尸位素餐無所貢獻之慚愧。

19. 如何阻行止，**憤悁結心胸**。既微達者度，歡戚誰能封。
(《謝法曹集·豫章行》)

20.象曰：食不入口，氣不出鼻。**心腹煩結**，使不得寐。（《靈棋經・鬼伺卦》）

21.義和纖阿去嵯峨，睹物知命，使余轉欲悲歌，**憂戚人心胸**。處山勿居峰，在行勿為公。（《樂府詩集・雜曲歌辭・謝惠連・前緩聲歌》）

22.追懷慚懼，**實戰胸心**，臣聞暑雨祁寒，小人猶怨，（《全上古三代秦漢三國六朝文・全梁文・蕭昱・請解職表》）

23、仁眷篤終，復獲淹停。感今惟昔，銜佩無已。但自無堪，尸素累載。**腹心之愧**，寤寐為憂。（《鮑參軍集・通世子自解》）

心與脊骨髓類詞組合「心骨」、「心髓」、「心膂」表達情感又是另一樣貌：以情感之深入骨髓描寫情感之深切。這是由肉體的感受描寫引申而來。如例 24 言地獄燒烤鋸砍之痛苦深入心髓；例 25 語賊被拷打之苦痛入心骨，都是肉體的感受，而例 26 痛徹心髓的是與子女離別的悲傷、例 27 則是與兄弟離別之苦深纏於心脊之內兩者均已引申為心情的感受了。由於心與骨髓俱在身體內部，故以此言感受之深。較為特別的是例 28「喜發心髓」之動詞為向外的「發」，與深入的「徹」方向相反。陳述見到佛的歡喜是由內心深處發出，雖然方向有別，然描述情感深切則一矣。

24.地獄之中，火燒湯煮，斧鋸刀戟，灰河劍樹。一日之中，喪身難計，**痛徹心髓**，不可具陳。（《賢愚經卷第一梵天請法六事品第一》）

25.賊作念言。今者考我。**徹於心骨**。痛不可言。（《撰集百緣經・授記辟支佛品》）

26. 鞠之育之兮不羞恥，愍之念之兮生長邊鄙。十有一拍兮因
   茲起，哀響兮徹**心髓**。(《樂府詩集‧後漢‧蔡琰‧胡笳十
   八拍第十一拍》)

27. 別已千里，其為思結，**纏在心膂**。於是離析。路人悲之。
   (《全上古三代秦漢三國六朝文‧全三國文‧吳‧陸景‧與
   兄書》)

28. 積心係想。唯俟於佛。既得見佛。**喜發心髓**。即持此氍。
   奉上如來。(《賢愚經卷‧波婆離品》)

勇敢之情也可以心的雙音組合表現。如例 29「心胸猛浪」意指勇氣
十足。而例 30 的「大心膽」也是讚許守戒之人能夠勇敢無畏難。

29. 壯士彎弓，雄人獵虎，**心胸猛浪**，鋒刃難當。(《梁武帝蕭
   衍集‧梁武帝書評》)

30. 尸羅令人無所畏難。如**大心膽**無所畏懼。尸羅是諸功德聚
   處。(《十住毘婆沙論‧讚戒品第七》)

5.1.2.3　能力義

《荀子‧天論》謂：「心居中虛，以治五官，夫是之謂天君。」
古人認為心掌管了五官的運作，因此心可與五官類身體詞相組合，而
有描述心與五官各種能力的含意。此類有「心目」、「心眼」、「心
耳」、「心口」等組合。

眼目類有「心目」與「心眼」。「心目」指心思與目視之功能，如
例 1 言登高望遠後有詩歌之作。「徒自勞心目」指目之遠望與心之構
思恐成徒勞。例 2 則是說明修行之法，收攝心目不向外攀緣境界，以

致不覩不見。這一類的組合已有佛經例子。至於新詞「心眼」則幾乎
全為佛經用例。例 3 即其中之一，說明虛空與夢境與幻化之人無可守
護，因為這些幻象「但誑心眼」只能欺騙心與眼睛於一時，終究空無
一物。「心眼」僅有一處見於中土文獻且為南方作品如例 4，陳述戰
亂流離，對尊長的晨昏定省餐食奉養「誰經心眼」有誰能夠用心照看
呢？由出現的情況可以再次證明新詞「眼」多出現於南方作品中。

1. 遠矚既濡翰，**徒自勞心目**。短歌雖可裁，緣情非霧縠。(《梁
   簡文帝蕭綱集・登城》)
2. 心無觀他。**心目無睹**。耳無所聽。無鼻口身。心無想念。意
   不倚色。無聲香味細滑。(《大寶積經・密跡金剛力士會第三
   之四》)
3. 汝能守護空及夢中所見人及影響幻化人不？答言不也。此法
   但誑心眼。暫現已滅。(《大智度論・釋無作實相品》)
4、朝夕饋餞，**誰經心眼**？(《徐陵集・與王僧辯書》)

耳朵則重於聽聞：例 5「心耳所及」則是尉元回應魏高祖賜命國
老，謂將盡力將「心耳所及」所聽聞者貢獻於國。

5. 臣既衰老，不究遠趣，**心耳所及**，敢不盡誠。(《魏書・尉元
   列傳》)

「心」與「口」的組合有「心口」與「口心」，特別的是本類多
出於佛經。「心口」有 57 例而「口心」有 5 例，與之相對的中土文獻
的「心口」只有 9 例而「口心」僅 1 例。由於佛經談業有身口意三
業，身體之作為、口之言說、心之思想，都會造作業報，因此「心」

與「口」組合常見於佛經之中，如例 6 佛以前生故事教導弟子應當善護心口之思想言語，以心口所造之善惡終必有報。例 7 有異序的「口心」義同，「攝心口」言若能收攝口之言語及心之思想則可以使口意業清淨。

> 6. 告諸比丘。**各護心口**。慎無放恣。善惡隨人。久而不捨。宜修明行。可從得道。吾所償對。於此了矣。(《中本起經‧佛食馬麥品》)
> 7. 能攝**口心**者終無惡聲流布於外。是故說曰護口意清淨也。(《出曜經‧學品》)

中土文獻的「心口」見例 8 陳述臣子的忠誠，毫無二心或是其他言語、但盡力從事。例 9「口心」則是說明歌謠之妙是滿心而發肆口而成。

> 8. 感恩輸命，**心口自滅**。加我數年，竭力效節。(《傅咸集‧明意賦并序》)
> 9. 絲竹發歌響，假器揚清音。不知歌謠妙，**聲勢出口心**。(《樂府詩集‧清商曲辭‧吳聲歌曲‧大子夜歌》)

陳述能力的組合還有「心手」一語。用於描述手部動作須與心配合。如例 10 述針灸之術精微之處存於心手之間。例 11 為書聖王羲之論書法不可意在筆後，心手不能配合。例 12 則為梁武帝讚許蕭子雲之書法可與鍾繇比肩。唯一出現於佛經的一例則是談得心應手的射箭妙技（例 13）。

10. 腠理至微，隨氣用巧，鍼石之間，毫芒即乖。神存於心手之際，可得解而不可得言也。(《後漢書・方術郭玉傳》)

11. 若執〔筆〕近而〔不〕能豎者，**心手不齊**，意後筆前者敗(《王羲之集・書論》)

12. 筆力勁駿，**心手相應**，巧踰杜度，美過崔實，當與元常並驅爭先。(《梁武帝蕭衍集・論蕭子雲書》)

13. 我有此妙技**弓箭應心手**。(《彌沙塞部五分律・第五分初破僧法》)

5.1.2.4　重要事物義

心為人體重要器官，生命存續繫於心之搏動，因此重要的事物也往往以之取譬。如例 1 述深受愛戴的大將陳安視將士如心肝之重。「心腹」與「腹心」則是最常用來表達重要事物的兩組詞。如例 2 言內政管理不善是「心腹」重大的災患。例 3 除去「腹心」之疾也是指重大的弊病。

1. 隴上壯士有陳安，軀幹雖小腹中寬，愛養將士同**心肝**。(《樂府詩集・雜歌謠辭三・隴上歌》)

2. 內政不理，**心腹**之患。臣寢不能寐，食不能飽，(《後漢書・陳蕃傳》)

3. 夫所以越海求馬，曲意於淵者，為赴目前之急，除**腹心**之疾也。(《三國志・吳書・陸瑁傳》)

由身體的重要器官進一步引申到地理方面，便有重要處所的含意。如例 4「心膽」、例 5「心腹」與例 6「腹心」都是指重要地點。

4. 西當焉者、龜茲徑路，南彊鄯善、于窴**心膽**，北扞匈奴，東近敦煌。(《後漢書・班超傳》)

5. 西浮夏首，已據咽喉；東進彭波，次指**心腹**。廣陵京口，烽烟相望。(《全上古三代秦漢三國六朝文・全陳文・徐陵・梁貞陽侯重與王太尉書》)

6. 夫天下猶人之體，**腹心**充實，四支雖病，終無大患；今兗、豫、司、冀亦天下之**腹心**也。(《三國志・杜恕傳》)

　　也可以引申為重要且親近的人，對國君而言則是重要大臣。「腹心」與「心腹」最為常見。兩者意義無別，如例 7 與例 8。另有「心膂」，同樣有重要大臣之義，如例 9。

7. 好事者說充：『宜授**心腹**人為吏部尚書，參同選舉。若意不齊，事不得諧，可不召公與選，而實得敘所懷。』(《世說新語・政事》)

8. 光武官屬**腹心**皆不肯，曰：「死尚南首，奈何北行入囊中？」(《後漢書・耿弇傳》)

9. 夫忠賢武將，國之**心膂**。竊見左校弛刑徒前廷尉馮緄、大司農劉祐、河南尹李膺等(《後漢書・李膺傳》)

具有「大臣」引申義的身體詞為數不少，常有伴隨出現的情況，尤以「心腹」「腹心」與「心膂」常與其他身體詞一起出現，如例 10 之「耳目」、例 11-13 之「爪牙」、例 14、15 之「牙爪」、例 16-18 之「股肱」也都有「大臣」的引申義

10. 世祖親覽朝政，不任大臣，而**腹心耳目**，不得無所委寄。(《宋書・巢尚之傳》)

11. 時王業草創，**爪牙心腹**，多任親近，唯栗一介遠寄，兼非戚舊，當世榮之。(《魏書·李栗傳》)

12. 今奸寇恣睢，金鼓未弭，**腹心爪牙**，惟親與賢。輒與丞相雍等議，咸以慮宜為鎮軍大將軍(《三國志·吳書·吳主五子傳第十四·孫慮傳》)

13. 臣竊以瑜昔見寵任，**入作心膂**，**出為爪牙**(《三國志·吳書·周瑜傳》)

14. 至如余孝頃潘純陀李孝欽歐陽頠等，悉委以**心腹**，任以**牙爪**(《全上古三代秦漢三國六朝文·全陳文·虞寄·諫陳寶應書》)

15. 比日相白。想亦已具矣。且倫等皆是足下**腹心牙爪**。所以攜手相捨。非有怨恨也。(《全上古三代秦漢三國六朝文·全宋文·劉勔·又與殷琰書》)

16. 又今與周書，請以十二月遣子，復欲遣孫長緒、張子布隨子俱來，彼二人皆權**股肱心腹**也。又欲為子于京師求婦，此權〔無〕異心之明效也(《曹丕集·詔責孫權》)

17. 雖蔬食瓢飲，樂在其中。是以仲尼師王駘，而子產嘉申徒。今諸卿皆孤**股肱腹心**，足以明孤，(《曹丕集·辭請禪令》)

18. 念欲安國利民，建久長之計，可謂**心膂股肱**，社稷之臣矣。(《三國志·吳書·步騭傳》)

　　心為平聲，雙音組合多依照平聲在前的音序。如「心首」、「心顏」、「心目」、「心眼」、「心耳」、「心鼻」、「心口」、「心舌」、「心胸」、「心腹」、「心膂」、「心肝」、「心肺」、「心膽」、「心胃」、「心脾」、「心腸」、「心手」、「心骨」、「心髓」等。居後者多為異序：有與平聲組合如「胸心」、「肝心」，或者多為引申義之「腹心」。較為特別

者為「胃心」與「腎心」，僅見於佛經與醫書，一般中土文獻仍然為
居前之排序。

5.2 肺

肺的雙音組合只與臟腑類身體詞組合，有「心肺」、「肺肝」、「肝
肺」、「肺腸」與「肺腑」。引申義除了本類通常有的「思想」「情感」
之外，「肺腑」組合有豐富的引申義。

單純指身體部位，有與心、肝、腸等身體器官組合。如例 1「心
肺」指牛之心臟與肺臟。例 2「肝肺」為杜曾之肝臟與肺臟。例 3
「鳥無胃肺」乃稱鳥無有胃與肺臟等器官、例 4「抽女肺腸」則是恐
嚇惡鬼要將之抽腸抽肺之咒語，也是指器官。上述個例均是單純的並
列詞組，並無引申義。

1. 此牛黃者乃出於牛心肺之間。（《大莊嚴論經》）
2. 趙誘為杜曾所害，子胤誘斬曾，食其肝肺。（《王隱晉書・趙
   誘傳》）
3. 鳥無胃肺。蛤無五臟。蛭以空中而生。（《全上古三代秦漢三
   國六朝文・全晉文・裴頠・崇有論)》）
4. 凡使十二神追惡凶，赫女軀，拉女幹，節解女肉，抽女肺
   腸。女不急去，後者為糧！（《後漢書九十卷附續漢志三十
   卷志第五禮儀中大儺》）

至於引申義方面，與一般五臟器官一樣，肺的雙音組合可以引申
為內心的想法或是情緒。如例 5 文心雕龍引用「肺腸」一語出自《詩
經・大雅・桑柔》「自有肺腸，俾民卒狂。」鄭玄箋：「自有肺腸，行

其心中之所欲。」即是指內心的想法。

  5. 芮良夫之詩云：「自有肺腸，俾民卒狂。」（《文心雕龍·諧
   隱》）

  另一引申義則與情感相關，多是以比喻用法指哀傷的情緒影響了
臟腑，摧壞臟腑使之糜爛。因此有例 6 動賓結構的「摧肺肝」。例 7
為使動結構：悲哀使得肺肝損傷的「傷肺肝」。而例 8 出自蔡琰的悲
憤詩，因為與子女離別孤身一人，悲傷得彷彿肝肺臟都糜爛了，「糜
肝肺」也是使動用法。另有「肺腸」一語，見下文與「腸」之組合。

  6. 展詩清歌聊自寬，樂往哀來摧肺肝。（《曹丕集》）
  7. 黃鳥為悲鳴，哀哉傷肺肝。（《曹植集》）
  8. 出門無人聲，豺狼號且吠，煢煢對孤景，怛咤糜肝肺。（《後
   漢書·列女傳·董祀妻》）

  所有「肺」的雙音結構中以「肺腑」出現詞頻最高。此詞首見於
《史記》。一出自〈魏其武安侯列傳〉（例 9），一出於〈衛將軍驃騎
列傳〉（例 10）。武安侯田蚡與驃騎將軍衛青均與皇家有「肺腑」之
親。武安侯田蚡為孝景皇后之弟；而衛青為衛皇后之弟，兩人皆為外
戚[2]。觀其文意「肺腑」近於今日所謂之「裙帶關係」，然古語之「肺
腑」特指與皇家之姻親關係。

2　《史記魏其武安侯列傳》記「武安侯田蚡者，孝景后同母弟也，生長陵。」田蚡為
 皇后之弟。《史記衛將軍驃騎列傳》：「青同母兄衛長子，而姊衛子夫自平陽公主家
 得幸天子，故冒姓為衛氏。字仲卿。」衛青亦為妃子之弟，也是外戚。

9. 上初即位，富於春秋，蚡以**肺腑**為京師相，非痛折節以禮詘之，天下不肅。(《史記‧魏其武安侯列傳》)

10. 是示後無反意也。不當斬。」大將軍曰：「青幸得以**肺腑**待罪行閒，不患無威，而霸說我以明威。(《史記‧衛將軍驃騎列傳》)

司馬貞曾註解「肺腑」之義，見於《史記》：「及孝惠訖孝景閒五十載，追修高祖時遺功臣，及從代來，吳楚之勞，諸侯子弟若肺腑。」一段之《索隱》「肺腑」云：「柿府二音。柿，木札也；附，木皮也。以喻人主疏末之親，如木札出於木，樹皮附於樹也。詩云『如塗塗附』，注云『附，木皮』也。」司馬貞解釋「肺腑」為「疏末之親」甚得詞義。姻親相對於宗室而言不及血肉至親，以是較為疏末。然以假借來解釋語義來源稍嫌紆曲宛轉，有待商榷。司馬貞以假借訓詁解「肺」為「柿」、解「腑」為「附」。以木札出於木，以樹皮附著於樹木解釋「柿」與「附」為附屬疏末關係。如此解釋「肺腑」不免過於曲折。事實上直接將「肺腑」解為「肺臟」即可。以肺臟形如枝葉，外戚與皇家同氣連枝故以「肺腑」比喻之。例 11《後漢書》有「肺腑枝葉」一語可以顯示古人取材之因。

11. 周廣、謝惲兄弟，與國無**肺腑**枝葉之屬，依倚近倖姦佞之人，與樊豐、王永等分威共權，屬託州郡，傾動大臣。(《後漢書‧楊震列傳》)

此一同氣連枝的關係在兩漢時限定於與皇室關係，除了外戚之外，也可指皇室同宗，如例 12。

12. 敞又說由曰：「劉暢宗室肺腑，茅土藩臣，來弔大憂，上書
　　須報，親在武衛，致此殘酷。奉憲之吏，莫適討捕，蹤迹
　　不顯，主名不立。(《後漢書·何敞傳》)

六朝以後「肺腑」意義逐漸引申，如例 13 魏世祖稱丘堆為國家的肺
腑。而丘與皇室並無姻親關係，而是曾為太祖近侍、世祖之右弼，因
功封侯故稱「國之肺腑」。由此開出後代指「親近之人」的意義。

13. 詔曰：「堆，國之肺腑，勳著先朝，西征喪師，遂從軍法。
　　國除祀絕，朕甚愍之。可賜其子跋爵淮陵侯，加安遠將
　　軍。」(《魏書·丘堆傳》)

肺為去聲字，與其他臟器並列時，音序上居於平聲字之後居多，如
「心肺」、「肝肺」。胃亦去聲，「胃肺」的排列也不違反音序。而「肺
肝」的用詞出現於詩歌，大抵因為押韻而改變了排序[3]。因此真正不
用音序的只有「肺腸」一語，蓋以人體之內「肺」居於「腸」上，故
排序亦在前故。乃以義序排列。「肺」的組合能力相較於「心」而言
並不強，只能與臟腑類的身體詞組合，然其引申義並不少，除了本類
常見的「思想」、「情感」之外，也有特有的「君主親屬」及「親近之
人」的引申義。

3　燕歌行「摧肺肝」的「肝」在後是為了與詩中的「難」、「漫」、「言」、「還」、
　「顏」、「歎」、「寬」、「肝」押韻。依據漢字古今音資料庫這些字東漢都是屬於
　「元」部。

5.3 肝

肝的雙音組合甚為多樣，以「肝膽」最為常見，主要是因為兩者位置鄰近，《說文肉部》指出：「膽：連肝之府。从肉詹聲。」古人已然知曉肝膽相連，故在詞彙的組合上以「肝膽」最常見且意義多樣。除此之外，尚有「心肝」、「肝心」、「肝肺」、「肺肝」、「肝脾」、「肝腸」等組合樣式相當豐富，唯仍只限於臟腑類身體詞。在組合義方面，除了兩義相加與情緒想法之外，也有多樣引申義。

5.3.1 單純身體部位義

肝與其他五臟身體詞組合中，「心肝」、「肝肺」、「肝腸」與「肝膽」等有單純身體部位意義。如例 1 指劫盜想取小兒「心肝」心與肝臟部位祭神。例 2 說明獵人因為欣悅乞求鹿肉人的言語，所以把鹿的「心肝」心與肝給他。例 3 則是舉例說明夢境非真，沒有喪失「肝肺」肝臟肺臟的人還能活著，夢到失去肝肺而醒來沒事是因為夢境與現實不同。例 4 談解剖跳蚤蝨子找出它們的「肝膽」肝與膽，只有具備極精細能力的人才能作到。例 5 誇張酒力，稱若是烈酒下肚而不劇烈運動的話「肝腸」肝臟與腸子將會被烈酒消融。這些都是單純指內臟部位的雙音詞。

1. 時村中有劫。劫得一小兒。欲取心肝以解神。（《高僧傳》卷十二）
2. 復次第三人以偈報曰：「可愛敬施我，而心懷慈哀，辭言如腹心，便以心肝與。」（《生經》卷三）
3. 子謂神遊胡蝶是真作飛蟲耶。若然者，或夢為牛則負人轅

鞘。或夢為馬則入人跨下。明旦應有死牛死馬，而無其物何
耶？又腸繞昌門此人即死，豈有遺其**肝肺**而可以生哉？又日
月麗天廣輪千里，無容下從返婦近入懷袖。夢幻虛假無有自
來矣。(《弘明集》卷九)

4. 羈蚊絆蚤，禁其非法，刲蟻屠蚤，**求其肝膽**，非至精誰能知
之？(《杜氏幽求新書》《太平御覽》卷三百五十九引)

5. 以之釀酒，醇美，久含令人齒動；若大醉，不叫笑搖蕩，令
人**肝腸消爛**，俗人謂為「消腸酒」。(《拾遺記》卷九)

5.3.2　引申義

「肝」只能與臟腑類身體詞組合，因此引申義方面以「情緒
義」、「想法義」最為常見。另有因肝膽相鄰近關係，也引申新的意
義，於下分述之：

5.3.2.1　情感義

表達內心情緒的雙音詞組可以內臟表達已見於前說，「肝」組合
同樣有這個系列，且為表達情緒的內臟中構詞力最強的一個，除了最
鄰近的「膽」之外尚可與「心」、「肺」、「脾」、「腸」組合。表情多
樣，有表達恐懼、悲傷、憂愁、痛苦種種情感。

表達恐懼的多以主謂形式呈現，如例 1「肝心悼慄」、例 2「肝膽
戰悸」、例 3「肝膽悼悸」，主語有「肝心」與「肝膽」；而謂語的
「慄」、「戰」、「悸」都有因為害怕而顫抖的含意。

1. 臣等備位，不能匡救禍亂，式遏姦逆，奉令震悚，**肝心悼
慄**。(《三國志・高貴鄉公紀》)

2. 奉今月戊戌璽書，重被聖命，伏聽冊告，**肝膽戰悸**，不知所措。（《曹丕集‧上書再讓禪》）

3. 鹿言驚怖最苦。我遊林野心恆怵惕，畏懼獵師及諸豺狼。仿佛有聲奔投坑岸，母子相捐**肝膽悼悸**。以此言之驚怖為苦。（《法句譬喻經安寧品第二十三》）

與情緒相關又有「心肝」、「肝心」、「肝肺」、「肺肝」、「肝脾」、「肝腸」、「肝髓」、「肝懷」等組合。表達悲傷哀愁的情緒，大多是由「離別」而起。或生離或死別都摧傷人肝，，例 4 的「傷心肝」感傷朋友別離。例 5 則記崔氏女與子訣別時所誦詩歌。

4. 含哀還舊廬，感切**傷心肝**。良時遘數子，談慰臭如蘭。疇昔恨不早，既面侔舊歡。不悟卒永離，念隔悵憂歎。（《嵇康集‧與阮德如一首》）

5. 愛恩從此別，斷絕**傷肝脾**。（《孔氏志怪》）

悲傷至極則苦痛不堪，用以表達的詞比摧傷程度更大。除了直言「痛」、「憤」如例 6-8 之外。更有「糜」、「爛腐」、「圮裂」、「崩潰」、「斷絕」等詞彙作為主謂結構的謂語或是動賓結構的述語。如例 9 與 10 皆出於蔡琰悲憤詩，以內臟之糜爛譬喻與子女別離之悲傷；例 11「肝心圮裂」於皇帝之駕崩；例 12 則「肝膽崩潰」於國禍；例 13 懷鄉之思亦令庾信「肝腸」為之斷絕，皆描寫悲痛之至。由此可見「肝」與情緒的關係相當密切。可與各種臟腑組合表達情緒之義。這些組合都是以「肝」為中心，另一臟腑身體詞為何並不影響引申為情感的意義。無論是「心肝」或是「肺肝」皆用以來描述情緒表現，因此也有「心肝」與「肺肝」異文的例子。如例 14 曹丕〈燕歌行〉

《宋書》引作「摧心肝」而《玉臺新詠》作「摧肺肝」。

6. 臣釁結禍深，**痛纏肝髓**，日暮途遙，復報無日，豈區區於一
　　豎哉？（《魏書蕭寶夤傳》）

7. 存想其人，**痛切肝懷**，柰何柰何！聞伯華善佳，深慰存亡。
　　人生有終，誰得免此？……臨書酸心。陸雲集十一卷卷十
　　（《與楊彥明書七首》）

8. 牧乃請牟子曰。弟為逆賊所害。骨肉之痛**憤發肝心**。（《弘明
　　集》卷一）

9. 出門無人聲，豺狼號且吠，煢煢對孤景，**怛咤糜肝肺**。登高
　　遠眺望，魂神忽飛逝。（《後漢書・列女傳・董祀妻》）

10. 長驅西入關，迥路險且阻。還顧邈冥冥，**肝脾為爛腐**。所
　　略有萬計，不得令屯聚。或有骨肉俱，欲言不敢語。失意
　　機微間，輒言斃降虜。（《後漢書・列女傳・董祀妻》）

11. 大行皇帝委棄萬國，群下大小，莫不傷悼。至吾父子兄
　　弟，並受殊恩，非徒凡庸之隸，是以悲慟，**肝心圮裂**。
　　（《三國志・諸葛恪傳》）

12. 豈圖天未悔禍，喪亂薦臻，羌虜無厭，乘此多難，虔劉我
　　南國，蕩覆我西京。奉（問）〔聞〕驚號，**肝膽崩潰**。徐陵
　　集十卷卷五（《梁貞陽侯與王太尉僧辯書》）

13. 荊軻有寒水之悲，蘇武有秋風之別。關山則風月悽愴，隴
　　水則**肝腸斷絕**。（《全後周文・庾信・小園賦》）

14. 展詩清歌聊自寬，樂往哀來**摧心肝**。（《宋書・樂志》）

15. 展詩清歌聊自寬，樂往哀來**摧肺肝**。（《玉臺新詠卷九》錄
　　魏文帝燕歌行）

5.3.2.2　思想義

　　由於五臟在人身體之中，因此相關的組合除了內心情感之外，還有喻為內心想法，尤指內心真誠的意義，如 1 以「肝血之誠」說明自己內心的想法。雙音組合以「肝膽」為最多，另有與骨髓血肉組合之「肝髓」、「肝血」；與身體軀幹組合之「胸肝」、「肝膈」等。相關的動詞則有三類，一為瀝、抽、擢等取出動作；一為披、陳、陳露等陳布動作；另還有一類是「輸」、「輸寫」等輸送動詞。取出內心則陳布出真實想法，而後將此真誠給予對方。

　　首先是「取出」的動詞，深藏於內的想法若要取信於人則要有取出的動作，這一類的動詞有「擢」、「抽」及「瀝」。如例 2、「擢膽抽肝」「擢」與「抽」都有拿出來的意思。《說文》皆以「引」解此兩詞。《方言》也釋「擢」：「拔也。自關而西，或曰拔，或曰擢。」意指將在內的東西拔取引出。另外一個「瀝」字，如例 3 郤正「瀝胸肝」、例 4 孔稚珪「瀝肝髓」，也都是取出心來與人看的意思。「瀝」有從水中取物之意。《說文》：「瀝：浚也，從水歷聲。一曰水下滴瀝。」《說文》「浚：抒也。」徐鍇謂：「抒，取出之也。」「瀝」有一義同「浚」，而「浚」是「抒」義，「抒」則為取出之義。由此可見「瀝」有取出義。《說文》的「瀝」之所以有兩個義項也正是說明了「瀝」從水中取物而來。「浚」是「取出」的動作，而「水下滴瀝」則是形象地呈現了將物品從水中取出之後滴滴答答的樣子。在取出內臟的動作中用了「瀝」這個動詞可見古人運思之妙。

> 1. 畏逼天威，即罪惟謹，鉗口結舌，不敢上訴所天。莫大之釁，日經聖聽，**肝血之誠**，終不一聞。(《陸機集·謝平原內史表一首》)

2. 史臣曰：世祖弱歲臨蕃，涵道未廣，**披胸**解帶，義止賓僚。及運鍾傾陂，身危慮切，**攞膽抽肝**，猶患言未盡也。(《宋書顏竣傳》)

3. 雖時獻一策，偶進一言，釋彼官責，慰此素餐，固未能輸竭忠款，**盡瀝胸肝**，排方入直，惠彼黎元，俾吾徒草鄙並有聞焉也。(《三國志郤正傳》)

4. 稚珪啟。民早奉明公提拂之仁，深蒙大慈弘引之訓。恩獎所驅，性命必盡。敢**瀝肝髓**，乞照神衿。(《孔詹事集‧荅竟陵王啟三首》)

將深藏於內的想法取出之後，便有陳列披露的動作以示真誠。這一系列的動詞有「披」、「披露」、「陳」、「陳露」等，如例 5-8。同樣也有不同的雙音組合，除了「肝膽」之外，也有「肝鬲」。

5. 臣誠恐卒為豺狼橫見噬食，故冒死欲詣闕，**披肝膽**，布腹心。(《後漢書寇榮傳》)

6. 臣生長草野，不曉禁忌，**披露肝膽**，書不擇言。伏鑕鼎鑊，死不敢恨。謹詣闕奉章，伏待重誅。(《後漢書郎顗傳》)

7. 書不足以深達至誠，故遣劉鈞口**陳肝膽**。自以底裏上露，長無纖介。(《後漢書竇融傳》)

8. 敢緣古人，因知所歸，拳拳輸情，**陳露肝鬲**。乞降春天之潤，哀拯其急，不復猜疑，絕其委命。(《三國志周魴傳》)

使用兩組抽取披露動詞時，「肝」的各式雙音組合還兼有內臟的意象，由抽取或陳露內臟比喻展現出赤誠，至於用到第三類的輸與動詞時，「肝膽」或是「肝血」已經純然引申為內在想法，因此可以將之

輸出與人，如例 9 蔡邕進諫言於靈帝稱「輸寫肝膽」；例 10 劉善明向
齊太祖輸誠時謂「志輸肝血」。「輸」義為「輸送給予」。《說文解
字》：「輸，委輸也。」「寫，置物也。」「輸」與「寫」並列，「輸
寫」有「輸送給予」之意。

> 9. 斯誠**輸寫肝膽**出命之秋，豈可以顧患避害，使陛下不聞至戒
> 哉！（《後漢書‧蔡邕傳》）
> 10. 臣早蒙殊養，**志輸肝血**，徒有其誠，曾闕埃露。（《南齊
> 書‧劉善明傳》）

有關輸誠的文字描寫，由《尚書》盤庚一段注疏可作為佐證。《尚
書‧盤庚》：盤庚遷殷之後安慰百姓開誠布公：「今予其敷心腹腎腸歷
告爾百姓于朕志」馬融《注》：「布心腹言輸誠於百官以告志。」《正
義》曰：「今我其布心腹腎腸，輸寫誠信。」可見以內臟比喻內心想
法由來已久，而用到「輸寫肝膽」時已經將內臟與誠信等量齊觀了。

至若忠誠之極致則是犧牲性命，因此也有如例 11、12、13 的
「肝腦塗地」「肝膽塗地」乃至「碎首屠肝」的用法。這一類用法並
不全然都是指盡忠犧牲、忠誠之至。主要含意還在失去生命。人的五
臟在內若是塗布於地上則指死亡，此類的組合常見「肝腦」（例 14）
與「肝膽」（例 15）。

> 11. 是以忠臣**肝腦塗地**，肌膚橫分而無悔心者，義之所感故
> 也。（《後漢書袁紹傳》）
> 12. 但伏承聖躬不豫，臣**肝膽塗地**，是以敢至，非謝罪而來。
> （《魏書李彪傳》）
> 13. 臣忝籍枝萼，思盡力命，**碎首屠肝**，甘之若薺。（《魏書‧
> 景穆十二王傳》）

14. 於是江湖之上，海岱之濱，風騰波涌，更相駘藉，四垂之人，**肝腦塗地**，死亡之數，不啻大半，殃咎之毒，痛入骨髓，匹夫僮婦，咸懷怨怒。（《後漢書馮衍傳》）
15. 臣征營怖悸，**肝膽塗地**，不知死命所在。（《後漢書蔡邕傳》）

5.3.2.3　其他

關於「肝」的組合最多為「肝膽」，由上文陳述已然可見。其中還有一種特別引申義，只有「肝膽」有而其他雙音組合無有者，即是表示「切近」之引申義：古人已經知道肝膽相連，因此「肝膽」組合可以譬喻地理位置相近或是關係密切。如例 1 與例 2。

1. 苟在理通。則萬里懸應。如其阻塞則**肝膽楚越**。（《高僧傳》卷一）
2. 故善附者異旨如**肝膽**，拙會者同音如胡越，改章難於造篇，易字艱於代句，此已然之驗也。（《文心雕龍·附會》）

其餘還有一些組合，如心與肝皆為重要器官，是以「心肝」引申為重要之事物例見前 5.1.2.4 節。又以「肝臟」比喻內部：

3. 劉亮營砦，深入賊地，袁顗畏憚之，曰：「賊入我**肝臟**裏，何由得活。」（《宋書·袁顗傳》）

總體而言「肝」在雙音組合中以居前為主要，因為肝為平聲字，符合雙音音序排列，異序的表現較少，表示部位的有「肺肝」依照部位的高低排列；或為了詩歌押韻，致有異序產生。同為平聲身體詞在排列

上則以部位高低為準，是以有「肝脾」「肝腸」而無「脾肝」與「腸肝」的排序。至於「肝」與「膽」的組合有「肝膽」無「膽肝」則是同時符合了音序排列與意義排列。

5.4 膽

「膽」的與身體詞的組合僅有與臟腑類組合之「心膽」、「肝膽」與「膽腎」，然多引申義。與其他身體詞相較，「膽」的雙音並列組合還有與系列詞彙組合者，多與其有「勇氣」之引申有關。

單純指身體部位例子甚少，僅有「肝膽」與「膽腎」。「肝膽」例見上節。「膽腎」如例 1 指可供煉劍的奇獸膽腎。

> 1. 其山有獸，大如兔，毛色如金，食土下之丹石，深穴地以為窟；亦食銅鐵，**膽腎**皆如鐵。(《拾遺記》卷十)

引申義方面，與其他內臟詞一樣都有表示內心想法與情緒的引申，內臟隱藏於體內如同情緒與想法亦深藏在內，故以之為喻。

在「內心想法」義方面有「心膽」、「肝膽」的組合。例 2 光武帝劉秀激勵眾將同心舉事即以「同心膽」說之。亦可分列言「同心共膽」如例 3，都是指想法心意一致之義。

> 2. 且宛城未拔，不能相救，昆陽即破，一日之間，諸部亦滅矣。今不**同心膽**共舉功名，反欲守妻子財物邪？(《後漢書·光武帝紀》)
> 3. 就有其人，而尊卑無序，王爵不加，若恃眾怙力，將各（基）〔期〕峙，以觀成敗，不肯**同心共膽**，與齊進退。五也。(《後漢書·鄭太傳》)

　　若是此一內心幽微之想法可以袒露於人則明此人之心誠意摯，而袒露之對象若為君主則為表臣下之忠誠。此一系列的動詞可概分為三類，一者瀝取類；其次有「披陳」類；最後則為「輸給」類，均為「肝膽」詳見5.3.2.2「肝」說。

　　在情緒方面，與肝同構的「肝膽」一樣有恐懼、因離別而生的悲痛，例見於前文「肝膽」。另有一例如例4為「情膽」描寫悲痛情緒。

　　4. 吞悲茹號，**情膽**載絕。(《江淹集卷六・建平王讓鎮南徐州刺史啟》)

　　與膽相關的情緒最為特出的便是勇氣定力，有勇無所畏懼則有定。除了「心」之外，尚可與抽象名詞「志」、「神」、「魂」組合成「心膽」、「志膽」、「神膽」、「魂膽」。如例 5 賈充稱許夏統安坐不動有定力為「有心膽」。例 6 廉頗後人廉范甘冒大不諱收埋叛國罪犯，並義正詞嚴辯解，令漢明帝嘆服其勇氣過人。「心膽」一語便同勇氣。且以形容詞「大」形象說明勇氣，如例 7 勇氣十足「大心膽」則無所畏懼，例 8 的「斗膽」「豪心」也都是以大心膽來比喻勇氣。反之怯弱無勇則以「弱心怯膽」或是膽破、喪膽形容失去勇氣。如例 9、說明下棋時若是心膽怯弱則只能甘拜下風。例 10「心膽破」、例 11「神膽喪」、例 12「魂膽喪」皆以描寫敗軍亡國者如驚弓之鳥惶恐驚懼勇氣全失之狀。

　　5. 雖見此輩穩坐不搖，賈充望見，深奇其節，顧相與語：「此人有**心膽**，有似冀缺。」走往問船中安坐者為誰，仲御不應。重問，徐乃答曰：「會稽北海閒民夏仲御。」(《晉諸公別傳・夏統》)

6. 范對曰：「襃，臣之曾祖；丹，臣之祖也。」帝曰：「怪卿志
　膽敢爾！」因賞之。由是顯名。(《後漢書・廉范傳》)

7. 尸羅令人無所畏難。如大心膽無所畏懼。尸羅是諸功德聚
　處。猶如雪山寶物積聚信等功德。(《十住毘婆沙論・讚戒品
　第七》)

8. 拭龍泉之雄劍，瑩魏國之寶刀。鈷踰巨闕，利擬豪曹。至如
　牽鉤壯氣，斗膽豪心。(《蕭綱集・七勵》)

9. 若夫氣竭力殘，弱膽怯心。進不及敵，中路為擒。(《王粲
　集・彈棋賦》)

10. 凡敗軍之將不可以語勇，亡國之大夫不可與圖存，心膽以
　破故也。(《三國志・魏書・鍾會傳》)

11. 加以王師仍舉，州郡屠裂，齊民勞止，神膽俱喪，亡爐之
　眾不可與圖存，離敗之民不可與語勇哉！(《全後魏文・成
　淹・追理慕容白曜表》)

12. 一朝瓦解，雖僅以身免，而魂膽俱喪 (《全上古三代秦漢三
　國六朝文・全北齊文・封子繪・潼關進止議》)

　　由於膽常與人的勇氣相關聯，也因此產生一系列的雙音組合。描
述勇氣如例 13-15 之「膽氣」、「膽勇」。勇者多有力，例 16 稱蒯恩
「膽力」過人即許其勇力。

13. 諸將既經累捷，膽氣益壯，無不一當百。(《後漢書・光武
　帝紀》)

14. 子盆生，驍勇有膽氣。初為統軍，累有戰功，遂為名將。
　(《魏書・孫盆生傳》)

15. 義恭舉愨有膽勇，乃除震武將軍，為安西參軍蕭景憲軍

副，隨交州刺史檀和之圍區粟城。(《宋書‧宗愨傳》)

16.既習戰陣，**膽力**過人，誠心忠謹，未嘗有過失，甚見愛
　　信。(《宋書‧蒯恩傳》)

　　有勇有定能決斷性情剛烈，大抵都是伴隨勇氣而生的。故有「膽
定」、「膽守」、「膽決」、「膽烈」以描述有勇之人，如例 17、18《三
國志》作者陳壽以「膽定」描寫傳主朱然性格「膽定」臨事不慌亂；
並述呂蒙臨終時也推薦有「膽守」的朱然為繼任人選。稱許朱然「膽
定」也就是「膽守」，由有勇而生的定力因此也能守任內心強大的力
量。由此亦可見「膽」在描述與勇氣有關的詞彙時具有的構詞力。例
19「膽決」例 20「膽烈」也是由勇而生，可以形容人的性格。

17.（朱然）終日欽欽，常在戰場，臨急膽定，尤過絕人。
　　(《三國志‧吳書‧朱然傳》)

18.（呂）蒙對曰：「朱然膽守有餘，愚以為可任。」(《三國
　　志‧吳書‧朱然傳》)

19.弟智，字顯智，少有膽決。(《魏書‧賈智傳》)

20.樂進字文謙，陽平衛國人也。容貌短小，以膽烈從太祖，
　　為帳下吏。(《三國志‧魏書‧樂進傳》)

　　除了勇氣以外，也有與其他品格並列：智勇雙全可與「智」、
「識」、「策」、「略」組合。例 21 王雄「膽智」、例 22 稱某人[4]「膽
識」、例 23 呂虔「膽策」、例 24 周瑜與例 25 侯淵「膽略」，皆是智勇
兼備有勇有謀之人。也有與「義」組合，如例 26 姜維有「膽義」。

4　全文見存此句，未詳所稱何人。

21. 昔蕭何薦韓信，鄧禹進吳漢，惟賢知賢也。雄有**膽智**技能文武之姿，吾宿知之。(《曹丕集‧答孟達薦王雄詔》)

22. **膽識**堅定，臨難無苟免之意。(《劉越石集卷二》)

23. 呂虔字子恪，任城人也。太祖在兗州，聞虔有**膽策**，以為從事，將家兵守湖陸。(《三國志‧魏書‧呂虔傳》)

24. 公瑾雄烈，**膽略**兼人，遂破孟德，開拓荊州，邈焉難繼，君今繼之。(《三國志‧呂蒙傳》)

25. 侯淵，神武尖山人也。機警有**膽略**。(《魏書‧李神傳》)

26. 須先教中虎步兵五六千人。姜伯約甚敏於軍事，既有**膽義**，深解兵意。此人心存漢室，而才兼於人，畢教軍事，當遣詣宮，覲見主上。(《諸葛亮集‧又與張裔蔣琬書》)

有勇則才幹可用，故有「膽幹」、「膽用」之組合，如例 27 與例 28：

27. 熙先以耀**膽幹**可施，深相待結，因告逆謀，耀許為內應。(《宋書‧孔熙先傳》)

28. 益州將襲肅舉軍來附，瑜表以肅兵益蒙，蒙盛稱肅有**膽用**，且慕化遠來，於義宜益不宜奪也。(《三國志‧吳書‧呂蒙傳》)

這些組合在佛經僅出現少數例子，如後秦鳩摩羅什大師譯的《大智度論》稱許不畏懼惡鬼的「膽力」（例 29）與《十住毘婆沙論》以「少膽幹」為眾生劣陋根器之一（例 30）。南朝蕭齊天空三藏法師求那毗地翻譯的《百喻經》則有「膽勇」一詞（例 31），講述自以有勇不怕鬼的人鬧出笑話的故事，以比喻人生紛擾爭訟舊如同自以為鬧鬼的人

一樣。由此可見此系列與勇氣相關「膽」的組合多為中土文士之作，並非口語性質。由音序組合也可見斧鑿之痕，無論是「氣」、「力」、「勇」、「定」、「守」、「決」、「烈」、「智」、「識」、「策」、「略」、「義」、「幹」、「用」都是仄聲字，接在膽之後可見造詞者語文素養，並非一般口語。

29.當以精進力。與汝相擊要不懈退。鬼時歡喜心念。此人膽力極大。即語人言。汝精進力大。必不休息放汝令去。（《大智度論・釋初品中毘梨耶波羅蜜義第二十七》）

30.復次眾生短命惡色無力多諸憂苦。少膽幹多疾病少威力。少眷屬惡眷屬易壞眷屬。（《十住毘婆沙論・釋願品之餘》）

31.後有一人自謂膽勇勝於前人。復聞傍人言此室中恆有惡鬼。即欲入中排門。將前時先入者謂其是鬼。即復推門遮不聽前。在後來者復謂有鬼。二人鬪諍遂至天明，既相睹已，方知非鬼。（《百喻經・人謂故屋中有惡鬼喻》）

除了內心想法與情緒之外。從身體部份來看膽與肝相連，因此「肝膽」便有「相近」之意，詳見 5.3「肝膽」討論。再者身體為人所寶愛，因此也有「重要事物」的引申義，如 5.1「心膽」比喻重要之地。

膽的雙音組合排列大多符合平上去入的音序。除了表達「勇氣」的一系列「膽」與仄聲字的前後組合之外，與平聲組合有「肝膽」、「心膽」、「情膽」、「神膽」、「魂膽」均位於第二。唯「志膽」的排序去聲的「志」在上聲的「膽」之前，唯兩詞均為仄聲，在音韻上不至於扞格太過。

5.5　脾

　　「脾」的組合不多，且僅限於與臟腑類並列。單純身體部位義的組合中古時均出於醫書，有器官與脈相兩大類：指身體器官者，多與「胃部」並列，有「脾胃」（例 1）、「胃脾」（例 2）。「脾」與「胃」之所以連用，是因為古人認知兩者與食物消化有關，如《褚氏遺書》所言：「同化五穀，故胃為脾府，而脈從脾。」另一類為醫書專門術語，指臟器相關脈相有「肝脾」（例 3）、「脾肺」、「心脾」（例 4）、「脾腎」（例 5），詞頻數量不及「脾胃」之組合。

1. 通艸：味辛平。主去惡蟲，除脾胃寒熱，通利九竅，血脈關結，令人不忘。一名附支，生山谷。（《神農本草經》第二）

2. 粟米：味鹹微寒。主養腎氣，去胃脾中熱，益氣。陳者，味苦，主胃熱，消渴，利小便。（《神農本草經》卷二）

3. 肝脾俱至，則穀不化。肝多即死。（《新刊王氏脈經》卷五）

4. 春脈當得肝脈，反得脾肺之脈，損。夏脈當得心脈，反得腎肺之脈，損。秋脈當得肺脈，反得肝心之脈，損。又脈當得腎脈，反得心脾之脈，損。（《新刊王氏脈經》卷五）

5. 脾腎俱至，則五藏敗壞。脾多即死。（《新刊王氏脈經》卷五）

　　在引申義方面，「脾」為內臟，同樣有與情緒相關的用詞，多指悲傷鬱結使「肝脾」「心脾」受到傷害，如例 6 因為與情郎及兒子分離而悲傷；例 7 則是因為思念情人而悲傷。也有比喻用法因為與子女生別離而以「肝脾爛腐」描寫內心的傷痛已見前文蔡琰悲憤詩。

6. 會淺別離速，皆由靈與祇。何以贈余親，金盌可頤兒。愛恩
從此別，斷絕傷肝脾（《孔氏志怪》）

7. 眾口鑠黃金，使君生別離。念君去我時，獨愁常苦悲。想見
君顏色，感結傷心脾。（《曹操集・塘上行》）

「脾」的組合較少，雙音組合的次序也都依照音序排列，如與平
聲並列「脾」在後的「肝脾」、「心脾」，此也同時兼顧義序，因脾臟
位置較低故。至於與仄聲並列時，依照音序平聲的「脾」在前有「脾
胃」、「脾肺」、「脾腎」。唯「胃脾」不符合音序，然則與「脾胃」相
較，「胃脾」僅出現一次，仍以「脾胃」較為常用。

5.6　胃

「胃」的組合亦不多樣，僅與臟腑類身體詞組合。單純身體部位
的組合偶見「心胃」（例 1）、「胃肺」（例 2）而以「脾胃」與「腸
胃」最常見。古人已經了解「脾」、「胃」、「腸」的功能在於食物的消
化吸收，「脾」、「胃」關係，前文已引《褚氏遺書》提到：「同化五
穀，故胃為脾府。」而「胃」、「腸」的作用則如《劉涓子鬼遺方》：
「余聞腸胃受穀，上焦出氣，以溫分肉，而養骨節，通湊理。」前者
「化」為消化作用，後者「受」則為吸收養分。古人已有清楚之分別
認知。「胃脾」與「脾胃」僅見於醫書中，屬於較為專門的術語，例
見 5.5。「腸胃」則頗為常見，除了醫書之外（例 3），一般中土文獻
也有用此雙音組合（例 4），而佛經中亦不乏其例（例 5），可見無論
口語或是書面語均有用例。

1. 良久，存見心胃中分明，乃吐氣漱液，服液三十九過止，
（《上清握中訣・服日芒法》）

2. 鳥無胃肺。蛤無五臟。(《全晉文・裴頠崇有論》)

3. 石斛：味甘平。主傷中，除痺，下氣，補五藏虛勞，羸瘦，強陰。久服厚腸胃，輕身延年。一名林蘭，生山谷。(《神農本草經・石斛》)

4. 譬猶療飢於附子，止渴於酖毒，未入腸胃，已絕咽喉，豈可為哉！(《後漢書・霍諝傳》)

5. 逢一小兒擔樵。祇域望視悉見此兒五藏、腸胃縷悉分明。(《佛說㮈女祇域因緣經》)

「腸胃」雙音組合罕見引申用法。唯魏收以人體器官比喻地理位置，在例 6《魏書》中描寫魏太祖世祖征戰沙場功績，從聯捷大勝到南征北討捃拾殘黨，以「腸胃」「肩髀」譬喻南北之地。例 7 魏收在〈冊命齊王九錫文〉中也使用了同樣的修辭法，以「腸胃之地」譬喻關峴之地。

6. 唯夫窮髮遺虜，未拔根株；微垂殘狡，尚餘栽蘗。而北踰翰漠，折其肩髀；南極江湖，抽其腸胃。雖骸骨僅存，脂膏咸盡；視息纔舉，魂魄久遊。(《魏書・列傳第八十三》)

7. 關、峴衿帶，跨躡蕭條，腸胃之地，岳立鴟峙，偏師纔指，渙同冰散，此又王之功也。(《魏收集・冊命齊王九錫文》)

此一引申義，已經出現於先秦作品，如例 8 乃蘇代勸秦莫出兵助趙攻齊之問，此處之「腸胃」為引申義，指重要之地。究竟是探囊取韓趙魏三晉的重要腸胃之地比較好？還是出兵幫助趙國卻怕軍隊回不來比較好？此問中的「腸胃」便為引申義。是以中古時「胃」並未曾產生新的組合引申義。

8. 夫取三晉之腸胃與出兵而懼其不反也，孰利？（《戰國策‧
　秦二‧陘山之事》）

胃的組合也全都符合平聲在前仄聲於後的音序。與平聲組合時，
胃居後位「心胃」、「脾胃」、「腸胃」，只有「胃肺」一語胃居前位，
而「肺」為去聲，並不違反音序排列。

5.7　腎

腎的雙音組合以單純兩義相加最多，大半出於醫書；例 1「腎
心」、例 2「腰腎」與例 3「腎腰」指器官部位；而例 4「腎肝」例 5
「脾腎」指相對應的脈相。

1. 時時苦洞泄，寒中泄，**腎心**俱痛。（《新刊王氏脈經卷第
　二》）
2. 療腳氣，疼悶，**腰腎**間冷氣、冷痺及膝冷、腳冷，並主之。
　日夕三掣彌佳。（《養性延命錄卷下》）
3. 治**腎腰**痛：生葛根，嚼之，咽其汁，多多益佳。。（《葛仙翁
　肘後備急方‧治卒患腰脅痛諸方》
4. **腎肝**俱沉何以別之？然：牢而長者，肝也；按之耎，舉指來
　實者，腎也。脾者中州，故其脈在中，是陰陽之脈也。
　（《新刊王氏脈經卷第一》）
5. **脾腎**俱至，則五藏敗壞。脾多即死。（《新刊王氏脈經卷第
　五》）

一般文獻則有例 6「膽腎」見於《拾遺記》談鑄劍神話與例 7

「腎腸」見於《顏氏家訓》談避諱，皆是身體器官的兩義相加。

> 6. 王乃召其劍工，令鑄其膽腎以為劍，一雌一雄，號「干將」
> 者雄，號「鏌鋣」者雌。（《王子年拾遺記卷十》）
> 7. 凡避諱者，皆須得其同訓以代換之：桓公名白，博有五皓之
> 稱；厲王名長，琴有修短之目。不聞謂布帛為布皓，呼**腎腸**
> 為腎修也。（《顏氏家訓・風操篇》）

唯一的引申義見於例 8，由內臟義引申為內心的忠誠，動詞使用了陳
露類的「敷」。

> 8、敷**腎腸**以為效兮，豈文飾之足脩。感恩輸命，心口自滅。
> 加我數年，竭力效節。（《傅咸集・明意賦并序》）

實則此句化用了《尚書・盤庚》：「無戲怠，懋建大命。今予其敷
心腹腎腸，歷告爾百姓于朕志。」並非中古新興詞語。可見「腎」在
於中古並非組合力強的詞彙。

在組合排序方面，腎雖上聲字其組合例多出現於醫書之中，因此
音序影響不大，有平上之「腰腎」、「脾腎」，兩上聲之「膽腎」，然而
也有違反音序的「腎腰」、「腎心」、「腎肝」，可見醫書類對於音序不
甚重視。而一般文獻的「腎腸」則以上下義序為主，先言居上之腎再
接居下之腸。

5.8 腸

腸的雙音組合中表示身體部位意義者，有與其他內臟組合的「肝

腸」、「肺腸」、「腸胃」，也有與腸所在的腹部組合之「腸腹」與「腹腸」，以及與骨組合之「腸骨」。

5.8.1　單純身體部位義

　　單純部位意義的「肺腸」與「肝腸」已經見於前文。表示部位義數量最多的「腸胃」也在上節舉例說明。與其他臟腑類身體詞不同的是「腸」可與他類身體詞組合，表部位的還有一類是與腸所在的「腹」相組合，有例 1《金樓子》「腹腸」破潰指蚊子吸血不知節制以致漲破腹部腸子。、例 2 醫書《肘後方》的「腹腸」提到大醉的後遺症可能會使得腹部腸子潰爛。「腸腹」則僅見於例 3 醫書《褚氏遺書》）說明身體排泄，由腸子腹部排出的叫做瀉。

> 1. 其蚊有不知足者，遂長噓短吸而食之，及其飽也，**腹腸**為之破潰。(《金樓子・立言篇》)
> 2. 大醉恐**腹腸**爛。(《葛仙翁肘後備急方八卷卷七治卒飲酒大醉諸病方第七十
> 3. 在上為疾，伏皮為血，在下為精，從毛竅出為汗。從**腸腹**出為瀉 (《褚氏遺書》)

這一組與「腹」的組合也見於先秦兩漢文獻之中。例 4 優孟以滑稽之法勸止楚莊王賤人貴馬。建議料理馬肉分食之以「腹腸」為馬之葬身地。例 5《淮南子》說明若只顧口體之需，充「腸腹」使不飢餓，然未及神志之養只是養生末節而已。

> 4. 齎以薑棗，薦以木蘭，祭以糧稻，衣以火光，葬之於人**腹腸**。(《史記・滑稽列傳》)

5. 神清志平，百節皆寧，養性之本也；肥肌膚，充腸腹，供嗜
欲，養生之末也。(《淮南子·泰族訓》)

較為特別的組合是例 6「腸骨」描述人民生活困苦，飢餓入腸寒冷入
骨。並未在先秦文獻中出現。為中古「腸」可產生新組合之一例。

6. 飢寒入於腸骨。悲愁出於肝心。雖百舜不能杜其怨聲。(《全
上古三代秦漢三國六朝文·全三國文·吳·陸景·典語》)

5.8.2 引申義

由於想法心情與臟腑皆隱藏於內，故臟腑類的雙音組合都有「想
法」、「心情」的引申義，「腸」也不例外。「思想」類的有「心腸」、
「肺腸」與「腎腸」。「心腸」例較多。表示心情感受的有「肝腸」、
「心腸」、「肺腸」、「腹腸」。其中「肝腸」出現頻率最多。多是表達
因為離別而悲傷的情緒。最常使用的謂語為「斷」，有例 1 的「肝腸
寸寸斷」寫別離之痛、例 2「肝腸尺寸斷」書相思之苦、例 3「肝腸
斷絕」則敘思鄉之悲，均以「斷」為喻，此蓋與「腸」為臟腑中最長
的器官有關。

1. 腹中如湯灌，**肝腸寸寸斷**，教儂底聊賴。(《樂府詩集·清商
曲辭·吳聲歌曲華山畿》)
2. 別後涕流連，相思情悲滿。憶子腹糜爛，**肝腸尺寸斷**。(《樂
府詩集·清商曲辭·吳聲歌曲·子夜歌》)
3. 荊軻有寒水之悲，蘇武有秋風之別。關山則風月悽愴，隴水

則**肝腸斷絕**。龜言此地之寒，鶴訝今年之雪。(《庾信集・小
園賦》)

佛經中也有一例「肝腸惱沸」。為佛陀父親淨飯王聽聞出生的童子未
來將要出家修行，難捨父子親情而起的憂愁惱恨之心。

4. 大仙尊師。若審然者。乃令我心。更大憂愁。切割我心。**肝
腸惱沸**。(《佛本行集經・相師占看品第八上》)

感受方面還有「心腸」一語，以「心腸」表達感受皆為主謂形式，例
5 以「心腸斷」表示遊子思鄉之情。例 6 以「心腸酷裂」表達恐懼之
甚，動詞也用斷裂義之詞。

5. 君不見孤雁關外發，酸嘶度揚越。空城客子**心腸斷**，幽閨思
婦氣欲絕。凝霜夜下拂羅衣，浮雲中斷開明月。(《樂府詩
集・齊・僧寶月・行路難》)

6. 楊太尉答書云：「彪白：小兒頑鹵，常慮當致傾敗，足下恩
矜，延罪訖今；聞問之日，**心腸酷裂**！省鑒眾賜，益以悲
懼。」(《小說》)

除了負面的情緒之外，也有描寫中性的感受能力如例 7 說明若有豐厚
的資產能夠施予他人，只要不是木石而是感受力的人一定會覺得快
樂。另外如例 8「快心樂腹腸」則是正面的快樂情緒。

7. 豐財殖貨。所以施與。苟有**肺腸**。誰不忻然。貌悅心釋哉。
(《全上古三代秦漢三國六朝文・全晉文・張邈・自然好學
論》)

8. 苟欲娛耳目，**快心樂腹腸**。我躬不悅懌，安能慮死亡。(《應
   休璉集・百一詩》)

「腸」為音序與義序競爭最大的一個組合。「腸」屬平聲理應居
前，然則於臟器之中又處尾端，故時有扞格。若與平聲組合如「心
腸」、「肝腸」則亦符合義序。然與其他聲調組合則或依音序如「腸
胃」，或依上下義序排列如「肺腸」、「腎腸」。如若兩可則有異序產生
如「腸腹」與「腹腸」。

5.9　小結

臟腑類身體詞中以兩兩互組最常見。除了「膽」的組合最少外，
幾乎都可以互相組合。其次是與身體軀幹類的組合，組合上則有所選
擇，如上章所言「心」與「胸」、「腹」組合；肝與「胸」組合而
「腎」與「腰」組合；「腸」與「腹」組合。或舉其要、或居於內乃
至醫學上的認知，可見身體詞的組合有其內在因素。所有臟腑類詞以
「心」組合力最強：可與頭面五官組成「心首」、「心目」、「心眼」、
「心耳」、「心鼻」、「心口」、「口心」與「心舌」；與軀幹類有「心
胸」、「胸心」、「心腹」、「腹心」及「心膂」；也可與四肢類組合成
「心手」。每個組合也幾乎都有引申義，可見其活躍程度。

本類的引申義以「思想」與「情緒感受」最為通用，由上文釋例
中可以看出許多本類的雙音組合都有或「思想」或「情緒」之引申
義。細分之則「膽」與「腎」的組合偏於理性的「思想」；而「脾」
的組合則偏「情緒」，「肝」與「肺」雖有一二組合有「思想」義，其
餘亦多表「情緒」。「心」則是兼有兩者。

引申義與他類一樣，多半出現於一般中土文獻中，佛經中僅有表

示能力的新的組合及「胸心」有引申義，其餘都是單純部位義。從另一方面來看，單純部位義的新的組合也多半出現於佛經與醫書中。這個分佈與其他身體詞表現一致。

5.1　心統計表格

		部位	思想	情感	重要事物	能力	容器	記憶	顏面
心首	一般							3	
	佛經							3	
心顏	一般			2					2
心目	一般			1		11		10	
	佛經					5			
心眼	一般			1		1			
	佛經			1		12			
心耳	一般					5			
心鼻	一般			1					
心口	一般					9			
	佛經					57			
口心	一般					1			
	佛經					5			
心舌	一般								
心胸	一般		7	4			3		
	醫書	8							
胸心	一般		1	1			4		1
	佛經						1		
腹心	一般	3	23	2					
	佛經				2				
心腹	一般	7	11	1					
	醫書	60							
	佛經	4	1						

		部位	思想	情感	重要事物	能力	容器	記憶	顏面
心膂	一般		1	4					
	佛經								
肝心	一般			26					
	醫書	3							
心肝	一般			9					
	佛經			1					
心肺	醫書	6							
	佛經	1							
心膽	一般		1	3	1				
	佛經			3					
心胃	一般	2							
胃心	醫書	2							
	佛經	1							
心脾	一般			1					
	醫書	2							
腎心	醫書	2							
心腸	一般		2	7					
心手	一般					3			
	佛經					1			
心骨	一般			1					
心髓	一般			4					
	佛經	3		1					

5.2　肺統計表格

		部位	思想	情感	王親	親近者
心肺	醫書	6				
	佛經	1				
肺肝	一般	1		6		
	醫書	2				
肝肺	一般	3		1		
胃肺	一般	1				
脾肺	醫書	3				
肺腸	一般	1	1	1		
肺腑	一般				14	1

5.3 肝統計表格

		部位	想法	情感	切近	性命
胸肝	一般		1			
心肝	一般			9		
	佛經			1		
肝心	一般			26		
	醫書	3				
肺肝	一般	1		6		
	醫書	2				
肝肺	一般	3		1		
肝膽	一般	1	17	7	6	2
	佛經	2		1		
腎肝	醫書	1				
肝脾	一般			2		
	醫書	1				
肝腸	一般	2		10		
	佛經			1		
肝膈	一般		2			
	醫書	1				
肝髓	一般		1	1		
	醫書					
肝血	一般		2			

5.4　膽統計表格

		部位	思想	情感	相近	要地	性命
肝膽	一般	1	17	7	6		2
	佛經	2		1			
膽腎	一般	3					
心膽	一般		1	3		1	
	佛經			3			

5.5　脾統計表格

		部位	情感
心脾	一般		1
	醫書	2	
脾肺	醫書	3	
肝脾	一般		2
	醫書	1	
脾胃	醫書	15	
胃脾	醫書	1	
脾腎	醫書	1	

5.6 胃統計表格

		部位	地理
心胃	一般	2	
	醫書	2	
胃心	醫書	1	
胃肺	一般	1	
脾胃	醫書	15	
胃脾	醫書	1	
腸胃	一般	7	2
	醫書	11	
	佛經	14	

5.7　腎統計表格

		部位	思想
腰腎	醫書	1	
腎腰	醫書	2	
腎心	醫書	2	
腎肝	醫書	1	
脾腎	醫書	1	
膽腎	一般	3	
腎腸	一般	1	3

5.8　腸統計表格

		部位	地理	思想	情感
心腸	一般			2	7
肝腸	一般	2			10
	佛經				1
肺腸	一般	1		1	1
腸胃	一般	7	2		
	醫書	11			
	佛經	14			
腎腸	一般	1		3	
腸腹	一般	1			
	醫書	1			
腹腸	一般	1			1
	醫書	1			
腸骨	一般	1			

第六章
手足四肢雙音並列組合

　　本章討論手足四肢的雙音組合。雙音組合中出現較多者，上肢類有手、臂、肘；下肢類則有足、腳與股。其餘四肢類或者僅與上列各詞組合如「肱」僅有「股肱」之組合，或是僅有極少數單純身體部位義，如「髀膝」便不立專節討論。

6.1　上肢類雙音組合

6.1.1　手

　　手《說文》：「手，拳也，象形。」《正字通》解釋：「握手謂之拳。非手即拳也。」《說文段注》亦謂：「（手）拳也。今人舒之為手。卷之為拳。其實一也。」原意指手的前端手掌與手指部份，因此張開時稱為「手」，而握緊指掌則為「拳」。然意義逐漸擴大，在中古時已經可以指稱整隻手。

6.1.1.1　單純身體部位義

　　與身體詞的並列組合多是單純部位意義，雙音組合如「頭手」、「手面」、「手口」、「身手」、「手髮」。有一般中土之例而仍以佛經用例較多，前四類見上章「頭」、「面」、「口」、「身」各節討論，「手髮」僅有一例出自佛經（例 1），解釋戒律中的「捉」、「縛」義，若是空手捉住「手髮」手及頭髮叫作「捉」；以刑具約束叫作「縛」。

1. 捉其手髮名為捉。杻械枷鎖名為縛。(《彌沙塞部五分律卷第一第一分初波羅夷法》)

　　與上肢組合最常見為「手臂」[1]。有一般文獻如例 2 謂臣子事君應該要像是手臂保護頭目一樣。此處的手臂指雙手而言。例 3 出醫書，記肺大腸脈相俱實時有各種病狀其中之一為「手臂」捲曲無法伸直。例 4 為佛經例，敘一拜火梵志為了測試拜火的功效，把自己雙手伸入烈火之中，結果燒傷了「手臂」。這些例子中的「手臂」並未分別手的上部或是下部，是手的各部位統稱。

2. 臣之於君，下之於上，若子之事父，弟之事兄，若**手臂**之捍頭目而覆胸臆也。如此，始可與上同意，死生同致，不畏懼於危疑。(《十一家註孫子（孟氏註）・計篇》)
3. 右手寸口氣口以前脈陰陽俱實者，手太陰與陽明經俱實虛。病苦頭痛目眩，驚狂，喉痺痛，**手臂**捲，脣吻不收。(《新刊王氏脈經・平人迎神門氣口前後脈第二・肺、大腸俱實》)
4. 時彼梵志意不遠慮。即以兩手前探熾火。尋燒**手臂**疼痛難言。梵志自念。吾祭祀火經爾許年。唐勞其功損而無益。(《出曜經・廣演品》)

與下肢組合有「手足」、「足手」、「手腳」與「手膝」。「手足」例最為常見。一般文獻有 81 例醫書有 97 例佛經有 366 例。各舉一例如例 5 為中土文獻，描寫管寧日常生活夏天常於附近水邊澡洗「手足」手和

---

[1] 四肢類組合還有「手掌」與「手指」也有「腳掌」、「足掌」、「腳指」、「足指」用法，屬於偏正結構故不於此討論之。

腳。例 6《備急方》記灸霍亂之法，讓四個人分別抓住病人「手足」手和腳。例 7 陳觀音菩薩神力可使被枷鎖的「手足」手跟腳脫去束縛得到自由。無論何種類型文獻，各例的「手足」都是指手與腳。

> 5. 又居宅離水七八十步，夏時詣水中澡灑手足，闊於園圃。
> （《三國志・魏書・管寧傳》）
> 6. 轉筋入腹痛者，令四人捉手足，灸臍左二寸十四（《葛仙翁肘後備急方・治卒霍亂諸急方第十二》）
> 7. 或囚禁枷鎖，手足被杻械，念彼觀音力，釋然得解脫。（《妙法蓮華經・觀世音菩薩普門品》）

異序的「足手」例子甚為罕見，僅見於《齊民要術》，如例 8 說明作敷面粉餅的方法，要以「足手」腳和手不斷搓揉香粉。

> 8. 無風塵好日時，舒布於床上，刀削粉英如梳，曝之，乃至粉乾。足手痛接勿住。（《種紅藍花、梔子第五十二》）

「手腳」也有不少用例，同樣出現於三類文獻中。例 9 述張彝中風「手腳」不便雙手雙腳行動不便。善加復健後能夠朝拜。例 10 也是描寫「手腳」攣縮行動不便。例 11 敘比丘恭敬修行，先洗「手腳」之後靜坐修道。這裡的「手腳」與「手足」義同，如例 12 也有類似修行前「澡洗手足」的儀軌。可見在單純表示部位意義上「手足」與「手腳」相同。

> 9.（彝）因得偏風，手腳不便。然志性不移，善自將攝，稍能朝拜。久之，除光祿大夫，加金章紫綬。（《魏書・張彝傳》）

10.《隱居效驗方》云：并療**手腳**攣，不得舉動及頭惡風，背脅卒痛等。(《葛仙翁肘後備急方・治百病備急丸散膏諸要方第七十二》)

11.眾多比丘乞食訖還出城到精舍。**澡洗手腳**敷尼師壇。結跏趺坐係念在前。晝夜不息便獲四諦。(《出曜經・放逸品之二》)

12.尊者滿慈子過夜平旦，著衣持鉢入舍衛國而行乞食。食訖中後還舉衣鉢**澡洗手足**以尼師檀著於肩上。至安陀林經行之處。(《中阿含經卷二》)

與下肢組合還有「手膝」一種，僅見於佛經，如例 13 以「手膝」手及膝蓋跪地就著水窪喝水。

13.彼即長跪**手膝**拍地以口飲水。彼即得除熱極煩悶飢渴頓乏。(《中阿含經・舍梨子相應品水喻經第五初一日誦》)

6.1.1.2　引申義

手的雙音組合引申義不少，一類與手的動作相關，與「口手」、「目手」、「心手」組合表示口之誦讀、目之觀看、心之衡量與手之動作結合，例詳見以上各章節。至於與上肢結合之「手臂」則有一個由手的動作能力引申出指武藝用法，如例 14 曹丕自敘聽說鄧展「有手臂」劍術精良，因此與他論劍對打。此處「手臂」即是劍術武藝。與軀幹類的「身」組合之「身手」亦有此義，如例 11 顏之推勸戒子弟不可好勇鬥狠，言「雖無身手」沒有什麼武藝，但仍聚眾以邀戰功，不足以效。順帶一提的是同段文中的「逞弄拳腕」最終不得善果，

「逞弄拳腕」亦是弄武之義。無論是大至「身」「手」「臂」小至「拳」「腕」，與手相關詞彙有此用武之引申義。

1. 宿聞展善**有手臂**，曉五兵，又稱其能空手入白刃，余與論劍良久，謂言將軍法非也，余顧嘗好之，又得善術，因求與余對。(《典論卷上》)

2. 頃世亂離，衣冠之士，雖無**身手**，或聚徒眾，違棄素業，徼倖戰功……吾見今世士大夫，纔有氣幹，便倚賴之，不能被甲執兵，以衛社稷；但微行險服，逞弄**拳腕**，大則陷危亡，小則貽恥辱，遂無免者。(《顏氏家訓‧誡兵篇》)

與下肢的組合「手足」則有不同的引申意義。其一為由身體手足引申為「親近之人」，中古的「手足」引申義不同於現代只有「兄弟」之義。由近及遠有三種引申義：最親近為家人，故有喻「父子」如例 3 于氏上表請養兄子為後時言父子如「手足」；也有比喻「兄弟」，如例 4 梁邵陵王與湘東王書時提及兄弟至親不應「手足」相殘害；亦有比喻「臣子」者，如例 5 稱九卿為「手足」之臣。

3. 夫人道之親。父子兄弟夫婦皆一體也。其義。父子**手足**也。兄弟四體也。故曰兄弟之子猶已子。故以相字也。(《全上古三代秦漢三國六朝文‧全晉文‧于氏‧上表言養兄子率為後》)

4. 唯余與爾，同奉神訓，宜教旨諭，共承無改，且道之斯美，以和為貴，況天時地利，不及人和，豈可**手足肱支**，自相屠害(《全上古三代秦漢三國六朝文‧全梁文‧邵陵王綸與湘東王書》)

5. 三公，股肱之臣；九卿，**手足**之臣；大夫，筋脈之臣；元士，肌肉之臣。(《帝王世紀輯存・餘存第十。《五行大義》卷五引》)

「手足」還出現在一組常用語中，常與「措」、「厝」[2]等放置義動詞搭配，此用法上古即有，如《論語・子路》)論正名之要有言：「刑罰不中，則民無所錯手足。」言政府法制刑罰合宜有行為準則則百姓可以「錯手足」安置手足。中古作「厝手足」或是「措手足」，如例 6 梁統引述孔子此言寫作「厝手足」。例 7 蘇綽論政則言「措手足」。皆是論政策刑罰要有規矩方能使人民知所進退，舉止行動不至於犯法，此為行政最低標準。亦可作「庇手足」，如例 8 孔寧子言若能實施所建議之吏治辦法，則不僅是人民可以「庇手足」而已，尚可使得政治清明。

6. 孔子曰：「刑罰不衷，則人無所**厝手足**。」(《後漢書・梁統傳》)

7. 賞罰不中。則民無所**措手足**。民無所**措手足**。則怨叛之心生。(《全上古三代秦漢三國六朝文・全後魏文・蘇綽・奏行六條詔書》)

8. 豈惟政無秕蠹，民**庇手足**而已，將使公路日清，私請漸塞。(《宋書・孔甯子傳》)

「手」為上聲字，與平聲組合多居後如「頭手」、「身手」、「心

2　《說文》措，置也。《漢書・賈誼傳》：「夫抱火厝之積薪之下。」《注》：「厝，置也。」《集韻》：「厝，同措。」是「措」與「厝」皆有安置義。

手」，僅有一處「手膝」以手上膝下先後義序排列。與上聲則有前有
後，「手髮」、「手腳」、「手口」居前，而異序的「口手」居後。與去
聲則居前如「手面」、「手臂」。與入聲排列亦是上入排序的「手足」
詞頻較高。唯有一二例外如倒序的「足手」與「目手」、「足手」出現
頻率不高。「手」可與本類之外的身體詞組合，與頭面組合較多、間
有與臟腑之「心」與毛髮之「髮」組合者。本類的組合也有各樣例
子，可見其組合力不弱。引申義亦有多樣，除了動作能力之外也有親
近關係與安身立命之引申義。

6.1.2　臂

　　「臂」有大名小名之分。大則無分上下，小則指手的上部。《說
文》解釋肱時言「肱，臂上也。」此處的臂上，指手的上部，「臂」
即「手」為大名。而《說文》解「臂」：「手上也」。指手的上部，則
與「肱」同義，範圍較小。王鳳陽（2011：137）則指出「肱」、
「臂」有古今詞關係：「『肱』通用於春秋以前，『臂』興起於戰國之
後；《詩》、《書》、《易》、《論語》等不見用『臂』字，後世則『臂』
字用得漸多，『肱』逐漸成為古語。」是以中古雙音組合中「肱」已
經沒有產生新的組合，僅有「股肱」一詞，繫於「股」一節討論之。
後起的「臂」中古雙音組合以單純部位義為夥。僅有兩類引申義。

6.1.2.1　單純身體部位義

　　「臂」的單純部位義組合可分為肩胛組合及與四肢組合兩種。
「肩胛」與「臂」相連接故有與「肩」、「髆」、「胛」組合的例子。
「肩臂」皆為佛經用例，已見上節。「髆」，《說文》謂之：「肩甲
也。」即肩胛，故「臂髆」與「臂胛」同義，指肩胛手臂。例 1 為摩

伽陀頻頭王勸修行者當即時行樂，年少「臂髆」肩胛手臂拉弓有力應當享受。例 2 敘戴顒教導工匠調整佛像，無須更動看似面瘦的部份，而削減「臂胛」手臂肩胛部份，調整比例之後所鑄造的佛像便非常完美了。

1. 又復仁者。如是**臂髆**。堪牽弓弩。莫令徒損。如斯一世。（《佛本行集經・勸受世利品中》）
2. 宋世子鑄丈六銅像於瓦官寺，既成，面恨瘦，工人不能治，乃迎顒看之。顒曰：「非面瘦，乃**臂胛**肥耳。」既錯減臂胛，瘦患即除，無不歡服焉。（《宋書・隱逸・戴顒傳》）

與四肢組合方面，「臂」可與上肢的「手」、「肘」、「腕」組合，「手臂」已見上節（6.1）。「臂肘」、「肘臂」同指手肘手臂部位，前者出於佛經，如例 3 敘佛陀放光說法授記聲聞光則從「臂肘」進入；後者有一醫書例見例 4 述手少陰經病症之一為「肘臂」痙攣。「臂腕」則指手臂手腕，如例 5《備急方》記治療猝死的祕方，以繩子纏繞「臂腕」手腕手臂然後把繩子拉到脖子後的大椎穴垂下，灸燃繩頭，便可救急。例 6 描述結「追百千天龍興雲致雨龍王印」方法與「集八部龍王軍眾印」手法相似，「臂腕」手臂手腕姿勢相同不變，而手指結印略有不同。

3. 授菩薩決光從頂入。授緣覺決光從口入。授聲聞決光從**臂肘**入。說上天福光從臍入。說受人身光從膝入。說地獄餓鬼畜生光從足入（《生經・佛說蜜具經》）
4. 是動則病手心熱，**肘臂**攣急，腋腫，甚則胸脇支滿，心中澹澹大動，面赤目黃，善笑不休。（《新刊王氏脈經・心手少陰經病證》）

5. 又方：以繩圍其**臂腕**，男左女右，繩從大椎上度下行脊上，
　灸繩頭五十壯，活。此是扁鵲秘法。（《葛仙翁肘後備急方·
　救卒死尸蹶方》）

6. 左右**臂腕**如前不改。但以左右手小指無名指。反相叉入掌中
　右押左。二中指直豎頭拄。二食指拄中指背上節。二大指少
　曲。各拄二食指內中節。頭指來去。（《阿吒婆拘鬼神大將上
　佛陀羅尼經》）

　　也有與下肢的「股」、「脛」、「腳」組合作「臂股」、「臂脛」、「臂
腳」。雖「股」、「脛」、「腳」分言所指部位不同，「股」為大腿，
「脛」與「腳」指小腿。然雙音組合時作為單純部位義而言則籠統不
分，無論是「臂股」或是「臂脛」、「臂腳」都是手腳的意思。如「股
肱」便有以「臂脛」解釋者，如《顏氏家訓·書證》討論「捋」義時
謂：「《禮·王制》云：『贏股肱。』鄭注云：『謂捋衣出其**臂脛**。』今
書皆作擐甲之擐。國子博士蕭該云：『擐當作捋，音宣，擐是穿著之
名，非出臂之義。』案《字林》，蕭讀是，徐爰音患，非也。」考
《禮記·王制》：「凡執技論力，適四方，贏股肱，決射御。」此段描
述射箭之時人們的準備動作。《顏氏家訓》記當時人多將《鄭注》寫
作「擐衣」，而顏之推引《字林》證成蕭該說法，認為此動作當是捋
起衣服露出手腳來準備射箭，而非穿上盔甲，故應作「捋」。本段值
得注意的是《禮記》所謂「贏股肱」即是鄭玄之「出其臂脛」，為射
箭前拉起衣服露出手腳來，無論是「股肱」或是「臂脛」在雙音組合
中都不再細分上臂下臂或是大腿小腿，而是統言為全部之手與腳之
義。且不只是「臂脛」，「臂」與下肢組合皆為此渾言用法，義指「手
腳」，無分上下大小。

　　「臂股」僅有醫書例如例 7 說明按摩導引之法，可於飯前伸展

「臂股」手腳，有益身體勝過湯藥。

> 7. 又有法：安坐，未食前，自按摩。以兩手相叉，伸**臂股**，導
> 引諸脈，勝如湯藥。(《養性延命錄‧導引按摩篇第五》)

「臂脛」有中土文獻佛經例，例 8《華陽國志》記永昌民俗「臂脛」
手腳上刺青是因為古代傳說其為龍之後代故刻劃龍紋於手腳之上。例
9 陳述作瓶天子變現病人啟發悉達太子向道之心。其病相腹部水腫
「臂脛」手腳萎縮瘦小。

> 8. 永昌郡，古哀牢國……由是始有人民，皆象之，衣後著
> （十）尾，**臂脛**刻文。(《華陽國志卷第四》)
> 9. 爾時作瓶天子。即於太子前路。化作一病患人。連骸困苦。
> 水注腹腫。受大苦惱。身體羸瘦。**臂脛**纖細。痿黃少色。
> (《佛本行集經‧道見病人品第十八》)

「臂腳」見於醫書如例 10 描寫霍亂傷寒病貌「臂腳」手腳僵直。佛
經亦有書例，如例 11 述悉達太子捨家向道之時，見四周宮女「臂
腳」手腳垂地不動，睡得非常沉。由上各例可見「臂」與下肢的各種
組合，若是單純指稱身體部位時均為渾言「手腳」之義。

> 10. 轉筋為病，其人**臂腳**直，脈上下行，微弦，轉筋入腹，雞
> 屎白散主之。(《新刊王氏脈經‧平霍亂轉筋脈證第四》)
> 11. 太子徐起。聽妻氣息。視眾伎女。皆如木人。百節空空。
> 譬如芭蕉。中有亂頭狇鼓。委擔伏琴。更相荷枕。**臂腳**垂
> 地。鼻涕目淚。口中流涎(《佛說太子瑞應本起經卷上》)

值得注意的是這些「臂」的組合多出自醫書與佛經，若有中土文獻用例，也是南方文獻。可見其偏於口語性質。

6.1.2.2　引申義

至於「臂」組合的引申用法僅有「股臂」與「臂肩」兩處。例 1 以身體器官比喻地理形勢，稱失去漢中如同割去蜀之「股臂」手腳。「臂肩」乃「臂肩為約」義為「盟誓」，古代有割臂歃血為盟的作法例詳見 3.3 節。

> 1.（黃）權進曰：「若失漢中，則三巴不振，此為割蜀之股臂也。」（三國志・蜀書・黃權傳）)

「臂」為去聲，雙音組合大抵依照音序排列。與上聲居後有「手臂」；與去聲則參上下義序有「臂腕」、「臂脛」；與入聲則居前有「臂膊」、「臂胛」、「臂腳」。然亦有異序之「肘臂」、「臂肘」與「股臂」、「臂股」，或依音序或照義序排列。

6.1.3　肘

《說文》：「肘，臂節也。」指手臂關節處，與「肘」組合的有上肢的「臂」、「腕」與下肢的「膝」、「足」，均為單純身體部位意義。在雙音組合中與「腋」組合的「肘腋」詞頻最高，且除了單純部位意義之外，還有引申用法。以下則分組討論之。

6.1.3.1　單純身體部位義

單純表部位義組合者，與上肢組合的「臂肘」與「肘臂」例見

6.1.2.1 節。「肘腕」僅有例 1 醫書一例：記救中惡猝死的人，以繩子圍住手腕手肘然後拉到背後垂下灸繩可治。

> 1. 又方：以繩圍其死人肘腕，男左女右，畢伸繩從背上大槌度以下，又從此灸橫行各半繩，此法三灸各三，即起。（《葛仙翁肘後備急方·救卒中惡死方第一》）

與下肢組合則有「肘膝」出現於三類文獻中，如例 2 梁元帝蕭繹自言讀書甚勤至於「肘膝」手肘膝蓋胼胝。例 3 醫書例記中水病嚴重程度，若是只有手腳指頭冰冷沒有過「肘膝」手肘膝蓋的話病況算是一般，若是冷到了手肘膝蓋就很嚴重了。例 4 見於佛經，陳波旬魔王恐怖軍容有削手足以「肘膝」手肘膝蓋爬行的魔軍。

> 2. 臥讀有時至曉，率以為常。又經病瘡，**肘膝**爛盡，比以來三十餘載，泛玩眾書萬餘矣。（《金樓子·自序篇》）
> 3. 又云，中水病，手足指冷，即是，若暖非也，其冷或一寸，極或竟指，未過**肘膝**一寸淺，至於肘膝為劇。（《葛仙翁肘後備急方·治卒中溪毒方第六十四》）
> 4. 或飲融銅。或吞鐵丸。或削手足**肘膝**而行。（《佛本行集經·向菩提樹品中》）

也有與「足」組合的「肘足」，如例 5 以智伯故事戒失言。事見《戰國策》記智伯沾沾自喜於可以水攻他國時，同席的韓子魏子互相警戒：「魏桓子肘韓康子，康子履魏桓子，躡其踵。肘足接於車上，而智氏分矣。」即此處之「躡其肘足」出處，互相以手肘及腳偷偷提醒對方。

5. 明者慎言，故無失言；闇者輕言，自致害滅。昔智伯失言於
水灌，韓魏躡其肘足（《劉子新論·慎言》）

此外，「肘腋」也有單純表身體部位的例子：例 6 敘述忠直之士
戴就在嚴刑之下仍不為所動，受炮烙刑挾鐵斧頭於「肘腋」手肘腋下
時尚且對獄卒說盡量燒熱，不要讓斧頭冷掉了，以示其不屈。例 7 記
導引之法存想日光從手臂到肘腋之間燃燒洞明。

6. 就慷慨直辭，色不變容。又燒鎘斧，使就挾於肘腋。就語獄
卒：「可熟燒斧，勿令冷。」（《後漢書·戴就傳》）
7. 使日光赤芒，從臂中逆至肘腋間。良久，日芒忽變成火，以
燒臂，使內外通帀洞徹。（《上清握中訣卷中》）

6.1.3.2　引申義

除了上述身體部位義之外「肘腋」最常用引申意義。以「肘腋」
近身體比喻近處。又多用於變亂發生之近處。如例 1「生變於肘
腋」、例 2「害起肘腋」、例 3「肘腋之虞」、例 4「釁發肘腋」、例 5
「禍生肘腋」各例之中無論是「變」、「害」、「虞」、「釁」、「禍」都是
指發生負面變化。《教育部重編國語辭典》：「肘腋」條已經提及此
點：「手肘和腋窩。比喻最接近的地方，多用於禍害的發生。」然則
未細究何以肘腋近處，往往有禍害發生之意。所謂禍害實為負面變
動。以身體近處來看四肢應無分軒輊，何以只取「肘」「腋」為喻？
是以應將重點放在關節處看，「肘」與「腋」為肘關節肩關節處，除
了近於身體之外，相較於膝或是股關節，更有能夠自由轉動變換方向
的作用，能夠自由變動便是「肘腋」一詞深層的含意。若以身體喻為

主權而言，則變動往往會更換與主體不同的相對位置，因此「變動」
而產生了負面的意義，此所以「肘腋之變」往往有負面含意之故。

1. 亮答曰：「主公之在公安也，北畏曹公之彊，東憚孫權之
   逼，近則懼孫夫人生變於肘腋之下。(《三國志‧蜀書‧法正
   傳》)

2. 亦豈不以寇發心腹，害起肘腋，疾篤難療，瘡大遲愈之故
   哉。(《全上古三代秦漢三國六朝文‧全晉文‧江統‧徙戎
   論》)

3. 而災變屢見，憂懣不安，或數日不食，或不寢達旦。歸咎
   群下，喜怒乖常，謂百僚左右人不可信，慮如天文之占，
   或有肘腋之虞。(《魏書‧太祖道武帝本紀》)

4. 但魯元外類忠貞，內懷姦詐，而陛下任以腹心，恐釁發肘
   腋。臣與魯元生為怨人，死為讎鬼，非以私故，謗毀魯
   元。(《魏書‧安原傳》)

5. 上協蒼靈之慶。下昭后祇之錫。而禍生肘腋。釁起蕭牆。
   白獸噬驂。蒼鷹集殿。(《全上古三代秦漢三國六朝文‧全
   後周文‧武帝‧追尊孝閔帝詔》)

　　由近處也引申有「親信之人」之義，此親信之人也往往造成負面
變動。例 6 孫紹憂慮朝中「肘腋」親信之人叛變則大勢已去。例 7 為
阿育王設計勸弟向道，佯作發怒時之語，此處「肘腋」喻指王弟為其
親信之人而今乃叛離。

6. 臣今不憂荒外，正慮中畿，急須改張，以寧其意。若仍持
   疑，變亂尋作，肘腋一乖，大事去矣。(《魏書‧孫紹傳》)

7. 夫人有福四海歸伏。福盡德薄**肘腋叛離**。如我目察未有斯
　　變。然我弟善容誘吾伎女妻妾。(《出曜經·無放逸品第四
　　下》)

　　肘為上聲字，與其他身體詞組合大抵依照上去入的次第，如「肘腕」、「肘臂」、「肘腋」、「肘足」。但其中「肘膝」是依照先上肢後下肢的義序，又有「肘臂」之異序「臂肘」也違反音序。

6.2　下肢類雙音組合

6.2.1　足、腳

　　《說文》：「足，人之足也，在下，從止、口。」「腳，脛也。」《段注》：「(腳) 脛也。東方朔傳曰：『結股腳。』謂跪坐之狀。股與腳以卻為中。」由此看來足的本義為下肢的總稱，而以膝蓋為界，膝蓋以上為「股」即大腿；而膝蓋以下為「腳」即是「脛」小腿之義。然後來「腳」的意義逐漸擴大成了可以指稱整個下肢的意義，也就與「足」義不分，更進一步取代了「足」。黃金貴主編之《古代漢語文化百科詞典》(2016：266) 提到了「足」與「腳」的更替：「大概在六朝時期，『足』被『腳』代替，統稱人體下肢或特指腳掌，『足』和『腳』有了文白之別。」這個文白之別在雙音組合中更清楚呈現。

　　「足」的雙音組合樣式較少，其他身體詞組合方面集中於頭部身體詞有「首足」、「頭足」、「眼足」。例俱見於第二章。與上肢組合有「手足」、「足手」、「肘足」例見上節。與下肢組合僅有「腳足」。如例 1 記東方朔解釋草木精靈視看武帝「腳足」腳部，暗喻興建宮室已經足夠了，希望武帝停止砍伐樹木。例 2 說布施「腳足」腳部的功

德，具足成就進至道場的功德。此兩處的「足」在上下語境中也都有「足夠」「具足」的語義。

1. 陛下頃來頻興宮室，斬伐其居，故來訴耳。仰頭看屋，而後視陛下腳足者，願階下宮室足於此，不欲更造。帝乃息役。（《述異記卷下》）

2. 若持腳足以布施者。法足具成進至道場故。（《大集經・無盡意菩薩品》）

「腳」的雙音組合樣式豐富，新的樣式多半出現於醫書與佛經之中。與四肢以外的身體詞組合有「頭腳」、「脊腳」、「腰腳」，例各見上章。與上肢組合有「手腳」、「臂腳」例見上節。與下肢組合除上述之「腳足」外尚有「髀腳」如例 3 波旬魔王命女兒作姿弄態，露出「髀腳」大腿腳部誘惑人，想要阻礙悉達太子成道。與「膝」組合之「膝腳」與「腳膝」。如例 4 敘智積菩薩本生論難之智，可不離座位不動「膝腳」膝蓋腳部坐姿而論法令大眾得益。例 5《備急方》記治療「腳膝」腳部與膝蓋的風濕方。例 6 說梵志被劫盜的情況，賊人趁四下無人之際下手行搶打傷梵志「腳膝」腳部膝蓋。皆為單純兩義合併之身體部位義。

3. 十四在前跳躑。十五現其髀腳。十六露其手臂。（《佛說普曜經・降魔品》）

4. 不移其坐。亦不起立。不動膝腳。所說流滑義不差錯。聞者互然若冥睹明。（《大哀經・智積菩薩品第二十六》）

5. 《御藥院》治腳膝風濕，虛汗少力多疼痛及陰汗。葛仙翁肘後備急方八卷卷四治虛損羸瘦不堪勞動方第三十三

6. 人見斷絕。即奔走前。搗捶梵志。破傷腳膝。眼眩躄地。奪
　其財物。(《生經·佛說驢駝經》)

比較中古「足」與「腳」的雙音組合,「足」較少產生新的組合,僅
限與頭部及四肢的身體詞組合。其中的「首足」與「頭足」、「肘足」
也都見於上古西漢文獻中,如例 7 例 8。而「腳」在上古時並無雙音
並列詞例,到了中古新生多組雙音組合,比諸「足」的組合範圍寬,
可與頭部四肢以外的身體詞組合如「脊腳」、「腰腳」,與四肢組合也
多了「髀腳」、「膝腳」、「腳膝」等。值得注意的是這些組合都出於較
為口語的醫書與佛經之中。且均為單純身體部位義。

7. 法之生也,以輔義,重法棄義,是貴其冠履而忘其首足也。
　(《文子·上義》)
8. 且法之生也,以輔仁義,今重法而棄仁義,是貴其冠履而忘
　其頭足也。(《淮南子·泰族訓》)

再比較上節「手足」「手腳」情況,雖然三類文獻都有「手足」、「手
腳」用例,在單純部位義方面,「手足」一般文獻有 81 例、醫書類有
97 例、佛經類有 366 例。「手腳」則是在一般文獻出現 4 例、醫書類
2 例、佛經類 66 例。數量上以「手足」為多。至於引申義方面也只
有足的組合「頭足」「手足」有引申義用法。「手腳」尚無引申用法。
　　從上述資料看來,中古的「足」為常用詞,而「腳」則為新興的
常用詞,兩者出現詞頻都已超過一千。然「足」的使用在舊詞方面逐
漸深化而有引申義;「腳」則在口語方面逐漸顯露頭角。若全面觀察
「足」與「腳」更能見出此類文白區別。如日用器物或是動物用
「腳」稱之,如例 9 之「車腳」、例 10 之「床腳」、例 11 之「狗腳」

而在表示禮敬的稽首禮節時便不用口語的「腳下」而用「足下」，如例 12。可見兩者區別於一斑。

9. 荀勖嘗在晉武帝坐上食筍進飯，謂在坐人曰：「此是勞薪炊也。」坐者未之信，密遣問之，實用**故車腳**。（《世說新語・術解》）

10. 乃試以諸毒藥澆灌之，并內藥于鱉口，悉無所動，乃係鱉于**床腳**。（《搜神後記・馬溺消痕》）

11. 文襄怒曰：「朕！朕！**狗腳**朕！」文襄使季舒毆帝三拳，奮衣而出。（《魏書・孝靜帝紀》）

12. 閻浮提中所有四眾渴仰如來思見聞法。頻婆娑羅王波斯匿王及四眾等稽首**足下**。（《大般涅槃經・師子吼菩薩品》）

「足」與「腳」都是入聲，又處全身之底部，無論音序或是義序都是居後，基本上「足」與「腳」的雙音組合也都如此：「首足」、「頭足」、「眼足」、「手足」、「肘足」「足」皆居後；「頭腳」、「脊腳」、「腰腳」、「手腳」、「臂腳」、「髀腳」、「膝腳」「腳」亦居末。唯「足手」、「腳膝」異序，且出於口語性質高之文獻。

6.2.2 股

「股」指稱範圍從與髖骨連接的部份到膝蓋以上的大腿部份。《說文》：「股，髀也。」「髀。股也。」看似互文，然則「髀」與「股」細分則偏重範圍有別，《段注》有詳細分辨。《段注》：「骨部曰。髀、股外也。言股則統髀。故曰髀也。」細分的話「髀」是指大腿骨與髖關節相連接的部位，也包含在大腿部位，所以段玉裁說

「股」是包含了「髀」，不細分的話也可以說「股，髀也。」「股」與
「脛」的分別也有渾言析言之別，王念孫《廣雅疏證‧釋親》說：
「凡對文，則膝以上為股，膝以下為脛。小雅采菽箋云：脛本曰股是
也。散文則通謂之脛」。是以股上可以統髀，下可以統脛，即腳部
義。在雙音組合中，常為此統稱用法。

　　「股」的雙音組合在單純部位義方面，與其他身體詞組合者有
「肩股」與「脊股」，蓋以相對位置與連接取材。兩肩與兩股為身體
上下相對之位置；而脊盡則繼之以股，故有雙音組合例，俱見上文。
其餘則皆為上下肢之組合，「臂股」、「股臂」例見 6.1.2 節。與上肢組
合還有「股肱」一詞，用作部位義時見例 1 例 2，均為描述彎弓射箭
時的姿態。與下肢之組合有「股髀」、「膝股」與「股膝」。例 3「股
髀」指大腿與髀部之間為火焰所燒傷，例 4 與 5 見於醫書。所以有
「股膝」與「膝股」排序之別，概依描述走向不同所致：或由上而下
則言「股膝」，由下而上則語「膝股」。

1. 《禮‧王制》云：「**贏股肱**。」鄭注云：「謂攐衣出其臂
　　脛。」今書皆作攌甲之攌。（《顏氏家訓‧書證篇十七》）

2. 王乃彎弓攌矢，**股肱勢張**。舅遙悚懼播徊迸馳。（《六度集
　　經‧忍辱度無極章》）

3. 琰**股髀**之間，已被煙焰。服闋，除邵陵王左軍諮議，江夏王
　　錄事參軍。（《南齊書‧傅琰》）

4. 脣青，強立，**股膝**內痛厥，足大指不用。（《新刊王氏脈經‧
　　脾足太陰經病證第五》）

5. 足太陰之脈，起於大指之端，循指內側白肉際，過核骨後，
　　上內踝前廉，上腨內，循脛骨後交出厥陰之前，上循**膝股**內
　　前廉，入腹屬脾，絡胃，上膈，俠咽，連舌本，散舌下。
　　（《新刊王氏脈經‧脾足太陰經病證第五》）

　　具有引申義用法者有「股臂」、「股肱」與「股掌」。「股臂」以喻地理形勢例見 5.1.2 節。「股肱」取義於上臂與大腿為四肢中最強大的部位，可以輔助身體運動，因此有「輔佐」之義，早在上古即為一複合詞。如《左傳昭公九年》所言：「君之卿佐，是謂股肱。」國君之大臣就是股肱，此「股肱」為輔佐大臣之義。至中古時沿用此「輔佐」義之「股肱」已為一常用詞，除了名詞用法也有動詞用法。例 6「股肱」用作主語為名詞。例 7 用作述語為動詞。

> 6. 對酒歌，太平時，吏不呼門。王者賢且明，宰相股肱皆忠良，咸禮讓，民無所爭訟。三年耕有九年儲，倉穀滿盈，斑白不負戴。(《宋書‧樂志》)
>
> 7. 銜命在州，十有餘年，寶帶殊俗，寶玩所生，而內無粉黛附珠之妾，家無文甲犀象之珍，方之今臣，實難多得。宜在輦轂，股肱王室，以贊唐虞康哉之頌。(《三國志‧吳書‧陸胤傳》)

「股掌」則有掌控之引申義，此詞上古時便有。《國語‧吳語》：「大夫種勇而善謀，將還玩吾國於股掌之上，以得其志。」申包胥勸諫吳王越有不良居心，將玩弄吳於股掌之上，此描寫坐而把玩物品的形象，被把握之物正處於掌控者之「股」大腿與「掌」手掌之上，因此「股掌」遂有「掌控」之引申義。如例 8 高澄勸侯景翦除王思政、韋法寶等稱其性命在侯景「股掌」掌握之中。

> 8. 今王思政，韋法寶等，孤軍偏將，遠來深入，然其性命，在君股掌，若欲刺之，想有餘力，若能擒翦，肆諸市朝，即加寵授，永保疆場(《全上古三代秦漢三國六朝文‧全北齊文‧文襄帝‧與侯景書》)

　　「股」為上聲又屬於下肢，雙音排序大抵須參照音序與義序，如符合兩者平聲在前肩亦居上之「肩股」。若是兩相牴牾則或有異序，如符合音序之「膝股」、「股臂」與符合義序之「股膝」、「臂股」；或者有遵義序之「脊股」。較為特別者則為違反義序之「股掌」與違反音序與義序之「股肱」，此兩詞多引申義，蓋有別義之用。

6.3　小結

　　本類身體詞多能兩兩互組，是同為四肢之故。上肢可以互組如「手臂」、「臂肘」、「肘臂」、「臂腕」、「肘腕」、「肘腋」等，下肢互組如「腳足」、「臂腳」、「膝腳」、「腳膝」、「股髀」、「股膝」、「膝股」等。也有上下肢互組如「手足」、「足手」、「手腳」、「手膝」、「臂股」、「股臂」、「臂脛」、「臂腳」、「肘膝」、「肘足」與「股肱」等等。都是以類相從的組合。其中以「手」的組合力最強，可與各類的身體詞組合如「頭手」、「身手」與「手髮」等等，其組合之引申義亦多。如表示武藝功夫的有「身手」、「手臂」。表示能力的可與其他五官與心組合如「口手」、「目手」、「心手」。此與心的組合類似，表示心之能力而能與其他身體詞組合除了「心手」之外還有「心目」、「心眼」、「心耳」、「心口」、「口心」等。顯示表示五官作用能力與心之思維與手之實作的密切關聯。

　　具有親近者引申義的有「肘腋」與「手足」，而取義引申略有不同。「肘腋」以近於身體之義引申為近處親近之人。而「手足」則以四肢與身體皆為一體以比喻父子、兄弟乃至大臣為親近之人。其中「大臣」義的組合除了「手足」之外，最常用者為「股肱」。由此可見身體詞的組合情況。可以是多詞同引申義，如「手足」、「股肱」都可引申為「大臣」、「手足」與「肘腋」都有親近之人表示兄弟的引申

義。此外，當然也有一詞多義的情況，如「肘腋」由與身體鄰近而言有「近處」的引申義，更進一步引申為「親近之人」的兄弟。本類引申義仍多出於一般中土文獻，佛經中僅有表示武藝的「身手」與表示兄弟義的「肘腋」。

6.1.1　手統計表格

		部位	能力	功夫	親近	安身
頭手	一般	1				
	佛經	2				
手面	一般	1				
	醫書	1				
	佛經	3				
手口	一般	1				
口手	一般		1			
目手	一般		1			
身手	一般	2		2		
	佛經	3		2		
心手	一般		3			
	佛經		1			
手髮	佛經	1				
手臂	一般	1		1		
	醫書	1				
	佛經	10				
手足	一般	81			5	22
	醫書	97				
	佛經	366				
足手	一般	2				
手腳	一般	4				
	醫書	2				
	佛經	66				
手膝	佛經	1				

6.1.2　臂統計表格

		部位	地理	盟誓	功夫
臂肩	一般			1	
肩臂	佛經	12			
臂髆	佛經	1			
臂胛	一般	2			
手臂	一般	1			1
	醫書	1			
	佛經	10			
臂肘	佛經	8			
肘臂	醫書	1			
臂腕	醫書	2			
	佛經	1			
胸臂	一般	1			
腰臂	佛經	1			
臂股	醫書	1			
股臂	一般		1		
臂脛	一般	3			
	佛經	2			
臂腳	醫書	2			
	佛經	2			

6.1.3　肘統計表格

		部位	近處	親近之人
肩肘	佛經	2		
臂肘	佛經	8		
肘臂	醫書	1		
肘腕	醫書	1		
肘腋	一般	2	13	1
	醫書	1		
	佛經			1
肘膝	一般	1		
	醫書	1		
	佛經	1		
肘足	一般	1		

6.2.1 足統計表格

		部位	親近	安身	性命
首足	一般	3			2
頭足	一般	4			1
	醫書	4			
	佛經	12			
眼足	一般	1			
手足	一般	81	5	22	
	醫書	97			
	佛經	366			
足手	一般	2			
肘足	一般	1			
腳足	一般	3			
	佛經	12			

6.2.1　腳統計表格

		部位
頭腳	一般	2
	佛經	2
脊腳	醫書	1
腰腳	一般	1
	佛經	8
手腳	一般	4
	醫書	2
	佛經	66
臂腳	醫書	2
	佛經	2
髀腳	佛經	1
腳足	一般	3
	佛經	12
膝腳	佛經	1
腳膝	醫書	1
	佛經	1

6.2.2 股統計表格

		部位	地理	輔佐	掌控
肩股	一般	1			
脊股	醫書	1			
股肱	一般	1		195	
	佛經	1			
臂股	醫書	1			
股臂	一般		1		
股掌	一般				5
股髀	一般	1			
股膝	一般	1			
膝股	一般	1			

第七章
結論

　　經過上述對中古雙音並列身體詞全面的分析研究之後，在並列組合的類型、組合力強弱、先後排序、引申義的類型以及南北詞彙差異上，皆可尋繹中古詞彙相關規律，以下分節陳述之，並展望未來發展方向。

7.1　雙音並列組合之規律與特色

　　從詞彙組合面向總結中古雙音並列身體詞，可以從三個方面來看：首先討論雙音組合的兩個詞屬於何類詞，是否只限於同類身體詞，各類與其他類別間關係如何，哪些詞能夠跨類。接著觀察這兩詞間有何關聯，有哪些內在規律使之組合。最後則是兩詞的排序孰先孰後，依循何種規律，若有兩個以上規律則規律之間是否有強有弱。

7.1.1　組成成分類別

　　就組合成份而言，先從最大的範圍看身體詞是否可與其他詞彙組合，其次是五大類之組合情況、最後聚焦於個別詞是否有組合力強弱之別。

　　觀察身體詞的雙音並列組合幾乎都是兩兩身體詞互組，如「頭面」、「眼目」、「咽喉」、「胸腹」、「心肝」、「手足」一類，罕有與其他詞彙組合的情況。少數幾例為「胸」、「喉」與「膽」，前兩者有與衣

襟組合的「胸襟」、「喉襟」，仍是「胸部」與「喉部」與「衣襟」的並列。至於「胸」可與「懷」、「藏」與「情」的組合則已經有以胸的引申義「容器」與「情緒」義與它詞組合，有「胸懷」、「胸藏」與「胸情」。「膽」的組合最為特別，罕見與其他身體詞的組合，但是有許多以引申義「勇敢定力」與其他名詞的組合，如「志膽」、「神膽」、「魂膽」、「膽勇」、「膽力」、「膽烈」等等。

若就頭面五官等五類而言，各類中以本類互組的雙音組合是最常見的，至於跨類方面則各自有別。以比例方式[1]呈現說明如下：

表1　頭面五官類與各類組合比例

	頭面五官類	肩頸咽喉類	身體軀幹類	五臟六腑類	手足四肢類
頭面五官類	82%	4%	2%	4%	**8%**

雖然五大類均以本類組合佔最大比例，然以頭面五官類的百分之八十二最高，雖與其他類別均可組合，然以本類互組最夥，主要原因有三，其一在於頭面五官類具有詞彙更替現象者最多，除新舊詞可以互組如「元首」、「頭首」、「眼目」、「目眼」；也有分別與新舊詞組合之情況如「頭目」、「頭眼」、「頭面」、「面頭」、「首面」、「面首」、「面目」、「面眼」、「耳目」、「耳眼」、等。其次則因「頭」與「面」組合以本類居多，如「頭額」、「頭耳」、「頭齒」、「頭頰」、「面耳」、「鼻面」、「口面」、「面齒」、「面額」、「面頰」多見單純部位義。其三則耳目五官類亦多互組，如「耳鼻」、「鼻耳」、「口鼻」、「鼻口」等，是以

---

[1] 統計數字不分組合詞前後，因此以比例呈現更能顯示跨類之間的差異。統計比例為免失真過多先將超過百例以上無引申義的組合剔除，如「頭面」單純義之1121例、「手足」單純義之366例。計算到小數點後第二位並四捨五入之。

本類互組所佔比例最高。

表2 肩頸咽喉類與各類組合比例

	頭面五官類	肩頸咽喉類	身體軀幹類	五臟六腑類	手足四肢類
肩頸咽喉類	34%	56%	4%	0	5%

　　肩頸咽喉類除了本類互組之「頸領」、「項領」、「頸項」、「項頸」、「咽頸」、「喉頸」、「咽喉」、「喉咽」與「肩項」外，最常與頭面五官類組合。主要是因為頭與頸部上下相鄰，如「首領」、「頭領」、「頭頸」、「頭項」等。

表3 身體軀幹類與各類組合比例

	頭面五官類	肩頸咽喉類	身體軀幹類	五臟六腑類	手足四肢類
身體軀幹類	9%	3%	57%	29%	3%

表4 五臟六腑類與各類組合比例

	頭面五官類	肩頸咽喉類	身體軀幹類	五臟六腑類	手足四肢類
五臟六腑類	18%	0	23%	58%	1%

　　軀幹類與臟腑類，除了各自本類詞組合外，互為常用之跨類組合。主要原因則是因為兩者有軀幹包藏臟腑之涵蘊關係。如「胸心」、「胸肝」、「腰腎」、「腹腸」、「腸腹」等。

表 5　手足四肢類與各類組合比例

	頭面五官類	肩頸咽喉類	身體軀幹類	五臟六腑類	手足四肢類
手足四肢類	**23%**	2%	2%	0	74%

　　手足四肢也是較為封閉的一類，多為本類互組：上下肢可以兩兩互組如「手臂」、「臂肘」、「臂腕」、「肘腋」、「膝腳」、「腳膝」等。也可以上下互相組織如「手足」、「手腳」、「臂股」、「股臂」、「肘膝」等。其次則是與頭面五官的組合，除了下文提及之「手」組合外，常見為最頂之頭部與最末之腳部之互組，如「首足」、「頭足」、「頭腳」等。

　　若更聚焦於單詞，可以發現有些詞的跨類組合力很強，每類大概都有一二能夠跨類組合詞，這些詞往往也有較多的引申義。如頭面五官類的「口」除了本類的各項組合外，有跨類的「口腹」表飲食義、「身口」、「心口」、「口手」表各種能力。肩頸類則有「肩」之「臂肩」表盟誓、「肩髀」可喻地理。「喉」的跨類組合更多，如「喉唇」、「喉舌」表示言語、大臣義、「喉襟」表示重要事物。軀幹類的「胸」之「心胸」、「胸心」、「胸肝」、「胸腑」等表示容器、想法、心情等引申義。臟腑類則以「心」的組合最多，心與頭面五官組合多有能力義如「心口」、「口心」、「心鼻」、「心耳」、「心目」、「心眼」乃至有記憶義之「心首」。與軀幹類組合多有思想、心情之引申義如「心胸」、「胸心」、「心膂」、「心腹」、「腹心」等，與四肢類也有表能力的「心手」之組合。四肢類則是「手」的組合力最強。有表示能力之「口手」、「目手」、「心手」；表示武藝之「身手」等。

　　再考量更替關係，則單詞復有不同的分工，如「頭」更替「首」，在雙音組合的表現上可以清楚看到「首」的雙音組合有較多

的引申義，如「首目」的條目義、「面首」的後宮男子義、「心首」的記憶義等；而「頭」的組合較為多樣如「頭額」、「頭齒」、「頭耳」、「頭頰」與跨類之「頭頸」、「頭項」、「頭腹」、「頭背」、「頭手」、「頭腳」等都是「首」沒有的雙音組合。

7.1.2　組合關係

在兩兩身體詞組合方面，哪些身體詞可以一起並列是有跡可循的。可以歸納為同義、鄰接、領屬、同類四種關係。

首先是同義近義可以一起並列，依照同義近義的產生還可以分為三類型：有因詞彙更替而有新詞舊語，新舊詞有一段並存時期，因之可以並列組合。如「元首」、「頭首」；「顏面」、「面顏」；「眼目」；「頸領」、「項領」。或者有通語方言關係如通語的「頸」、「項」與齊人方言之「脰」可組合為「頸脰」、「項脰」。或者是有部位前後範圍大小分別的兩個詞。此類都是渾言無分析言有別的詞彙，如全口之「齒」與犬齒之「牙」組合「牙齒」、「齒牙」；前「頸」後「項」之「頸項」、「項頸」；食道之「咽」與氣管之「喉」與統攝食道氣管之「嗌」亦能相互組織成「咽喉」、「喉咽」、「喉嗌」；統言下肢之「足」與小腿之「腳」則有「腳足」之組合。

其次是因鄰接關係而組合者，在身體詞中因為這樣的關係而組合的相當多，乃身體詞之特色。頭部與頸部相連有「首領」、「頭領」、「頭頸」、「頭項」。五官亦相毗連有「眉目」、「眉眼」、「眉額」、「眉睫」、「唇齒」、「舌齒」、「齒舌」、「口鼻」。項與背系聯有「項背」、「項脊」、「項臀」等。肩與頸項、胸部、手臂俱有連屬，故有「肩項」、「肩胸」、「肩臂」、「臂肩」、「肩胛」、「肩膊」。胸部與手臂腹部連接有「胸臂」、「胸膊」、「胸腹」例。內臟類相近者如「肝膽」，因

此而生引申義。四肢亦不缺鄰接之例如上肢「臂膊」、「臂胛」與「臂肘」；下肢「股髀」、「股膝」與「膝股」等。五大類都有因鄰接關係而產生之組合，可見此為身體詞常見組合方式。

領屬包含關係也常常有並列的組合，如頭部包含面部與五官有「面首」、「首面」、「面頭」、「頭面」、「首目」、「頭目」、「頭眼」、「頭耳」、「頭齒」、「頭額」、「頭頰」。面部亦含五官額頭臉頰故有「面目」、「面眼」、「面耳」、「鼻面」、「口面」、「面額」、「面頰」等，至於身體軀幹含藏五臟六腑本就是關係密切的兩類，有「胸心」、「心胸」、「腹腸」、「腸腹」等組合。

同類關係中，上述本類相互組合已有不少例子，如頭面類之「口目」、「眼齒」；肩頸類之「咽頸」、「喉頸」；軀幹類之「胸背」、「腰脊」；臟腑類的各項組合「心肝」、「脾肺」、「膽腎」、「腸胃」；四肢類之「股肱」、「手足」、「肘腋」等。此外也有因功能關聯同類如「喉舌」、「喉唇」、「口腹」。或是性質相類之毛髮如「眉髮」、「眉髭」、「髭眉」等，凡此可見同類亦屬雙音並列組合之內在組合規律之一。

7.1.3　先後排序

至於排序問題，周玟慧（2012a:129）整理分析前人說法有語音、意義與習慣等因素影響排序。簡言之並列組合最終的排列為音序與義序的競爭結果，習慣則體現於別義，雖無法決定大局，卻也有一二異軍突起，具有一定影響力。就身體詞組合而言，除了以音序的平上去入為潛在規則外，義序排列也是不可忽略的因素。總體而言，若能符合音序義序者數量最多，若是音序義序有所牴觸則須約強弱而定，或依音序或照義序，甚且有異序產生，不同詞有不同的表現。以強弱而言，在音序方面，平聲詞與入聲詞力量較強，故平聲多居前而

入聲多居後，上聲去聲則強制力不及平聲入聲。身體詞的義序以上下與大小包含為考量，位置居上以及範圍較大者多處前位。如「頭」、「首」為人體最上之頭部，義序則居前。如「腹」範圍較「心」大則有「腹心」，「口」範圍較「唇」大則有「口唇」，此為強義序。在身體詞一類中，若無上下或包含關係則義序力量亦不彰顯，屬於弱項。

　　從實際組合來看，若音序義序相合，則排序多依照次第，舉例而言，平聲字及身體位置在上的居前位，如「頭」在前之「頭項」、「頭背」、「頭手」。入聲字且身體位置在末的居後位，如「足」在後之「首足」、「眼足」、「手足」。它如「眉眼」、「眼足」、「口腹」、「肝膽」、「心肺」、「手腳」也都同時符合音序與義序。此類組合多無異序結構，可見其穩定程度。由於音序義序相合為強排序，如果違反此一序列必然有特殊意義，則屬於習慣所致。如「股肱」一語中，平聲且屬於上肢的「肱」反在上聲義屬下肢的「股」之後，違反音序與義序，正因為此語「股肱」有輔佐大臣之引申義；又如「臂肩」一語中，平聲「肩」居後亦違反排序，此語亦有盟誓之引申義。由此可見，不同尋常的排序可以突顯出引申意義。

　　若同音則或考慮義序，如「額舌」均為入聲，則以處上之額居前位。然則義序時或不顯，因此也往往有異序產生，如「咽喉」、「喉咽」；「心肝」、「肝心」、「心胸」、「胸心」等等，可見意義在排序上不及聲音排序影響重大。此一情況在音序與義序相衝突更為明顯，組合或以音序為主，或者往往有異序產生。前者如「眉額」、「心首」；後者如「眉髮」與「髮眉」、「鼻目」與「目鼻」、「心口」與「口心」、「心腹」與「腹心」等，往往符合音序的數量多過符合義序，可見音序的力量還是超過義序。主要是聲音感受較為直觀，聽覺上馬上有和諧與否的感受；而語義還須經過一番邏輯思辨，因此排序時不及聲音影響大。

7.2 引申義

　　論及身體詞並列組合的引申類型，有一詞多義與一義多詞的情況。就單詞觀察一詞多義，有取義不同與多次引申等情況。而多詞一義的情況除了同屬大類的身體詞有共同引申方向之外，有一些引申義則是身體詞常見而成規律者。以下分別陳述之。

　　先就一詞多義的情況來說，可概分為兩大類。或是點散狀地取義不同；或是鍊結式地引申後復有引申。取義不同如「首領」，取義於重要為首義時則有「領導者」之意；若取義於身體不可分割之部份時則有「性命」之義。又如「眉睫」，若取義於人的表情則有看人「臉色」之義；若取義於鄰近眼睛則有「近處」之義。或者如「唇齒」、「唇吻」，取義於出則有「言語」義，取義於入則有「飲食」義。一詞多義還有一種情況是由一個引申意義可以繼續深入或是引申出新的意義。有引申義縮小，如「面首」有「面貌長相」之義，由面貌義引申出「面貌美好男子」之義，更由此引申出「女主後宮男子」之義，由面貌縮小到只有年輕男子意義更縮小到限定於女主後宮義。與之相反的也有引申義擴大的例子，如「肺腑」由王室姻親關係擴大到不限於姻親的親近關係。也有引申轉換的如喉舌由身體部位引申為言語，又轉成掌管言語的大臣，「喉唇」也有同樣的引申發展情況。

　　至於多詞一義，則是同樣的意義有不同的組合表達。一是各類特色，還有部份則是身體詞所共同具備的引申理據。

　　在各類特色方面，頭面五官類為人之面貌組成成份，有共同引申為「長相」者，如「頭額」、「面目」、「眉目」、「眉鬚」。頸項咽喉類為人體呼吸性命所繫，有共同引申為「軍事要地」義，如「咽喉」、「喉咽」、「喉嗌」、「項領」。臟腑類的組合深藏體內都有「想法」與「心情」的引申。「心肝」、「肝心」、「心脾」、「心腸」、「肺肝」、「肝

肺」、「肝脾」、「肝腸」、「心肺」、表情緒；「胸肝」、「腎腸」表想法；「肝膽」、「心膽」、「心腸」、「肺腸」兩屬有表思想也有表情緒之例。四肢類的引申義較少，然亦有同樣表示兄弟義之「手足」、「肘腋」；表示大臣義之「股肱」、「手足」。

其他不同類而有同樣引申義，則為身體詞之共性。身為性命所繫故有一類是表示性命的「首領」、「首腰」、「腰首」、「首足」、「頭足」。若從身體控制來看表示「領頭者」意義的組合，有頭的新舊詞組合如「元首」、「頭首」；也有鄰接關係的「首領」、「頭領」；也可以是頸部詞的組合如「項領」。從功能來看表示「言語」的有「唇舌」、「唇齒」、「頰舌」、「口舌」、「喉舌」、「牙齒」、「齒牙」、「口齒」、「齒舌」，都是發聲的器官組合。表示「飲食」則有「脣吻」、「唇齒」、「喉唇」、「喉舌」、「口腹」，增加了「腹」，也都是具備飲食消化相關功能的器官。

另有一類則是取義於位置關係。表示「近處」的有「眉睫」與「眉頰」。表示「密切關係」也往往由鄰接的兩身體詞引申而來如「唇齒」、「腹背」、「肝膽」。而「大臣」為一種「人際關係」也是常見的引申義：有頭面部的「耳目」與「喉舌」、「喉唇」；四肢類的「股肱」。跨類則有頭面與四肢組合之「爪牙」、「牙爪」；臟腑與軀幹組合之「心膂」、「心腹」、「腹心」；與四肢之「手足」與「股肱」都是指「大臣」之義。

7.3　南北異同

政治情勢也是影響語言的因素之一，正如目前兩岸對立致使日用詞彙有別：「土豆」一語在台為「花生」之義；然對岸「土豆」為「馬鈴薯」之義，因此本地的「薯條」、「薯片」在對岸便呼為「土豆

條」、「土豆片」，此種詞彙差異也存在於南北朝時期的南北通語中。從顏之推[2]的觀察可見南方多俗語北方多古語。然則詞彙浩如煙海，如何能找出古代南北差異，並非易事。雖前人有以文獻考據、比較研究等方法[3]嘗試找出南北詞彙異同，然則沒有成系統比較方法不免有入海算沙之嘆。筆者前此數篇著作[4]中已經發現一個研究南北詞彙異同的系統方法。設想東晉南渡之初，由北方南下之士族所使用通語與北方士族當相去不遠。然則變動不居的語言系統一旦分化為二時，便不可能永遠保持一致。兩地南染吳越北雜夷虜，日居月諸南北兩通語的樣貌必然漸次不同。若從詞彙遷流變化的部份便能見出南北異同，是以常用詞的更替演變現象便可作為研究詞彙差異的切入點。如周玟慧（2012a）比較了「首」與「頭」的相關組合、周玟慧（2012b）比較南北文獻中目-眼的詞彙更替、周玟慧（2017）研究面顏臉相關組合都可以發現北方多用古語；而南方已使用更替後的新詞。

在全面考察了中古身體詞的並列結構之後，在單純義與引申義及不同文獻的表現更能深入探討此一議題，證明詞彙更替是研究中古南北異同的最佳途徑。單純部位義與引申義有出現文獻之別。單純部位意義多出現於佛經與醫書；而中土文獻多是引申義。可見新的組合創造由較為口語性質的文獻開始使用，中土文獻的發展則是繼續新的引申。至於南北文獻的差異則可由詞彙的更替顯現出，更替後的新詞多出現於南方文獻與醫書佛經中，此可以證明南方文獻較多口語性的組

2　《顏氏家訓‧音辭》云：「共以帝王都邑，參校方俗，考覈古今，為之折衷。摧而量之，獨金陵與洛下耳。南方水土和柔，其音清舉而切詣，失在浮淺，其辭多鄙俗。北方山川深厚，其音沈濁而鈋鈍，得其質直，其辭多古語。然冠冕君子，南方為優；閭里小人，北方為愈。易服而與之談，南方士庶，數言可辯；隔垣而聽其語，北方朝野，終日難分。而南染吳、越，北雜夷虜，皆有深弊，不可具論。」

3　周玟慧（2012a：10-14）列舉整理前人說法。

4　周玟慧（2012a）、周玟慧（2012b）、周玟慧（2013）、周玟慧（2016）、周玟慧（2017）。

合。為顏之推南方多鄙俗之註腳。未來若能將此方法擴及研究各類詞彙之歷時更替，則能成系列呈現南北詞彙異同。

7.4　未來展望

有關身體詞的研究未來可以發展的空間很大，如可將此方法擴展於其他中古詞彙，如名詞類之天文地理、宮室建築；或是動詞之飲食烹調、行住坐臥等其他類型研究。亦可加強比較研究，如與現代漢語或是其他語言的身體詞比較。

若利用《教育部重修國語辭典》所記詞條義項比較中古元首頭腦類組合，可以發現中古身體詞組合與現代不同處。首先是並列組合的樣式大幅減少，許多中古的組合已經不見收錄，如「首面」、「首腰」、「腰首」、「心首」、「頭額」、「頭眼」、「頭耳」、「頭齒」、「頭頰」、「頭腹」、「頭背」、「頭身」、「頭手」、「頭腳」、「腦足」等，此正因雙音組合樣式豐富為中古詞彙特色之一，在雙音化嘗試期必然有多樣的雙音組合，然在語言經濟原則要求下勢必有所取捨，是以後代便無如此豐富多樣之雙音組合。其次是引申義也有消長變化：有一些中古意義消失，如「元首」之首要義[5]、「頭首」的單純部位義與為首者之義[6]等。然而也有新的意義產生，如「頭腦」中古除了單純部位義

5　《教育部重修國語辭典》元首條如下：1 一國最高的首長。在君主國家有國王，多為世襲的君主；共和國家則稱總統、主席等，大致由直接或間接選舉產生。唐・魏徵〈論時政疏〉：「凡百元首，承天景命，莫不殷憂而道著，功成而德衰。」2 開始。《晉書・卷一七・律曆志中》：「弗復以正月朔旦立春為節也，更以十一月朔旦冬至為元首。」3 人頭。《抱朴子・外篇・詰鮑》：「遠取諸物，則天尊地卑，以著人倫之體。近取諸身，則元首股肱，以表君臣之序。」

6　《教育部重修國語辭典》頭首條如下：第一。《醒世姻緣傳》第四六回：「這是我的個頭首孩子，那窮就不說得了；我如今也有碗飯吃，怎捨的把個孩子放在人家？」

之外僅有引申為性命之義，然則在後代已經衍生出許多新的義項[7]。雖辭典中仍有許多古代義項，然已能呈現出中古與現代之差異。未來可以現代漢語語料庫為研究材料來源，比較中古與現代之身體詞組合，當更能清楚詞彙組合與意義引申演變之歷程。

也可與其他語言的身體詞比較，如黃碧蓉（2012：8）提到：「Matisoff（1986）的又一傑作 "Hearts and Minds in Southeast Asian Languages and English" 是研究東南亞國家（緬甸、泰國等國）的語言如何運用內臟（「心臟」和「肝」）詞語描述內心情感的專文。歐（Oey, 1990）對馬來西亞語中人體詞語的研究結果也驗證了 Matisoff（1986）的發現，『內心活動不是發生在大腦裏，而是在心臟和肝中』。」在我們的研究中可以發現中古臟腑類的組合多有理性的「想

---

7 《教育部重修國語辭典》頭腦條如下：1 頭顱。《後漢書・卷七七・酷吏傳・序》：「若其揣挫彊執，摧勒公卿，碎裂頭腦而不顧，亦為壯也。」2 腦筋、思想。唐・杜牧〈自宣州赴官入京路逢裴坦判官歸宣州因題贈〉詩：「我初到此未三十，頭腦鈊利筋骨輕。」宋・范成大〈四時田園雜興詩〉六〇首之五八：「長官頭腦冬烘甚，乞汝青銅買酒迴。」3 頭緒、條理。如：「他辦事很有頭腦。」《醒世恆言・卷三七・杜子春三入長安》：「好幾日飯不得飽吃，東奔西趁，沒個頭腦。」4 首領、主腦人物。《紅樓夢》第五六回：「單你們有一百個也不成個體統，難道沒有兩個管事的頭腦帶進大夫來？」《九命奇冤》第一三回：「這裡又有聚仙館的林大有，他是個私販煙土的腦。」5 結婚的對象。《水滸傳》第八回：「萬望娘子休等小人，有好頭腦，自行招嫁，莫為林沖誤了賢妻。」《警世通言・卷一四・一窟鬼癩道人除怪》：「婆子道：『教授方纔二十有二，卻像三十以上人。想教授每日價費多少心神！據老媳婦愚見，也少不得一個小娘子相伴。』」6 理由、原因。《警世通言・卷二〇・計押番金鰻產禍》：「押番不知頭腦，走出房門看時，周三讓他過一步，劈腦後便剁。」《二刻拍案驚奇》卷一〇：「果然莫翁在莫媽面前，尋個頭腦，故意說丫頭不好，要賣他出去。」7 主顧。《醒世恆言・卷三七・杜子春三入長安》：「似這寸金田地，偏有賣主，沒有受主，敢則經紀們不濟，須自家出去尋個頭腦。」8 一種用肉與雜味配合的酒。《水滸傳》第五一回：「那李小二，人叢裡撇了雷橫，自出外面趕碗頭腦去了。」《金瓶梅》第九八回：「王六兒安排些雞子肉圓子，做了個頭腦，與他扶頭。」也稱為「頭腦酒」。

法」與感性的「情緒感受」,「心」與「肝」雖然是組合力較強的,卻不是唯一能夠描述內心情感的內臟,此與東南亞語言有別,可為研究之開端。

就中古漢語史研究而言,詞彙研究之所以晚於語音與語法,最主要是因為數量龐雜,很難像語音與語法研究一般能夠以簡御繁,得到系統的規律。不僅個別詞彙數量龐雜。每個詞彙還有不同的基本義與引申義。若加入時代因素詞義變化與詞彙更替,更是浩如煙海。詞彙研究絕非一人之力可以完成。若是能將此問題分切成不同片段,由不同研究者窮盡相關現象理出其中的規律,則如拼圖一般,集合眾人之力終可完成詞彙系統之研究。因此本書在時代上選擇了雙音化發展快速的中古時期。選材則由近取諸身的身體詞開始,為了觀察身體詞間的系聯選取了並列結構為研究對象,窮盡所有中古時期的雙音並列身體詞組合,找出其中詞彙組合與引申義的規律,並藉由詞彙更替討論中古時期的南北異同。以這樣的研究來看,詞彙雖然多如繁星,無法在一本書中得其全貌。然而千里之行,始于足下,集中一時一類的詞,全面完成分析研究,便能得到一些詞彙產生與發展的基本規律。透過全面地分類中古雙音並列身體詞組合,本書奠定一個堅實的基礎,由此進路逐漸擴及其他系列,未來將可以建構全面的中古詞彙史。

參考書目

一 古代文獻

（東漢）作者不詳　十一家註孫子（孟氏注）　據上海圖書館藏宋刊
　　　本排印　北京：中華書局　1962 年

（東漢）曇果共康孟詳　中本起經　《大正新修大藏經》　日本大正
　　　一切經刊行會　1934 年

（東漢）安世高　佛說女祇域因緣經　《大正新修大藏經》　日本大
　　　正一切經刊行會　1934 年

（東漢）安世高　佛說分別善惡所起經　《大正新修大藏經》　日本
　　　大正一切經刊行會　1934 年

（東漢）支曜　佛說成具光明定意經　《大正新修大藏經》　日本大
　　　正一切經刊行會　1934 年

（東漢）支婁迦讖　佛說阿闍世王經　《大正新修大藏經》　日本大
　　　正一切經刊行會　1934 年

（東漢）安世高　佛說阿難問事佛吉凶經　《大正新修大藏經》　日
　　　本大正一切經刊行會　1934 年

（東漢）安世高　佛說奈女耆婆經　《大正新修大藏經》　日本大正
　　　一切經刊行會　1934 年

（東漢）安世高　佛說罪業應報教化地獄經　《大正新修大藏經》
　　　日本大正一切經刊行會　1934 年

（東漢）安世高　佛說罵意經　《大正新修大藏經》　日本大正一切
　　　經刊行會　1934 年

（東漢）安玄共嚴佛調　阿含口解十二因緣經　《大正新修大藏經》
　　　日本大正一切經刊行會　1934 年
（東漢）安世高　道地經　《大正新修大藏經》　日本大正一切經刊
　　　行會　1934 年
（東漢）安世高　大比丘三千威儀　《大正新修大藏經》　日本大正
　　　一切經刊行會　1934 年
（三國）常爽　六經略注序　（清）馬國翰輯　《玉函山房輯佚書》
　　　經編五經總類　臺北市　文海出版社　1967 年
（三國）康僧會　六度集經　《大正新修大藏經》　日本大正一切經
　　　刊行會　1934 年
（三國）杜夷　杜氏幽求新書一卷　（清）馬國翰輯　《玉函山房輯
　　　佚書》子編道家類　臺北市　文海出版社　1967 年
（三國）諸葛覬　諸葛亮集　《諸葛武侯文集》
（三國）唐滂　唐子　（清）馬國翰輯　《玉函山房輯佚書》子編道
　　　家類　臺北市　文海出版社　1967 年
（三國）嵇康　嵇康集　《四部叢刊》初編藏江安傅氏雙鑑樓藏明嘉
　　　靖刊本《嵇中散集》　上海市　商務印書館　1929 年
（三國）作者不詳　神農本草經　（民國）嚴一萍　《百部叢書集
　　　成》影清嘉慶孫馮翼輯刊《問經堂叢書》本　臺北市　藝文
　　　印書館　1965 年
（三國）支謙　佛說阿彌陀三耶三佛薩樓佛檀過度人道經　《大正新
　　　修大藏經》　日本大正一切經刊行會　1934 年
（三國）阮籍　阮籍集　丁福保《全漢三國晉南北朝詩》（臺北市：
　　　藝文印書局，1962 年），嚴可均《全上古三代秦漢三國六朝
　　　文》影光緒二十年黃岡王氏校刊本（北京市：中華書局，
　　　1958 年）

（三國）王粲　王粲集　丁福保《全漢三國晉南北朝詩》（臺北市：
　　　藝文印書局，1962 年），嚴可均《全上古三代秦漢三國六朝
　　　文》影光緒二十年黃岡王氏校刊本（北京市：中華書局，
　　　1958 年）

（三國）蔣濟　蔣子萬機論　（清）馬國翰輯　《玉函山房輯佚書》
　　　子編雜家類　臺北市　文海出版社　1967 年

（三國）應瑒　應休璉集　丁福保《全漢三國晉南北朝詩》（臺北
　　　市：藝文印書局，1962 年），嚴可均《全上古三代秦漢三國
　　　六朝文》影光緒二十年黃岡王氏校刊本（北京市：中華書
　　　局，1958 年）

（三國）支謙　菩薩本緣經　《大正新修大藏經》　日本大正一切經
　　　刊行會　1934 年

（三國）支謙　撰集百緣經　《大正新修大藏經》　日本大正一切經
　　　刊行會　1934 年

（三國）文皇帝　曹丕集　丁福保《全漢三國晉南北朝詩》（臺北
　　　市：藝文印書局，1962 年），嚴可均《全上古三代秦漢三國
　　　六朝文》影光緒二十年黃岡王氏校刊本（北京市：中華書
　　　局，1958 年）

（三國）曹操　曹操集　丁福保《全漢三國晉南北朝詩》（臺北市：
　　　藝文印書局，1962 年），嚴可均《全上古三代秦漢三國六朝
　　　文》影光緒二十年黃岡王氏校刊本（北京市：中華書局，
　　　1958 年）

（三國）陳琳　陳琳集　丁福保《全漢三國晉南北朝詩》（臺北市：
　　　藝文印書局，1962 年），嚴可均《全上古三代秦漢三國六朝
　　　文》影光緒二十年黃岡王氏校刊本（北京市：中華書局，
　　　1958 年）

（三國）作者不詳　全上古三代秦漢三國六朝文（全三國文）　影光緒二十年黃岡王氏校刊本　北京市：中華書局　1958 年

（晉）徐邈　尚書　（古文尚書音）　（清）馬國翰輯　《玉函山房輯佚書》經編尚書類　臺北市　文海出版社　1967 年

（晉）弗若多羅共羅什　十誦律　《大正新修大藏經》　日本大正一切經刊行會　1934 年

（晉）鳩摩羅什　大莊嚴論經　《大正新修大藏經》　日本大正一切經刊行會　1934 年

（晉）僧伽提婆　中阿含經　《大正新修大藏經》　日本大正一切經刊行會　1934 年

（晉）孔氏　孔氏志怪　《魯迅全集》第八卷《古小說鉤沈》　上海市　魯迅全集出版社　1938 年

（晉）王獻之　王獻之集　張溥《漢魏六朝一百三家集》（新興書局影印本）

（晉）佛佗耶舍共竺佛念　四分律　《大正新修大藏經》　日本大正一切經刊行會　1934 年

（晉）竺法護　大哀經　《大正新修大藏經》　日本大正一切經刊行會　1934 年

（晉）竺法護　大寶積經密跡金剛力士會　《大正新修大藏經》　日本大正一切經刊行會　1934 年

（晉）竺法護　正法華經　《大正新修大藏經》　日本大正一切經刊行會　1934 年

（晉）竺法護　生經　《大正新修大藏經》　日本大正一切經刊行會　1934 年

（晉）作者不詳　全上古三代秦漢三國六朝文（全晉文）　影光緒二十年黃岡王氏校刊本　北京市：中華書局　1958 年

（晉）竺法護　佛說方等般泥洹經　《大正新修大藏經》　日本大正
　　一切經刊行會　1934 年

（晉）竺法護　佛說胞胎經　《大正新修大藏經》　日本大正一切經
　　刊行會　1934 年

（晉）竺法護　佛說普曜經　《大正新修大藏經》　日本大正一切經
　　刊行會　1934 年

（晉）竺法護　佛說離垢施女經　《大正新修大藏經》　日本大正一
　　切經刊行會　1934 年

（晉）鳩摩羅什　妙法蓮華經　《大正新修大藏經》　日本大正一切
　　經刊行會　1934 年

（晉）鳩摩羅什　大智度論　《大正新修大藏經》　日本大正一切經
　　刊行會　1934 年

（晉）摯虞　摯太常集　丁福保《全漢三國晉南北朝詩》（臺北市：
　　藝文印書局，1962 年），嚴可均《全上古三代秦漢三國六朝
　　文》影光緒二十年黃岡王氏校刊本（北京市：中華書局，
　　1958）

（晉）虞潭　投壺變　（清）馬國翰輯　《玉函山房輯佚書》子編藝
　　術類　臺北市　文海出版社　1967 年

（晉）郭璞　易洞林三卷補遺　（清）馬國翰輯　《玉函山房輯佚
　　書》子編雜占類　臺北市　文海出版社　1967 年

（晉）法炬共法立　法句譬喻經　《大正新修大藏經》　日本大正一
　　切經刊行會　1934 年

（晉）楊泉　物理論　（民國）嚴一萍　《百部叢書集成》影清嘉慶
　　孫星衍輯校《平津館叢書》乙集　臺北市　藝文印書館
　　1965 年

（晉）作者不詳　帝王世紀輯存十卷　一九六四年北京中華書局排
　　印本

（晉）竺法護　度世品經　《大正新修大藏經》　日本大正一切經刊
　　　行會　1934 年

（晉）作者不詳　晉諸公別傳　《叢書集成》初編本《九家舊晉書輯
　　　本》，據武英殿聚珍版書本排印　上海市　上海商務印書館
　　　1936 年

（晉）皇甫謐　高士傳　廣州鑑古書局縮印本

（晉）鳩摩羅什　眾經撰雜譬喻　《大正新修大藏經》　日本大正一
　　　切經刊行會　1934

（晉）竺法護　漸備一切智德經　《大正新修大藏經》　日本大正一
　　　切經刊行會　1934

（晉）郭璞　郭弘農集　丁福保《全漢三國晉南北朝詩》（臺北市：
　　　藝文印書局，1962 年），嚴可均《全上古三代秦漢三國六朝
　　　文》影光緒二十年黃岡王氏校刊本（北京市：中華書局，
　　　1958）

（晉）陸機　陸機集　《四部叢刊》初編影江南圖書館藏明正德覆宋
　　　刊本《陸士衡文集》　上海市　上海商務印書館　1929 年

（晉）傅咸　傅咸集　丁福保《全漢三國晉南北朝詩》（臺北市：藝
　　　文印書局，1962 年），嚴可均《全上古三代秦漢三國六朝
　　　文》影光緒二十年黃岡王氏校刊本（北京市：中華書局，
　　　1958 年）

（晉）曇無讖　悲華經　《大正新修大藏經》　日本大正一切經刊行
　　　會　1934 年

（晉）常璩　華陽國志　《四部叢刊》初編影烏程劉氏嘉業堂藏明錢
　　　叔寶寫本　上海市　上海商務印書館　1929 年

（晉）陶潛　搜神後記　《叢書集成》初編本，影《祕冊彙函》所收
　　　十卷本　上海市　上海商務印書館　1936 年

（晉）王叔和　新刊王氏脈經　《四部叢刊》初編影上海涵芬樓藏元
　　　廣勤書堂刊本　上海市　上海商務印書館　1929 年
（晉）葛洪　葛仙翁肘後備急方　正統《道藏》正乙部　臺北市　新
　　　文豐出版公司　1988 年
（晉）裴啟　裴子語林　（清）馬國翰輯　《玉函山房輯佚書》子編
　　　小說家類　臺北市　文海出版社　1967 年
（晉）劉琨　劉越石集　丁福保《全漢三國晉南北朝詩》（臺北市：
　　　藝文印書局，1962 年），嚴可均《全上古三代秦漢三國六朝
　　　文》影光緒二十年黃岡王氏校刊本（北京市：中華書局，
　　　1958）
（晉）竺法護　慧上菩薩問大善權經　《大正新修大藏經》　日本大
　　　正一切經刊行會　1934 年
（晉）潘岳　潘岳集　丁福保《全漢三國晉南北朝詩》（臺北市：藝
　　　文印書局，1962 年），嚴可均《全上古三代秦漢三國六朝
　　　文》影光緒二十年黃岡王氏校刊本（北京市：中華書局，
　　　1958 年）
（晉）竺法護　賢劫經　《大正新修大藏經》　日本大正一切經刊行
　　　會　1934 年
（晉）作者不詳　穆天子傳（郭璞注）《四部叢刊》初編影上海涵芬樓
　　　藏明天一閣范氏刊本　上海市　上海商務印書館　1929 年
（晉）竺法護　寶女所問經　《大正新修大藏經》　日本大正一切經
　　　刊行會　1934 年
（晉）作者不詳　靈棋經　元陳師凱、明劉基解，明正德十五年序重
　　　刊本
（晉）作者不詳　靈劍子引導子午記　正統《道藏》洞玄部眾術類
　　　臺北市　新文豐出版公司　1988 年

（南北朝）崔鴻　十六國春秋　《叢書集成》初編本，據《漢魏叢
　　書》本排印　上海市　上海商務印書館　1936 年

（南北朝）作者不詳　十住毘婆沙論　《大正新修大藏經》　日本大
　　正一切經刊行會　1934 年

（南北朝）陳壽　三國志　影清乾隆武英殿本　臺北市　藝文印書館

（南北朝）陶弘景　上清握中訣　正統《道藏》洞真部玉訣類　臺北
　　市　新文豐出版公司　1988 年

（南北朝）作者不詳　大方廣佛華嚴經　《大正新修大藏經》　日本
　　大正一切經刊行會　1934 年

（南北朝）作者不詳　大般涅槃經　《大正新修大藏經》　日本大正
　　一切經刊行會　1934 年

（南北朝）作者不詳　大集經　《大正新修大藏經》　日本大正一切
　　經刊行會　1934 年

（南北朝）劉勰　文心雕龍　《四部叢刊》初編影上海涵芬樓藏明嘉
　　靖刊本　上海市　上海商務印書館　1929 年

（南北朝）王嘉　王子年拾遺記　《漢魏叢書》所收明程榮校本

（南北朝）劉義慶　世說新語　《四部叢刊》初編影上海涵芬樓藏明
　　嘉趣堂刊本　上海市　上海商務印書館　1929 年

（南北朝）釋僧祐　出三藏記集　《大正新修大藏經》　日本大正一
　　切經刊行會　1934 年

（南北朝）作者不詳　弘明集　《大正新修大藏經》　日本大正一切
　　經刊行會　1934 年

（南北朝）作者不詳　玉臺新詠　《四部叢刊》初編影無錫孫氏小綠
　　天藏明五雲溪館活字本　上海市　上海商務印書館　1929 年

（南北朝）作者不詳　佛說大愛道比丘尼經　《大正新修大藏經》
　　日本大正一切經刊行會　1934 年

（南北朝）沈約　宋書　影清乾隆武英殿本　臺北市　藝文印書館
　　　1956 年

（南北朝）段國　沙州記　張宗祥重校涵芬樓百卷本《說郛》卷第六
　　　十一　上海市　上海商務印書館　1927 年

（南北朝）世祖孝元皇帝　金樓子　（民國）嚴一萍　《百部叢書集
　　　成》影《知不足齋叢書》第九集所收覆永樂大典本　臺北市
　　　藝文印書館　1965 年

（南北朝）作者不詳　阿吒婆拘鬼神大將上佛陀羅尼經　《大正新修
　　　大藏經》　日本大正一切經刊行會　1934 年

（南北朝）蕭子顯　南齊書　影清乾隆武英殿本　臺北市　藝文印書館

（南北朝）劉義慶　宣驗記　影上海掃葉山房一九二六年石印本《五
　　　朝小說大觀》

（南北朝）劉義慶　幽明錄　宛委山堂本一百二十卷本明刻《說郛》
　　　卷第三

（南北朝）范曄　後漢書　影清乾隆武英殿本　臺北市　藝文印書館

（南北朝）楊衒之　洛陽伽藍記　《四部叢刊》三編影明如隱堂本
　　　上海市　上海商務印書館　1929

（南北朝）任昉　述異記　《漢魏叢書》所收明程榮校本

（南北朝）劉敬叔　異苑　《五朝小說大觀》影上海掃葉山房石印本
　　　1926 年

（南北朝）郭季產　郭季產集異記　《魯迅全集》第八卷《古小說鉤
　　　沈》　上海市　魯迅全集出版社　1938 年

（南北朝）陶弘景　登真隱訣　正統《道藏》洞玄部玉訣類　臺北市
　　　新文豐出版公司　1988 年

（南北朝）褚澄　褚氏遺書　宛委山堂本一百二十卷本明刻《說郛》
　　　卷第七十四

（南北朝）賈思勰　齊民要術　《四部叢刊》初編影上元鄧氏群碧樓
　　　　藏明鈔本　上海市　上海商務印書館　1929 年

（南北朝）劉畫　劉子新論　《漢魏叢書》所收明程榮校本

（南北朝）龔慶宣　劉涓子鬼遺方　（民國）嚴一萍　《百部叢書集
　　　　成》影清嘉慶顧修輯刊《讀畫齋叢書》本　臺北市　藝文印
　　　　書館　1965 年

（南北朝）作者不詳　樂府詩集　《四部叢刊》初編影上海涵芬樓藏
　　　　汲古閣刊本　上海市　上海商務印書館　1929 年

（南北朝）作者不詳　養性延命錄　正統《道藏》洞神部方法類　臺
　　　　北市　新文豐出版公司　1988 年

（南北朝）謝綽　拾遺錄　上海中國圖書館鉛印本《古今說部叢書》
　　　　一集　1925 年

（南北朝）作者不詳　彌沙塞部五分律　《大正新修大藏經》　日本
　　　　大正一切經刊行會　1934 年

（南北朝）顏之推　顏氏家訓　《四部叢刊》初編影江安傅氏雙鑑樓
　　　　藏明遼陽傅氏刊本　上海市　上海商務印書館　1929 年

（南北朝）陳叔齊　籟紀　（民國）嚴一萍　《百部叢書集成》影明
　　　　萬歷刊本《夷門廣牘》　臺北市　藝文印書館　1965 年

（南北朝・宋）作者不詳　全上古三代秦漢三國六朝文（全宋文）
　　　　影光緒二十年黃岡王氏校刊本　北京市：中華書局　1958 年

（南北朝・宋）謝惠連　謝法曹集　丁福保《全漢三國晉南北朝詩》
　　　　（臺北市：藝文印書局，1962 年），嚴可均《全上古三代秦
　　　　漢三國六朝文》影光緒二十年黃岡王氏校刊本（北京市：中
　　　　華書局，1958）

（南北朝・宋）鮑照　鮑參軍集　《四部叢刊》初編影上海涵芬樓藏
　　　　毛斧季校宋本《鮑氏集》　上海市　上海商務印書館　1929 年

（南北朝・齊）孔稚珪　孔詹事集　丁福保《全漢三國晉南北朝詩》
　　　（臺北市：藝文印書局，1962 年），嚴可均《全上古三代秦
　　　漢三國六朝文》影光緒二十年黃岡王氏校刊本（北京市：中
　　　華書局，1958 年）

（南北朝・齊）蕭子良　齊竟陵王蕭子良集　丁福保《全漢三國晉南
　　　北朝詩》（臺北市：藝文印書局，1962 年），嚴可均《全上
　　　古三代秦漢三國六朝文》影光緒二十年黃岡王氏校刊本（北
　　　京市：中華書局，1958 年）

（南北朝・梁）王筠　王筠集　丁福保《全漢三國晉南北朝詩》（臺
　　　北市：藝文印書局，1962 年），嚴可均《全上古三代秦漢三
　　　國六朝文》影光緒二十年黃岡王氏校刊本（北京市：中華書
　　　局，1958 年）

（南北朝・梁）江淹　江淹集　《四部叢刊》初編影烏程蔣氏密韻樓
　　　藏明翻宋本《江文通文集》　上海市　上海商務印書館
　　　1929 年

（南北朝・梁）沈約　沈約集　丁福保《全漢三國晉南北朝詩》（臺
　　　北市：藝文印書局，1962 年），嚴可均《全上古三代秦漢三
　　　國六朝文》影光緒二十年黃岡王氏校刊本（北京市：中華書
　　　局，1958 年）

（南北朝・梁）釋彗皎　高僧傳　《大正新修大藏經》　日本大正一
　　　切經刊行會　1934 年

（南北朝・梁）高祖武皇帝　梁武帝蕭衍集　丁福保《全漢三國晉南
　　　北朝詩》（臺北市：藝文印書局，1962 年），嚴可均《全上
　　　古三代秦漢三國六朝文》影光緒二十年黃岡王氏校刊本（北
　　　京市：中華書局，1958 年）

（南北朝・梁）太宗□文皇帝　梁簡文帝蕭綱集　丁福保《全漢三國

晉南北朝詩》（臺北市：藝文印書局，1962 年），嚴可均
《全上古三代秦漢三國六朝文》影光緒二十年黃岡王氏校刊
本（北京市：中華書局，1958 年）

（南北朝‧梁）劉峻　劉孝標集　丁福保《全漢三國晉南北朝詩》
（臺北市：藝文印書局，1962 年），嚴可均《全上古三代秦
漢三國六朝文》影光緒二十年黃岡王氏校刊本（北京市：中
華書局，1958 年）

（南北朝‧梁）慧覺　賢愚經　《大正新修大藏經》　日本大正一切
經刊行會　1934 年

（南北朝‧梁）皇侃　禮記皇氏義疏　（清）馬國翰輯　《玉函山房
輯佚書》經編禮記類　臺北市　文海出版社　1967 年

（南北朝‧陳）作者不詳　全上古三代秦漢三國六朝文（全陳文）
影光緒二十年黃岡王氏校刊本　北京市中華書局　1958 年

（南北朝‧陳）徐陵　徐陵集　《四部叢刊》初編影上海涵芬樓藏明
屠隆刊本《徐孝穆集》　上海市　上海商務印書館　1929 年

（南北朝‧後魏）常爽　六經略注序　（清）馬國翰輯　《玉函山房
輯佚書》經編五經總類　臺北市　文海出版社　1967 年

（南北朝‧後魏）作者不詳　全上古三代秦漢三國六朝文（全後魏
文）　影光緒二十年黃岡王氏校刊本　北京市中華書局
1958 年

（南北朝‧北齊）作者不詳　全上古三代秦漢三國六朝文（全北齊
文）　影光緒二十年黃岡王氏校刊本　北京市中華書局
1958 年

（南北朝‧北齊）魏收　魏書　影清乾隆武英殿本　臺北市　藝文印
書館

（南北朝‧北周）庾信　庾信集　《四部叢刊》初編影上海涵芬樓藏
明屠隆刊本《庾子山集》　上海市　上海商務印書館　1929 年

（隋）闍那崛多　佛本行集經　《大正新修大藏經》　日本大正一切
　　　經刊行會　1934 年

（隋）李德林　李德林集　丁福保《全漢三國晉南北朝詩》（臺北
　　　市：藝文印書局，1962 年），嚴可均《全上古三代秦漢三國
　　　六朝文》影光緒二十年黃岡王氏校刊本（北京市：中華書
　　　局，1958 年）

（隋）楊廣　隋煬帝集　丁福保《全漢三國晉南北朝詩》（臺北市：
　　　藝文印書局，1962 年），嚴可均《全上古三代秦漢三國六朝
　　　文》影光緒二十年黃岡王氏校刊本（北京市：中華書局，
　　　1958 年）

二　專書

王　力　《漢語史稿》北京市　科學出版社 1957 年

王　力　《漢語史稿》　重印本　北京市　中華書局　1980 年

方一新　《東漢魏晉南北朝史書詞語箋釋》合肥市　黃山書社 1997 年

王云路、方一新　《中古漢語語詞例釋》　長春市　吉林教育出版社
　　　1992 年

王鳳陽　《古辭辨》　長春市　文史出版社　1993 年

太田辰夫著　江藍生、白維國譯　《漢語史通考》　重慶市　重慶出
　　　版社　1991 年

白　雲　《漢語常用動詞歷時與共時研究》山西大學建校 110 周年學
　　　術文庫　2012

志村良志著　江藍生、白維國譯　《中國中世語法史研究》　北京市
　　　中華書局　1995 年

李宗江　《漢語常用詞演變研究》上海市　漢語大詞典出版社 1999 年

宋聞兵　《宋書》詞語研究》北京市　中華書局 2009 年

汪維輝　《東漢──隋常用詞演變研究》　南京市　南京大學出版社
　　　　2000 年

汪維輝　《齊民要術詞彙語法研究》　上海市　上海教育出版社
　　　　2007 年

柳士鎮　《魏晉南北朝歷史語法》　南京市　南京大學出版社　1992 年

周俊勛　《魏晉南北朝志怪小說詞彙研究》　成都市　巴蜀書社
　　　　2006 年

周玟慧 a　《中古漢語詞彙特色管窺》　臺北市　萬卷樓圖書公司　2012
　　　　年

胡敕瑞　《《論衡》與東漢佛典詞語比較研究》　成都市　巴蜀書社
　　　　2002 年

胡敕瑞　《〈論衡〉與東漢佛典詞語比較研究》　高雄市　佛光山文
　　　　教基金會　2002 年

高　明　《中古史書詞彙論稿》　天津市　天津古籍出版社　2008 年

陳秀蘭　《魏晉南北朝文與漢文佛典語言比較研究》　北京市　中華
　　　　書局　2008 年

徐時儀　《古白話論稿》上海市　上海教育出版社　2000 年

馮淩宇　《漢語人體詞彙研究》北京市　中國廣播電視出版社 2008 年

黃樹先　《漢語身體詞探索》武漢市　華中科技大學出版社 2012 年

黃金貴　《古代文化詞義集類辨考》　上海市　上海教育出版社
　　　　1995 年

黃金貴　《古代漢語文化百科詞典》　上海市　上海辭書出版社
　　　　2016 年

程湘清　《先秦漢語研究》　濟南市　山東教育出版社　1982 年

萬久富　《宋書複音詞研究》　南京市　鳳凰出版社　2006 年

董紹克　《漢語方言詞彙差異比較研究》　北京市　民族出版社
　　　　2002 年

葛本儀　《漢語詞彙研究》　北京市　外語教學與研究出版社　2006 年
管錫華　《古漢語詞彙研究導論》　臺北市　臺灣學生書局　2006 年
蔣紹愚　《古漢語詞彙綱要》北京市　北京大學出版社 1989 年
蔡璧名　《身體與自然：以（黃帝內經素問）為中心論古代思想傳統
　　　　中的身體觀》　臺北市　國立臺灣大學出版中心　1997 年
劉世儒　《魏晉南北朝量詞研究》　北京市　中華書局　1965 年

三　期刊論文

于　飛　〈淺論兩漢時期常用詞「皮」、「膚」的歷時替換〉《長春大
　　　　學學報》2008 年第 1 期　頁 41-43
尹戴忠　〈「目」、「眼」、「眼睛」歷時演變研究〉《古漢語研究》2013
　　　　年第 2 期　頁 49-54
尹戴忠　〈關於「目」、「眼」、「眼睛」相關問題的商榷〉《湖南科技
　　　　大學學報》（社會科學版）2014 年第 2 期　頁 115-118
方一新　〈「眼」當「目」講始於唐代嗎？〉　《語文研究》　1987
　　　　年第 3 期
方一新　〈從中古詞彙的特點看漢語史的分期〉《漢語史學報》2004
　　　　年第 4 輯　頁 178-184
方云云　〈近代漢語「脖子語義場」主導詞的歷時演變〉《安徽農業
　　　　大學學報》（社會科學版）　2010 年第 1 期　頁 86-89
王　東　〈「隅／角」歷時替換小考〉　《延安大學學報》（社會科學
　　　　版）　2005 年第 4 期　頁 105-109
王　東　〈南北朝時期南北詞語差異研究芻議〉《長江學術》2008 年
　　　　第 3 期　頁 109-112
王　東、羅明月　〈南北朝時期的南北方言詞〉《中南大學學報》（社
　　　　會科學版）2006 年第 4 期　頁 512-516

王彤偉　〈「首、頭」的歷時演變〉《漢語史研究集刊》2011 年　頁 172-184

王毅力、徐曼曼　〈「頸」語義場的歷時演變〉《寧夏大學學報》（文 社會科學版）2009 年第 6 期　頁 48-52

史錫堯　〈「口」、「嘴」語義語用分析〉《漢語學習》1994 年第 1 期 頁 11-14

田佳鷺　〈身體量詞的演變及其動因〉　《內江師範學院學報》 2012 年第 1 期　頁 97-101

田啟濤　〈「面、臉」的語義嬗變〉《語文學刊》2008 年第 10 期　頁 170-171

向明月　〈說「臉」「面」〉《語文學刊》2009 年第 22 期　頁 38、40

何清華　〈「元」、「首」、「頭」更替演變研究綜述〉《柳州職業技術學 院學報》2014 年第 1 期　頁 54-56

吳寶安　〈西漢「頭」的語義場研究——兼論身體詞頻繁更替的相關 問題〉　《語言研究》2006 年第 4 期　頁 62-64

吳寶安　〈小議「眼、目」上古即同義〉《現代語文》（語言研究版） 2010 年第 9 期　頁 145-146

吳寶安　〈小議「頭」與「首」的詞義演變〉《語言研究》2011 年第 4 期　頁 124-127

吳寶安、黃樹先　〈先秦「皮」的語義場研究〉《古漢語研究》2006 年第 2 期　頁 69-72

呂傳峰　〈「嘴」的詞義演變及其與「口」的歷時更替〉《語言研究》 2006 年第 1 期　頁 107-109

李　麗　〈南北朝時期漢語常用詞南北差異管窺〉《湛江師範學院學 報》2011 年第 4 期　頁 130-133

李云云　〈漢語下肢語義場的歷史演變〉《綿陽師範學院學報》2002 年第 23 期　頁 59-63

李如龍　〈漢語詞匯衍生的方式及其流變〉《河北師範大學學報》（哲社版）2002 年第 5 期　頁 68-76

李慧賢　〈「眼」與「目」的詞義演變〉《漢字文化》2008 年第 5 期　頁 81-84

李慧賢　〈從漢語史的角度看人體詞語的特點〉《內蒙古師範大學學報》2014 年第 39 期　頁 136-138

李樹新　〈論人體詞語的文化意蘊〉《內蒙古大學學報》2002 年第 9 期　頁 58-63

李樹新　〈人體詞語的認知模式與語義類推〉《漢字文化》2004 年第 4 期　頁 8-12

杜升強　〈「眼睛」流變考〉《重慶科技學院學報》（社會科學版）2012 年 21 期　頁 119-121

車淑婭　〈類義詞融合現象初探——以「肌」和「肉」的融合過程為例〉《阜陽師範學院學報》（社科版）　2007 年第 1 期　頁 51-54

周玟慧 b　〈從「眼」「目」歷時更替論南北朝通語異同〉《中國語言學集刊》2012 年第 6 期　頁 23-43

周玟慧　〈從飲食類動詞新詞新義看中古詞彙南北異同〉《興大中文學報》2016 年第 1 期　頁 29-55

周玟慧　〈On the Lexical Differences between South and North as Revealed by Diachronic Substitutions of Commonly Used Body-Part Terms〉《Chinese Lexical Semantics the Lecture Notes in Computer Science》　2013 年 9 月　頁 196-207

周玟慧　〈從中古「面」、「顏」、「臉」更替現象看南北朝通語異同〉《漢學研究》　2017 年第 1 期　頁 1-31

徐志林　〈「犬／狗」的歷時嬗變〉　《廣東教育學院學報》　2007 年第 6 期　頁 101-104、108

時　兵　〈漢藏等語言中的量詞「頭」〉　《民族語文》2009 年第 5
　　　　期　頁 26-29

殷曉杰　〈「面」與「臉」的歷時競爭與共時分佈〉《漢語史學報》
　　　　2009 年第 9 期　頁 158-167

張建理　〈漢語「心」的多義網絡：轉喻與隱喻〉《修辭學習》2005
　　　　年第 1 期　頁 40-43

張建理　〈英漢「心」的多義網絡對比〉《浙江大學學報》（人文社會
　　　　科學版）2006 年第 3 期　頁 40-43

張雪梅　〈「腳」有「足」義始於西漢中期〉《古漢語研究》2007 年
　　　　第 2 期　頁 78-81

盛益民　〈論「脖」的來源〉《語言研究》2010 年第 3 期　頁 111-114

程東岳　〈「臉」的隱喻與轉喻——基於「臉」的漢英語料對比研究〉
　　　　《華東交通大學學報》2007 年第 3 期　頁 151-153

陽旖晨　〈從「元」到「頭」：論口語對書面語的歷時滲透〉《語文學
　　　　刊》2009 年第 17 期　頁 95-96

馮淩宇　〈漢語人體詞語的演變特點〉《武漢大學學報》（人文科學
　　　　版）2006 年第 5 期　頁 588-592

黃碧蓉　〈人體詞語研究概況及問題分析〉《英語研究》2012 年第 10
　　　　期　頁 7-12

黃樹先　〈漢語核心詞「足」研究〉《語言科學》2007 年第 6 期　頁
　　　　84-90

楊　忠、張紹杰　〈認知語言學中的類典型〉《外語教學與研究》
　　　　1998 第 2 期

楊鳳仙　〈從古漢語詞「肉」談常用詞研究的重要性〉《長春師範學
　　　　院學報》2006 年第 5 期　頁 68-71

葉桂郴、王玥雯、李鳴鏑　〈「束」「縛」「捆」「綁」的歷時考察〉
　　　　《湖南科技學院學報》　2007 年第 6 期　頁 110-113

解海江、章黎平 〈漢語義位「腿」「腳」比較研究〉《南開語言學刊》2011 年第 1 期 頁 87-94

解海江、張志毅 〈漢語面部語義場的歷史演變〉《古漢語研究》1994 第 3 期

解海江、章黎平 〈面部語義場詞典釋義的歷史演變〉《煙臺師範學院學報》（哲學社會科學版）1999 年第 4 期 頁 65-68

趙文源 〈關於中古漢語裡的「臉」〉《語言研究》2009 年第 4 期 頁 117-119

趙學德 〈人體詞「牙／齒」和「tooth」語義轉移的認知研究〉《西安外國語大學學報》2011 年第 2 期 頁 34-37。

趙學德、孟萍 〈認知視角下「足」／「腳」和「foot」的語義轉移構架〉《外國語言文學》2011 年第 3 期 頁 165-170。

劉君敬 〈名詞「嘴」用字的歷時考察〉《漢語史研究集刊》2012 年 頁 43-55

劉承慧 〈古漢語實詞的複合化〉 《古今通塞：漢語的歷史發展》臺北市 中央研究院語言學研究所籌備處 2003 年

鄭艷華 〈常用詞「牖、窗」的歷時更替〉 《海南廣播電視大學學報》2007 年第 2 期

魯國堯 〈「顏之推謎題」及其半解（上）〉《中國語文》2002 年第 6 期 頁 536-576

魯國堯 〈「顏之推謎題」及其半解（下）〉《中國語文》2003 年第 2 期 頁 137-147

黎李紅 〈「肉」與「肌」的演變考察〉《內江師範學院學報》2010 年第 11 期 頁 107-109

龍 丹 〈魏晉「牙齒」語義場及其歷時演變〉,《語言研究》2007a 第 4 期 頁 62-64

龍　丹　〈先秦核心詞「頸」辨考〉《孝感學院學報》2007b 第 2 期
　　　　頁 48-51

龍　丹　〈魏晉核心詞「頸」語義場研究〉《雲夢學刊》2007c 第 3
　　　　期　頁 142-144

戴耀晶　〈人體詞語的引申用法〉《修辭學習》1992 年第 5 期

魏培泉　〈上古漢語到中古漢語語法的重要發展〉　《古今通塞：漢
　　　　語的歷史發展》　臺北市　中央研究院語言學研究所籌備處
　　　　2003 年

四　學位論文

于　飛　《兩漢常用詞研究》　長春市　吉林大學博士論文 2008 年

王　群　《「手」隱喻的認知性分析》　北京市　華北電力大學 2005 年

李　麗　《魏書詞彙研究》　南京市　南京師範大學博士論文 2006 年

李　競　《「手」詞語及其文化內容研究》呼和浩特市　內蒙古大學
　　　　碩士學位論文 2007 年

李文莉　《人體隱喻系統研究》上海市　華東師範大學碩士學位論文
　　　　2007 年

李慧賢　《漢語人體部位詞語歷史演變研究》　北京市　北京大學博
　　　　士論文 2007 年

阮氏黎心　《漢越人體名詞隱喻對比研究》　上海市　華東師範大學
　　　　博士論文　2011 年

卓亞迪　《漢日人體名詞情感隱喻異同剖析》　黃石市　湖北師範學
　　　　院碩士論文　2014 年

芮東莉　《上古漢語單音節常用詞本義研究》　杭州市　浙江大學博
　　　　士論文　2004 年

胡　純　《人體詞的認知研究》長沙市　湖南師範大學碩士學位論文
　　　　2004 年

范淑雲　《漢語中與人體部位相關語詞的隱喻研究》南京市　南京師範大學碩士學位論文 2002 年

唐亞維　《英漢人體隱喻對比研究》　長沙市　湖南師範大學 2005 年

高曉榮　《從認知角度看人體隱喻》石家莊市　河北師範大學碩士學位論文 2006 年

張　茜　《現代漢語人體詞素研究》濟南市　山東師範大學 2011 年

張慶慶　《近代漢語幾組常用詞演變研究》　蘇州市　蘇州大學博士論文　2007 年

章黎平　《漢語方言人體詞語比較研究》　濟南市　山東大學博士論文 2011 年

郭芳睿　《俄語「人體成語」的認知語義分析》長春市　吉林大學碩士學位論文 2007 年

斯維特蘭娜・卡爾瑪耶娃　《漢俄人體名詞隱喻對比研究》　長春市　吉林大學博士論文　2015 年

黃　鳳　《人體隱喻的認知研究》成都市　四川大學碩士學位論文 2006 年

黃碧蓉　《人體詞語語義研究》　上海市　上海外國語大學 2009 年

楊世鐵　《先秦漢語常用詞研究》　合肥市　安徽大學博士論文 2007 年

楊吉菲　《英漢形容詞與頭部名詞的搭配研究》　延吉市　延邊大學碩士論文　2017 年

潘明霞　《漢英「身物互喻」詞匯對比研究》　合肥市　安徽大學博士論文　2012 年

鄧海燕　《漢、越人體成語對比研究》　武漢市　華中師範大學博士論文　2016 年

盧水林　《多義詞的認知語義學研究》武漢市　華中師範大學碩士學位論文 2006 年

盧薇薇　《韓中頭部人體名詞詞義轉移的認知研究》　延吉市　延邊
　　　　大學博士論文　2015 年

賴積船　《《論語》與其漢魏注中的常用詞比較研究》　成都市　四
　　　　川大學博士論文　2004 年

龍　丹　《魏晉核心詞研究》　武漢市　華中科技大學博士論文
　　　　2008 年

龍思媛　《漢泰語人體量詞對比》　南寧市　廣西民族大學碩士論文
　　　　2015 年

豐福華　《漢語人體眉眼詞語》　乎和浩特市　內蒙古大學碩士論文
　　　　2011 年

羅　楊　《英漢身體部位詞項語義引申的認知實證研究》　重慶市
　　　　四川外語學院碩士論文　2010 年

語言文字叢書 1000010

中古雙音並列身體詞組合研究

作 者	周玟慧	
責任編輯	蔡雅如	
發 行 人	陳滿銘	
總 經 理	梁錦興	
總 編 輯	陳滿銘	
副總編輯	張晏瑞	
編 輯 所	萬卷樓圖書股份有限公司	
排 版	林曉敏	
印 刷	百通科技股份有限公司	
封面設計	百通科技股份有限公司	

發 行 萬卷樓圖書股份有限公司
　　　臺北市羅斯福路二段 41 號 6 樓之 3
　　　電話 (02)23216565
　　　傳真 (02)23218698
　　　電郵 SERVICE@WANJUAN.COM.TW
大陸經銷 廈門外圖臺灣書店有限公司
　　　電郵 JKB188@188.COM
香港經銷 香港聯合書刊物流有限公司
　　　電話 (852)21502100
　　　傳真 (852)23560735

ISBN 978-986-478-119-5
2018 年 3 月初版一刷
定價：新臺幣 380 元

如何購買本書：
1. 劃撥購書，請透過以下郵政劃撥帳號：
　　帳號：15624015
　　戶名：萬卷樓圖書股份有限公司
2. 轉帳購書，請透過以下帳戶
　　合作金庫銀行 古亭分行
　　戶名：萬卷樓圖書股份有限公司
　　帳號：0877717092596
3. 網路購書，請透過萬卷樓網站
　　網址 WWW.WANJUAN.COM.TW
大量購書，請直接聯繫我們，將有專人為
您服務。客服：(02)23216565 分機 10

如有缺頁、破損或裝訂錯誤，請寄回更換

國家圖書館出版品預行編目資料

中古雙音並列身體詞組合研究 / 周玟慧著. --
初版. -- 臺北市 : 萬卷樓, 2018.03
　　面 ; 　公分. -- (語言文字叢書)
ISBN 978-986-478-119-5(平裝)

1.漢語 2.詞彙
802.18　　　　　　　　　　　106018524